1

비는 그치지 않았다. 바람까지 불어 검은 비닐봉지만 공원에서 날아다녔다. 선착장 수변공원 스피커에서는 '여수밤바다' 노래가 연신 흘러나왔다. 유행이 한물 지난 노래라서 그런지 비 오는 여수 바다를 구경하는 관광객은 보이지 않았다. 샛노란 우의를 뒤집어쓴 중국집 자금성 오토바이가 번개처럼 지나갔고, 떠돌이 누렁이 개 한 마리가 비를 쫄쫄 맞으며 일본군위안부 소녀상 앞에서 배회하고 있었다. 누렁이마저 수변공원에서 사라지자 빗물이 빗금 치는 안도식당 유리창 너머로 더 이상 움직이는 물체는 보이지 않았다.

안도식당 주인 유삼영은 중학생 딸 손까지 동원해서 장지(葬地) 음식을 만들고 나서 비가 그치기를 기다렸다. 비는 여객선이 다니지 못할 정도로 내리는 것은 아니나 연안여객선 선착장에 승객들이 보이지 않았다. 옛날에는 여수 연안여객선 선착장을 부산뱃머리라고 불렀다.

부산에서 온다는 사람들이 걱정이었다. 그렇다고 부산에서 출발했다는 유족들이 배를 타고 여수로 오는 것은 아니었다. 유족들은 버스로 올 것이고, 버스를 여객선에 싣고 가는 것은 문제가 아니었다. 다만 비 피할 곳 없는 해안에서 음식을 내놓을 수 있을지가 걱정이었다. 어제 부산 유족으로부터 장지 음식을 전화로 부탁받았을 때는 많아야 열 명 안짝으로 생각했다. 그런데 안도에 계시는 아버지가 유족이 많을 것 같으니 음식도 충분히 해서 버스에 싣고 안도로 같이 들어오라고 전화를 했다.

안도식당 유리창에 군복 입은 사람 실루엣이 나타났다. 식당 문을 열고 들어오는 사람은 전역한 지 오래되어 예비역도 못 될 중년이었다.

"뭔 공책을 그리 열심히 딜다 봐?"

"뭐 좀 볼꺼시 있어서라. 근디 워째 날이 구진디 오셨을까라."

"화천에 갔다 오는 길이여."

"아! 그랬지라."

"어째서 자네 아버님은 안 오셨나?"

"아부지 부산친구 분이 돌아가셔서라."

베트남참전 여수전우회 아저씨는 식당에 들어오자마자 유삼영에게 핀잔을 놓았다.

베트남참전 만남의 장 기념관에 초청받은 행사였다. 유삼영 아버지는 명단 맨 위에 올려 있었다. 강원도 관광코스도 포함되어 있고, 여수시에서 경비보조금도 나오는 것이라 여행하기 좋은 기회였다. 더구나 아버지는 베트남참전고엽제 여수전우회 고참이었다. 그것도 가수는 김추자가 최고, 담배는 청자가 최고이던 파병 초기에 갔다왔다. 게다가 아버지는 파병갔다 온 후에 강원도 화천훈련장에서 파병군인들 훈련교관으로 근무하다 상사로 전역했다. 전역 후에는 안도에서만 살고 있어 여행할 기회도 흔치 않고 세월이 조금만 더 흘러가면 여수 한 번 나오기도 힘들어질 나이였다. 그걸 증명이라도 하듯이 친하게 지내던 아버지 부산친구 분이 돌아가셨다. 돌아가신 부산친구 분 고향은 안도가 아니지만 생전에 안도 이야포에 묻히고 싶다고 하여 유족들이 여수로 오고 있었다.

"거기 잘 만들어 놨습디까?"

"괜찮게 만들어 놨드만."

전우회 아저씨는 아버지에게 드리라고 화천 베트남참전기념관 사진 몇 장을 유삼영에게 건네주었다. 그렇잖아도 아버지도 궁금했던 곳이라 유삼영은 사진을 고맙게 받아들었다.

소련을 등에 업은 북베트남 월맹의 승리로 끝난 베트남전쟁이 사십 년이 훌쩍 넘어 사람들 관심에서 멀어 있었는데, 박근혜 대통령이 당선되자 강원도 화천 파병용사 만남의 장도 새롭게 꾸며 놓았다. 그래도 야산 중턱에 자리 잡은 기념관은 서울 용산에 있는 한국전쟁기념관과는 견주지도 못하게 초라해서 실망스러웠다. 베트콩이라 불렸던 남베트남 민족해방전선 게릴라 땅굴인 구찌터널을 화염방사기로 겨누고 있는 한국군 조형물, 그리고 생포된 베트콩 조형물이 있으나, 아버지 월남 앨범에서 봤던 몇 장면만 재현해 놓아 별로 볼 것이 없었다.

그나마 번듯한 것이라곤 평화수호참전기념탑이었다. 기념탑 꼭대기에 얹어 놓은 조형물은 뒤집어진 독수리 배를 밟고 하늘을 향하고 있는 두 명의 남자와 한 명의 여자였다. 여자는 비둘기를 날리고 있고, 창을 잡고 있는 남자는 독수리 배를 찌른 상태이며, 다른 남자 한 명이 남녀를 하늘로 밀어 올리는 형세인데, 용산 전쟁기념관에 있는 형제상 조형물에 비해 크기도 훨씬 작았다.

다행히 비는 조금씩 잦아들고 있어 마지막 배로 안도에 들어가면 완전히 그칠 것 같았다. 안도식당 유삼영도 오랜만에 아버지를 보러 가는 것이었다. 그렇잖아도 아버지가 치매 증상이 있다고 섬에서 소문이 돌고 있었다. 매일 안도 이야포해변 몽돌을 솔밭으로 옮겨 돌쌓기를 하고 있어 어촌계에서 골치 아프다는 것이었다. 유삼영은 섬에서 남자노인이 할 일이라곤 거의 없어 놀이삼아 그러는 것이고, 고엽제 후유증 때문에 약을 먹고 있으나 치매증상은 없어 대수롭지 않게 여기고 있었다. 부산친구가 몸이 아파 안도에 올 수 없게 되고 나서부터는 부쩍 돌쌓기놀이가 잦아지고 있었기 때문이었다. 아버지 부산친구는 매년 한두 번씩은 꼭 안도에 찾아와 며칠씩 머물다 가곤 했는데, 돌아가버렸으니 앞으로 아버지가 더 적적할 것만 걱정이었다.

다행히 아버지는 돌아가신 부산친구 형님과도 막역하게 지내고 있었다. 부산친구 분이 안도에 오실 때에는 형제가 꼭 같이 왔다. 장지음식을 부탁한 것도 부산친구 형님이었다. 최근에는 친구형님 혼자 여수에 와서 여기저기 기관이나 지역 신문사에 들러본 후 안도에 들어가 며칠씩 머물다 가곤 했다. 그나마 아버지에게 말벗이 남아 있어 다행이었다.

유삼영은 부산에서 유족이 올 때까지 노트에 쓰인 아버지 부산친구 이야기를 훑어보았다. 그동안 조각조각 들었던 그해 안도 이야기들이 꼼꼼히 적혀 있었다. 안도에서 자랄 때에도 아버지 부산친구가 안도 이야포에 배를 타고 들어왔던 그때를 말하면 마을사람들은 죄다 입을 다물어버리기 일쑤였다. 옛날 일이지만 여전히 입 밖에 끄집어내는 것조차 두려워하고 있었다. 아버지가 참전한 베트남전쟁은 신물이 나도록 들어서 알고 있지만, 부산친구 이야기는 아버지조차 제대로 말해 주지 않았다. 부산친구 형제가 여수에 와서 안도에 들어가기 전 안도식당에 들를 때마다 조금씩 들려주던 먼 옛날이야기 조각들이었다.

2

비가 물러간 안도 밤하늘에는 보석을 흩뿌려 놓은 것처럼 별들이 빛났다. 이야포 몽돌밭으로 올랑촐랑 기어오르는 잔 파도에 해변 몽돌들이 담방담방 잠기더니 이내 물러가는 파도에 덕더그르르 아우성을 쳤다. 파도를 집어삼긴 이야포 바다는 시치미를 뚝 떼었다. 물때가 조금이든 사리 때이든 이야포 바다가 늘 그런 것이, 안도 동고지산과 서고지산 양쪽 곶머리가 서로 마주보며 이야포를 오므리고 있어, 주둥이가 좁고 배는 넓은 항아리 속 같아 그런 것이다.

파도라 할 것까지도 없는 잔물결이 이야포 몽돌밭에 기어 오를 때마다 유족들은 차례대로 유골을 조금씩 파도에 얹혀 이야포 바다로 떠나보내고 있었다. 몽돌밭 먼발치에서는 노인 한 명이 퍼질러 앉아 유족들을 바라보며 몽돌로 탑을 쌓고 있었다.

"아부지."

안도식당 유삼영이 노인을 불렀다. 노인이 부스스 일어나 바다와 뭍의 경계면으로 비척비척 걸어갔다. 비가 왔던 터라 몽돌들이 젖어 미끄러웠다. 노인은 유골함에서 부산친구 뼛가루를 집어 파도에 얹으면서 응얼거렸다.

"춘복아, 엄마 아부지 모셔와야지 뭣땀시 드엉으로 가부냐."

부산친구 홍춘복은 화장으로 장례를 치르긴 했으나 납골당에 안치되지 않고 드엉의 세계로 나아갔다. 베트남에서는 죽음이 의례를 통해 인정받지 못하면 여기저기도 아닌 세계에 머문다고 하는데, 그곳이 드엉이었다. 드엉은 영혼들이 하느님의 부름을 받지 못한 채 자비를 구원하는 연옥 같은 곳이고 한국에서는 구천을 헤맨다는 말과 비슷한 의미였다. 자연의 순리대로 죽지 못하고 후손에 의해 조상묘지에 안치되지도 못한 혼들은 드엉에서 머문다고 베트남 사람들은 믿고 있었다. 납골당이든 무덤이든 죽은 자의 집이 아닌 드엉으로 보내달라고 했던 것은 망자 홍춘복의 생전 유언이었다. 안도 이야포는 망자 홍춘복의 부모가 머물고 있는 드엉이었다.

망자가 된 친구 홍춘복의 유골을 이야포 바다에 뿌린 유상태 노인이 다시 돌탑 자리로 와서 막걸리 주둥이를 입에 꽂아 넣어 마셔대자 망자의 형 홍춘송 노인이 곁에 앉으며 말했다.

"몸도 안 좋으면서 와 술을 마시노."

"슬퍼서 마실라요. 행님은 동생이 가는디 안 슬프요?"

"내사… 슬픔이 뭔지 인자 다 잊아부렀다."

홍춘송 노인은 동생 홍춘복 나무유골함이 바다로 두둥실 떠나가는 모습을 마른 눈으로 쳐다보면서 대답했다. 유골함은 파도에 실려 이야포를 휘돌아 나가고 있었다. 원래는 피난화물선도 유골함처럼 이야포를 벗어나 거문도나 제주도로 갔어야 했다. 그랬다면 안도 이야포가 무덤 없는 엄마 아버지 묘소가 되지도 않았을 것이었다. 육십 년이 넘은 먼 옛날 일이었다.

"바다에 뿌리지 않고 왜 자꾸 자네가 마시노."

"냅두시오. 내 돈으로 두 병 사 왔신께 한 병은 나가 마실라요."

팔순을 앞둔 유상태 노인의 괄괄한 성미는 남아 있었다.

그래도 몸뚱이는 늙어버려 실뱀이 기어가던 팔뚝에 실지렁이 자국도 보이지 않을 정도로 말라버렸다. 그 팔을 가지고 또 돌탑을 쌓고 있었다. 이야포 몽돌은 둥글둥글하여 돌탑을 쌓아도 쉽게 무너져 내렸다. 유상태 노인은 무너진 돌탑을 발로 차버리고 또다시 쌓기 시작했다.

예전에 홍춘송 홍춘복 형제가 이야포에서 우연히 부딪쳤던 유상태는 몹시도 말쌀스러웠다. 소주병을 움켜쥔 채 술기운에 충혈된 눈자위가 달빛에 희번덕거리는 게 살기가 느껴질 정도였던 유상태였다. 그때가 삼십 년 세월 가까이 흘러버린 김영삼 문민정부가 들어서던 해였다.

홍 씨 형제는 이야포 몽돌밭에서 텐트를 치고 있었다. 형제가 그토록 오랜 세월 동안 찾아오고 싶었던 곳이었다. 형 홍춘송이 안도 부모님 산소에 가보자고 해도 동생 홍춘복은 한사코 마다하여 찾아오지 못했던 이야포에 형제가 같이 온 것이었다. 그것도 처음으로 제사음식까지 만들어 보자기에 곱게 싸서 부모님 산소에 와서 제사를 지내려던 참이었다. 형제는 밤을 기다려 몽돌로 만든 단 위에 제사음식을 정성스레 올려놓고 막 절을 올리려는 참이었다.

"당신들 뭐여!"

"그냥…… 놀러 왔심더."

"엇다 텐트를 치고 지랄이여."

"미안합니데이. 치우겠습니다."

어디서 나타났는지 군복 입은 사내가 형제에게 시비조로 쏘아 붙였다. 형 홍춘송은 겁에 질리어 주섬주섬 텐트를 걷기 시작했다. 군모를 삐딱하게 쓴 사내는 호주머니에 손을 꽂아 넣은 채 텐트를 군화발로 톡톡 차댔다.

경찰이 아닌 군복 입은 사람이 나타날 줄은 몰랐다. 그나마 경찰보다 나았지만 위압에 눌리게 만드는 것은 마찬가지였다. 그저 아무 일 없이 안도를 벗어나는 것이 살 길이었다. 그런데 동생 홍춘복은 오히려 삼해져 대꾸로 맞섰다. 사십삼 년 만에 부모님 산소에서 처음 제사를 올리는 것이라 물러날 수 없었다. 더구나 사내는 현역도 아니고 한물 간 군복으로 위세나 부리려는 동네 개다리참봉으로 보였다.

"여기 텐트 치면 안 됩니까?"

"뭐여? 여그가 당신들 안방이여?"

"그렇다고 댁 안방도 아니잖습니까."

"음마? 여기는 우리 마을 멸치어장이여."

"어장인 줄은 나도 아는데 피해 주는 거 없잖습니까."

동생 홍춘복이 대거리하려는 것은 아니었지만 안도에서 군복 입은 사내와 맞설 용기가 어디서 나오고 있는지 알 수 없었다. 시대가 바뀐 것도 홍춘복 용기에 한몫 보태고 있었

다. 만약에 사내가 자릿세를 원한다면 그거야 얼마든지 줄
수 있었다.

"놀러 왔담서 요것들은 뭐여?"

"제사 지냅니다."

"뭔 제사? 놀러 왔담서?"

사내는 쭈그려 앉아 몽돌 단에 올려놓은 음식을 들여다보
고서 홍춘복을 빤히 올려다봤다. 그래도 홍춘복은 움쩍도 않
고 서서 사내의 움직임을 쏘아보고 있었다. 행여 사내가 제
사음식을 흐트러뜨리기라도 하면 곱으로 대갚음할 판이었
다.

"당신들 어디서 왔어?"

"부산에서 왔습니다."

"부산서 뭣땀시 여기 와서 차례를 지내? 여기가 당신들 선
산이여?"

사내는 몽돌 위에 올려진 제사음식을 요리조리 살펴보았
다. 살차던 사내는 그래도 제사음식이라고 하니 그것까지는
발로 차지 않았다. 만약에 사내가 제사음식을 조금이라도 건
드리기라도 했다면 홍춘복은 사내 군복단추가 떨어질 정도
로 멱살을 움켜잡을 뻔 했다.

"음마… 수상한디."

사내는 모자 창을 손가락으로 툭 쳐서 이마 위로 한껏 올

리고서는 일어났다. 그러고선 형제를 번갈아 쳐다보며 위아래를 훑었다. 형 홍춘송은 고개를 숙인 채 서 있고 동생 홍춘복은 사내 움직임을 쫓아 눈동자를 빠르게 굴렸다.

"쪼기 공동묘지에 당신들 부모가 있어?"

"……."

사내가 손가락으로 가리키고 있는 곳은 이야포를 왼쪽에서 둘러싸고 있는 나지막한 서고지산이었다. 홍춘복 기억에는 서고지산에 시신 몇 구를 대충 묻고 돌을 얹어 표시해 두긴 했지만 공동묘지는 없었다. 그래도 사내가 거짓으로 말하는 것이 아닐 것이라 홍춘복은 대답을 않고 가만 서 있었다. 형 홍춘송은 자칫 잘못했다가는 또다시 곤욕을 치를 것 같아 동생 홍춘복 손을 슬며시 잡았다. 그러나 주먹을 쥐고 있는 홍춘복의 손은 바르르 떨고 있었다.

"아무래도 이상하단 말이시. 뭣땀시 밤에 여그서 제사를 지내냐 이 말이여. 글고 분명히 어디서 본 것 같은디?"

사내는 형제를 빙빙 돌면서 혼잣말로 중얼거렸다. 말쌀하던 태도가 능글맞을 정도로 누그러져 해코지할 것 같지는 않았다. 그래도 여전히 홍춘복의 주먹은 펴지지 않고 있었다. 안도에 들어올 때까지만 해도 마음이 소마소마했는데 막상 군복 입은 사내가 제사 지내는 것을 방해하자 욱기가 돋고 있었다.

동생 홍춘복은 신혼여행 삼아 안도 이야포를 찾아왔을 때 경찰한테 붙들려 졸경을 치른 적이 있었다. 여수경찰서로 압송되어 며칠 동안 조사를 호되게 받고서 겨우 풀려 난 그때를 생각하면 겁 질리기도 하지만 애성이도 일어났다. 그때 일을 풀치지 못하고 있었는데 이번에는 군복 입은 건달이 나타나서 강짜를 부리는 것이었다.

홍춘복이 결혼 후 몇 년 지난 일천 구백 칠십 년이었다. 형편상 가지 못했던 신혼여행지를 물색하러 지도를 들여다보다가 우연히 여수 부속 섬 안도라는 지명이 눈에 들어왔다. 안도를 입 밖에 내지 못하고 살아왔으나 낙인처럼 몸뚱어리에 지져놓고 있던 섬이었다. 그래도 세월이 흘러 암암하고 실제 지명과 다를 수도 있었다. 직접 찾아가서 확인하고 싶었으나 찾아갔다간 큰 일 날 것 같은 황기낀 곳이기도 했다. 그러나 무덤 없는 부모님 산소가 이야포에 있는데 찾아오지 않을 수 없었다. 신혼여행 핑계를 대면 누구에게도 의심받지 않을 것 같았다.

하지만 신혼여행이 사단을 불러일으켰다. 사단은 안도리 선착장에서 시작되었다. 이야포 해변에서 반대편에 있는 안도리 선착장을 가려면 두멍안을 끼고 삼백여 미터 걸어가야 했다. 두멍안은 파도로부터 배를 안전하게 정박하게 해 주는 자연방파제 조개무지 둑이었다. 안도리마을 안으로 깊게 들어와 호수처럼 넓게 형성되어 있어 안도리마을 집들 대부분은 두멍안에 몰려 있었다. 홍춘복 부부는 두멍안 바다 입구 선착장에서 여수로 나가는 여객선을 기다리고 있었다.

"당신들 어디서 왔어?"

어디서 갑자기 나타났는지 어깨에 카빈 소총을 맨 순경이 홍춘복 앞을 가로막고 나섰다. 홍춘복은 몸뚱이가 옴씰거리며 휘청거렸다. 여수에서 아침배로 안도에 들어와 안도리 선착장에서 두멍안을 끼고 반대편 이야포로 걸어갈 때 지서 앞을 지나쳐 갔어도 별 일 없었고 선착장으로 되돌아올 때에도 마주친 마을 주민도 없었다.

"부산서 왔십니더."

"여기 뭐하러 왔어?"

"신혼여행 왔십니더."

"갈 데가 없어 여기로 와? 조사 좀 해야 쓰거쓴게 가자고."

"와이랍니까. 나 주민증록증 있심더."

"조사해 보면 안께 가자고."

순경은 다짜고짜 홍춘복 팔을 붙잡고 끌었다. 돌연한 상황에 낯이 새파랗게 질려버린 홍춘복 아내도 손을 조물거리며 끌려가야 했다. 당시 신혼여행 복장이라는 것이 여자는 한복, 남자는 양복차림이 일반적이라 한 눈으로 봐도 신혼부부임을 알 수 있는데도 순경은 다짜고짜 부부를 지서로 끌고 갔다. 안도지서 앞에서는 경사 계급장을 단 경찰관이 끌려오는 홍춘복 부부를 바라보고 있었다. 순경이 홍춘복 부부를 지서 안으로 끌고 들어오자 경사는 서랍에서 조사서를 꺼내 책상에 올려놓았다. 책상 너머 벽에는 박정희 대통령 사진과 함께 반공방첩 액자가 걸려 있었다. 경사는 홍춘복 부부에게 명령했다.

"가방 안에 있는 거 다 꺼내 봐."

홍춘복 부부는 가방을 열어 물건들을 죄다 끄집어내어 책상에 올려놓았다. 먹어치운 도시락, 사이다 병, 손수건 등 잡다했다. 그중에 경사가 볼펜으로 톡톡 치고 있는 것은 깨진 작은 몽돌이었다. 경사는 볼펜 끝으로 몽돌을 살살 돌려보다 턱을 치올리고 물었다.

"어디서 가져왔어?"

"주웠십니다."

"어디서 주웠어?"

"몽돌밭에서예."

"몽돌밭 어디?"

"……."

"어떤 나무인지 대라고!"

경사가 윽박지르며 추궁했다. 홍춘복은 대답하지 못했다.

파도가 무시로 드나드는 넓은 이야포 몽돌밭에는 몽돌밖에 없었다. 그때 지서 밖으로 나갔다 들어온 순경한테 경사가 물었다.

"뭐였어?"

"어떤 나무인지 못 찾겠서요."

"당주라는 사람이 봤다며?"

"당주도 소나무를 꼭 찝지 못하드라고요."

순경이 대답하는 것을 듣고서야 홍춘복은 자신이 왜 지서로 끌려 와서 조사를 받고 있는지 알 수 있었다. 사위를 둘러봐도 이야포에는 아무도 없었고 누구도 보는 사람이 없음을 확인한 다음 이야포 몽돌밭 둔덕너머 소나무 밭에 묻었는데 누군가 보고 있었던 것이다.

"뭘 묻었어?"

"아무것도 안 묻었심더."

"확실히 수상하구만. 채워!"

책상에 앉아 있던 경사 말이 떨어지기 무섭게 순경은 자신의 허리춤에 차고 있던 수갑을 끄집어내어 홍춘복 손목에 감았다.

"여자도 채워!"

경사는 자신의 허리춤에 차고 있던 수갑을 책상에 던졌다. 홍춘복 아내도 속절없이 손목을 내밀어야 했다. 졸지에 내외가 안도까지 와서 수갑을 차야 했다. 안도에서 간첩으로 몰려버린 것이다.

"당주라는 사람 어딨어?"

"저기에 있는디요."

경사가 묻자 순경은 손가락으로 지서 밖을 가리켰다. 순경의 손가락 끝에는 모들뜨기 주민 한 명이 팔짱을 끼고 지서 안을 빠끔히 들여다보고 있었다. 순경이 손짓을 하자 당주라는 모들뜨기 주민은 쭈뼛거리며 지서에 들어와 홍춘복 내외를 슬쩍 훔쳐보았다.

"이 사람들 본 적 있소?"

"첨 본디요."

"확실히 본 거여?"

"나가 당산에서 분명히 봤당께요."

당주라는 모들뜨기 주민은 홍춘복 부부가 이야포에 있는 동안 산에서 지켜보고 있었던 것이다. 신혼여행 차림이라면 누가 의심하지 않을 것이라 여겼는데 그게 오히려 더 이상하게 보였던 것이다. 낯선 외지인이 소나무 밑을 팠으니 당주가 지켜보고 있었다면 신고가 들어갈 만 했다. 북한에서 남파된 무장간첩이 심심찮게 출몰했던 시대였다.

경사는 수갑 찬 홍춘복 내외를 앞세우고 지서 밖으로 나섰다. 어떻게 알았는지 두멍안에 늘어서 있는 집들 대문이나 뙤창문 사이로 마을사람들이 고개를 내놓고 빠끔히 쳐다보고 있었다. 경사는 찌뻑찌뻑 걷는 홍춘복 내외 등을 탁탁 치면서 이야포로 몰아갔고 신고한 모들뜨기 당주는 안짱걸음으로 앞서 갔다. 홍춘복 내외를 마을에 회술레시키는 것 같았다. 홍춘복은 비루하게 살아남은 목숨이 또다시 위태로워지는 것이 아닌가싶어 섬쩍지근한 마음을 추스를 수 없었다. 그래도 사정을 말하면 인정상 무사히 부산으로 돌아갈 수 있을 것이라는 기대는 저버리지 않았다. 그렇게 스스로를 달래도 소나무까지 걸어가는 동안 허청거리는 다리는 어쩔 수 없었다.

"파!"

경사는 소나무 앞에 도달하여 엉거주춤 서 있는 홍춘복에게 소리쳤다. 그 소리에 놀란 홍춘복은 수갑 찬 손으로 흙을 팠다. 깨진 몽돌이 나왔고 몽돌을 들어내자 작은 나무상자가 드러났다.

"꺼내!"

홍춘복이 상자를 끄집어내어 경사에게 내밀자 경사는 한 발짝 뒤로 물러서서 상자를 열어보라고 지시했다. 경사 지시에 따라 홍춘복이 조심스럽게 연 나무상자 안에는 삼베로 감싸서 동여맨 아주 작은 물체가 들어 있었다.

"열어 봐!"

홍춘복이 작은 물체를 감싼 삼베를 풀자 그 안에는 또다시 무명 솜으로 감싼 금반지가 있었다. 마치 금반지를 염을 해서 묻은 것 같았다. 경사는 엄지와 검지로 반지를 조심히 집어 들고 요리조리 살폈다. 위험할 것도 없는 금가락지에 불과했다.

"이거 진짜 금이여?"

"네."

"몇 돈이여?"

"두 돈입니다."

이번에는 순경이 금반지를 건네받아 이빨로 깨물었다. 그러고는 금반지에 침을 묻혀 경찰제복 소매에 문질렀다. 그래 봤자 금반지 색깔은 조금도 변하지 않고 오히려 금빛을 자랑했다. 순경이 고개를 까우뚱거리자 이번에는 모들뜨기 당주가 순경 손바닥 위에 있는 금반지를 날름 집어 들고서는 한쪽 눈을 찡그리고 금반지를 눈에서 멀어뜨리다가 가까이 붙였다 하더니 경사에게 소리쳤다.

"믄 숫자가 써졌는디요!"

"뭐여?"

"요 안에 써졌는디요."

경사는 모들뜨기 당주 손에 있는 금반지를 빼앗아 테두리 안을 들여다봤다. 잘 보이지 않는지 이내 순경에게 건네주었다. 순경은 금반지 안 테두리에 써진 숫자를 하나씩 읽어나 갔다.

"일구…오공…팔…삼인지 뭔지 작게 새겨져 있어서요 잉… 맞네요 일구오공 …팔삼."

"난수이구만! 야 일어서!"

경사는 홍춘복을 발로 걷어찼다. 엉거주춤 앉아있던 홍춘복은 앞으로 꼬꾸라졌다. 신혼여행을 안도로 가는 것으로 결정할 때부터 사려했던 일이 기어코 벌어지고 만 것이다.

홍춘복 내외가 지서에서 이야포로 갈 때에는 수갑만 찼지만 지서로 되돌아올 때에는 경찰 카빈 총구가 등을 겨누고 있었다. 홍춘복 내외를 신고한 모들뜨기 당주는 뒷짐을 쥐고 씨암탉걸음으로 따라오다가 어촌계 사무실 앞에 모여 있던 마을사람들 앞에서 걸음을 멈췄다. 마을사람 중 한 아줌마가 당주에게 물었다.

"간첩이다요?"

"그거사 경찰이 조사를 해 봐야 알것제."

"신고하니라 수고했소."

"그거사 국민 된 도리로 할 일을 했을 뿐이제."

모들뜨기 당주는 고개를 빳빳이 세우면서 싸부랑거렸다. 마을 당제를 지내는 당주로서 권위가 다시 높아질 판이었다. 그렇잖아도 정부에서 국민허례허식 없앤다고 설날인 구정도 없애고 서양 설인 신정만 지내게 하는 판이라 마을 당제도 사그라지고 있었다.

"총 같은 거 묻어 놨습디까?"

"총은 없고 반지를 묻어 놨드만잉."

"반지라? 뭔 반지라?"

"신혼 금반지라고 하드만."

"근디 왜 경찰이 잡아간다요?"

"그거시! 왜 그냐믄! 반지에 암호 같은 숫자가 써져 있어가지고 설라므네!"

"뭔 숫자라?"

"순경이 일구오공 팔 뭐라든디 끄트머리 숫자가 삼인지 사인지 제대로 못들었네."

모들뜨기 당주가 제대로 못들은 끝 숫자는 마을사람들에게 어려운 난수를 풀게 만들었다. 마을사람들은 고개를 까우뚱거리며 암호를 풀기 시작했다. 나이 많으신 어르신이 막대기로 땅바닥에 숫자 19508을 쓰고서 3과 4를 번갈아 붙여 쓰면서 옹알거렸다.

"요거시 뭔 뜻인고?"

"아따 어르신 간첩들이 쓰는 암호라고 안 하요."

어르신 의문에 아줌마가 대답했다. 그런데 간첩들 난수표 치고는 너무 짧았다. 그러자 이번에는 어르신 앞에서 팔짱을 끼고 고개를 요리조리 흔들던 젊은 남자가 바닥에 써진 숫자를 찬찬히 보더니 난수 암호 실마리를 찾아냈다.

"어르신, 천구백오십이면 전쟁 났던 해 아니다요?"

"글지, 육이오 터진 때가 천 구백 오십 년이제."

"그믄 팔은 팔월 달을 말하는 것이 아니까라?"

어르신과 젊은 남자가 실마리를 찾아가자 이번에는 숫자가 암호라고 주장하던 아줌마가 벌떡 일어나 손바닥을 탁 부딪치며 나머지 숫자를 말했다.

"삼이여!"

아줌마가 맞추어 낸 마지막 숫자에 모여 있던 마을사람들은 잠시 생각을 되짚어 내다가 하나둘씩 고개를 끄덕이면서 동의했다. 젊은 남자가 실마리를 찾아내고 아줌마가 끝 숫자를 맞추었다. 195083이었다.

"요 날이 음력으로 유월 스무날이여."

"아쥠씨, 그날 하고 뭔 상관이다요?"

"요 날이 뱅기가 이에서 배를 때린 날이여."

"그건 아는디, 긍께 그날하고 아줌마하고 믄 상관이다요?"

"내 막내 밑 **빠진** 날이라고!"

"아따 그요. 국가 경축일이구만."

"우리 언니가 그날 이에서 소라 잡으러 뜰망에 있다가

놀래 자빠진 날이여."

안도사람들은 이야포를 이에라고 불렀다. 뜰망은 멸치잡이 불배가 멸치를 유인해 들어오면 작은 배들이 그물로 멸치를 건져 올리는 조업방식이었다. 그물에서 건져진 멸치를 다시 전마선이라고 불리는 조그만 배들이 뭍으로 옮겨와 가마솥에 넣고 삶아 말리는 곳이 이야포 몽돌밭이었다.

안도리 남쪽 이야포 해상에서 주로 멸치잡이를 했다면 북쪽 안도리 두명안에는 조기잡이 배들이 진을 치고 있었다. 안도 남쪽 이야포마을과 북쪽 안도리마을, 서고지 동고지 마을을 죄다 합쳐도 이백 호 남짓한 안도이지만, 일제강점기 시절에는 안도에 진출한 일본어업인들까지 합쳐 삼백 호가 넘어 소학교까지 있을 정도로 작은 섬 치곤 적은 인구가 아니었다.

"그믄 저 사람들이 명자하고 같은 사람들이란 말이여?"

"어르신, 그런갑소."

어르신과 젊은 남자가 말을 주고받는데 숫자를 해독한 아줌마가 이번에는 짜글거린 듯이 탄식을 내뱉었다.

"그믄 어쩌야쓰까잉."

"어르신, 여수로 식모살이 갔다는 명자 말한다요?"

젊은 남자가 아줌마 탄식에 이어 어르신에게 물었다. 명자는 이야포로 피난 왔던 피난민 중에 유일하게 안도에 남게 된 여자아이였다. 안도에서 졸지에 부모가 죽자 고아가 된 명자를 어느 선주 집안에서 민며느리 삼아 거두었다. 마을 사람들은 자신들이 풀어낸 난수가 명자라는 여자아이와 연결되자마자 모두 고개를 돌려 지서를 쳐다봤다. 이미 경찰은 홍춘복 내외를 수갑에 포승줄까지 묶어 여수경찰서로 압송하는 경비정에 올라타고 있었다.

홍춘복은 여수경찰서에서 곤욕을 치르고 난 그 후부터는 안도를 다시 찾아올 엄두도 내지 않고 세월을 흘려보내고 있었다. 그러다 문민정부가 들어섰던 해 부모님 제삿날이 가까워지자 안도에 가서 제사를 지내고 오자고 먼저 말한 것은 형이 아니라 동생 홍춘복이었다. 어디서 다시 안도를 찾아갈 용기가 났는지 텐트도 준비하고 있었다. 부모님 제삿날이 한여름이므로 피서객처럼 텐트를 치고 있으면 별 일 없을 것 같았다. 그렇게 다시 찾아온 안도 이야포인데 또다시 해코지 당할 판이었다. 이번에는 경찰 대신 군복 입은 사내였다.

"분명히 어디서 본 것 같다는 말이여… 당신들 여기 첨이여?"

"옛날에 한번 온 적 있습니다."

"옛날? 언제?"

군복 입은 사내는 모로 꺾은 고개를 고정한 채 홍 씨 형제를 빤히 쳐다보았다. 강짜부리는 것을 멈추고 대신에 자신의 알쏭달쏭한 기억을 끄집어내려고 애쓰고 있었다.

"여기에 언제 왔냐고 묻지 않소."

사내는 기억이 날 듯 말 듯 하자 한결 부드러워진 태도로 재차 물었다. 형 홍춘송은 입을 앙다물고 있는 동생 홍춘복을 대신해 대답했다.

"저기 그니까 옛날에…."

"긍께 옛날이 언제냐고요?"

"천구 백 오십 년에."

갑자기 어두운 허공에서 찰싹찰싹 소리가 났다. 사내가 다리 한쪽을 들어 올리더니 자기 무릎을 손바닥으로 탁 내리치고선 다시 손바닥을 허공에서 연신 마주치며 손뼉을 쳤다. 그리고선 중지 손가락을 치켜세워 콧구멍이라도 쑤시려는 듯이 홍춘복 얼굴에 갖다 대었다. 사내는 그것도 모자라 자신의 얼굴까지 바싹 갖다 붙였다. 역한 술 냄새가 풍겨 왔다. 홍춘복은 한 발짝 뒤로 물러섰다. 사내도 홍춘복이 물러 선 만큼 다시 다가가서 왱댕하게 말했다.

"당신 성이 혹시 홍 씨 아녀?"

"네? 어케 내 성을?"

"와마! 맞구만잉. 니 춘복이지? 홍춘복!"

홍춘복은 입이 슬며시 벌어졌다. 사내가 자신의 이름을 아는 거 보니 정말 알긴 아는 것 같았다. 그렇다고 누군지 딱히 떠오르지는 않고 맥맥하긴 해도 뭔가 사물거리고 있었다.

"어떻게 내 이름을 압니까?"

"와마! 언젠가 니가 올 줄 알았어야."

"그럼 너?"

"그래 임마! 나 저 집에 살던 유상태여."

사내가 손가락으로 가리키는 집은 이야포 동고지산 방향 둔덕 너머 끄트머리 집이었다. 그 집은 홍춘복이 신혼여행 삼아 안도에 와서 경찰에 끌려가기 전 대문 앞에서 한참을 기웃거렸던 집이었다. 그 집에는 꼭 만나보고 싶었던 사람이 있었다. 한동안 문 앞에서 서성거렸으나 사람이 나타나지 않아 돌아섰던 집이었다.

3

유상태 집은 세월만큼 변해 있었다. 초가지붕에 돌담은 청기와지붕에 벽돌담이 되었고, 싸리문은 철문으로 바뀌 달려 있었다. 사십 삼년 세월이 흘렀으니 집이 변한 것은 당연하나 이야포 끝자리에 그대로 있었다. 유상태가 자기 집에 가서 술 한 잔 하자고 팔을 잡아끌고 올 때에도 간첩으로 몰려

곤혹을 치르던 기억이 떠오르지 않는 것은 아니었다. 그보다 훨씬 이전인 전쟁 나던 그해 여름, 참혹한 잔상과 함께 가슴에 박힌 대못이 빠진 것도 아니었다. 사람 누구나 세상을 살면서 대못 하나쯤은 가슴에 박힌 채 살아가는 것이고, 세월이 박힌 못을 삭게 만들어 빠지는 경우도 있지만, 몸뚱이에 지져진 낙인은 지울 수 없었다. 옛날 일이라 세상 사람들은 알지도 못하고 안다한들 관심 없는 개인사 비극이었다.

"들어가도 되겠심니꺼."

"행님, 언능 들어오시오. 방이 누추한디 이해하시오."

"별 말씀을요. 잠깐 신세 좀 지겠심더."

"아따 행님, 말 놓으시오. 아까는 미안했소. 면장하고 안 좋은 일이 있어 괜히 그랬소."

"괘않습니더. 신경 쓰지 마이소."

"세월이 하도 흘러서 어디 알아 보것습디까."

"당연하지에."

이승만 대통령에서 김영삼 대통령까지 이어진 세월이었다. 소년들이 중년이 되었으니 세월이 참으로 많이 흘렀다. 몰라보는 것은 당연하고 옛날 일을 기억해 주는 것만으로도 형제로서는 고맙기 짝이 없는 일이었다. 그래도 유상태 기억에서 지워질 만한 이야포 불바다는 아니었다. 그동안도 해마다 팔월이면 이야포를 찾아와서 제사를 지내고 가는 유족들도 있었다. 그럴 때마다 유상태는 홍춘복이 살아 있으면 언젠가 찾아올 것이라 믿었으나 나타나지 않아 생사가 궁금할 때가 있었다.

"춘복아, 니는 뭐드냐 빨랑 들어와야."

유상태는 언제 포달스럽게 굴었냐 싶을 정도로 새살스레 홍춘복을 향해 손짓까지 하면서 불러들였다. 사십 삼년 세월 동안 줄곧 붙어 지내온 친구 같았다.

서먹하게 문밖에 서 있던 홍춘복이 들어선 방은 세간이 어지럽게 널려 있었다. 이불은 개지 않고 방바닥에 널려 있고 치우지 않은 술병이 나뒹굴고 있었으며, 이불이 올려 있어야 할 서랍장 위에는 화랑무공훈장을 붙박아 놓은 장식이 자리를 차지하고 있었다. 형제는 앉을 공간이 생길 때까지 서서 기다려야 했다. 벽에 걸려 있는 액자에는 밀림을 배경으로 카빈 소총을 들고 서 있는 군대 시절 사진 몇 장이 들어 있어 흔한 시골집 방 안 풍경이었다.

"월남전에 참전했나 보네."

방에 앉을 자리가 생길 때까지 방안을 둘러보던 홍춘복이 벽에 걸린 액자를 보고 혼잣말을 했다. 그 말을 들은 유상태는 방을 치우다 말고 날름 액자에 담겨 있는 사진을 손가락으로 콕콕 찍으며 설명을 해 댔다.

"요것은 월남이고 요것은 오음리에서 교관 할 때고."

"오음리가 어디지?"

"강원도 화천. 애들 월남 갈 때 나가 여기서 훈련시켜 보냈어."

유상태는 아예 서랍장에서 앨범을 꺼내 들었다. 형제는 채 정리되지 않은 방바닥에 주저앉아 유상태가 펼치는 앨범을 봐야만 했다. 유상태는 앨범으로는 부족했는지 또다시 서랍장에서 추억록까지 꺼냈다. 아무래도 베트남전쟁 참전 앨범에 있는 사진을 일일이 설명할 기세였다.

군복에 군화까지 신고 술 냄새를 풍기며 강짜를 부리던 유상태는 앨범을 넘기는 동안 사들사들해지고 있었다. 두터운 앨범을 열자 추레한 유상태는 빛나는 자유수호군인으로 돌아가고 있었다. 베트콩을 생포해서 끌고 오는 사진도 있고, 노획된 무기 앞에서 허리춤에 손을 척 얹고 폼 잡고 있는 사진, 많은 부대원 앞에서 훈장을 받는 사진도 있었다. 유상태의 설명이 곁들인 사진들은 훈장을 받을 만했음을 증명해 주고 있었으나 텔레비전에서 숱하게 봐와서 물러진 장면들이었다.

"신문에도 나왔네."

홍춘복이 지목한 것은 파병환송식 사진이 실린 신문기사였다. 신문기사 사진에는 대형 태극기가 휘날리는 파병환송식 장면과 화려한 장식을 한 미군수송선에 오르는 맹호부대

중사 유상태 얼굴이 크게 찍혀 있었다.

"이것은 월남으로 갈 때 신문에 나가 나왔다고 우리 엄니가 어디서 얻어 와서 가지고 있었드만."

유상태는 비시시 웃음을 지으면서 앨범을 넘기지 못하고 있었다. 사람에게는 누구나 쑥스럽지만 은연중 드러내고 싶은 것도 있는 것이라 홍춘복은 거기에 맞추어 줄 필요가 있었다.

"자유통일 위해서 님들은 뽑혔으니 그 이름 맹호부대, 맹호부대 용사들아 남북으로 갈린 땅 월남의 하늘 아래."

홍춘복은 맹호가를 읊조렸다. 그 당시 부산 부두 환송식에 동원된 학생들이 등하교 길에서도 불렀던 군가라서 잊어버리지도 않고 있었다.

"에헤, 그런 노래는 다 뭘 모르는 젊은 애들 홀릴라고 만든 거여."

유상태는 홍춘복이 흥얼거리는 노래를 잘라버렸다. 무공훈장까지 받았던 자신이 앞서 불러야 할 명예로운 군가를 한마디로 뒤집어버렸다. 참전용사 입에서 파병군가에 대해 모욕적인 말이 나올 줄은 몰랐다.

"뭐가?"

"다 웃끼고 자빠진 소리여. 그런 말장난은 다 정치하는 놈들 야로 까는 소리여."

"응?"

"쫄따구는 죽으러 갔고 하사관은 소 장만하러 갔고 장교는 집 장만 할라고 갔지 미쳤다고 남에 나라 지키러 갔간디? 우리가 염소똥이여?"

유상태 말에는 정치가들이 책상 위에서 연필심에 침 발라 쓴 수사라곤 한 마디도 묻어 있지 않았다. 앨범사진을 자랑스럽게 펼치고 설명하는 것과 튀어 나오는 말은 전혀 딴판이었다. 자유평화 수호는 고사하고 조국 경제발전 기수로서 긍지조차 실종된 채 손바닥으로 가렸던 셈판만 내보이고 있었다.

"나가 오음리에서 애들 훈련시킨 것이 남에 나라 지켜주러 가는 거 아닌께 봉급만 타다 목숨 보전해서 돌아오는 요령이였어."

"그래도 한국군 전사자도 오천 명이나 된다던데."

"오천 죽어서 사천 만이 요만큼 살게 됐스믄 쁘라스여. 괜히 죽은 놈만 불쌍한 거여."

"민간인 희생자도 많이 생겼다던데."

"전쟁이 그런 거시여. 논에 피 뽑으려다 나락도 뽑히고 그런 거여."

유상태가 거침없이 내뱉는 말은 형제로서는 듣기 힘든 것이었다. 그런 말 들으러 집에 들어온 것도 아니고 용기를 짜

내서 안도에 온 것도 아니었다. 그래도 만나보고 싶은 사람이 나타날 때까지는 불편한 대화를 이어나가야 했다. 형 홍춘송이 손가락으로 신문기사 사진을 가리키며 말했다.

"여기 부산 삼 부두네."

"아따 행님, 부산 잘 안 갑소?"

"부산 삼 부두에서 군인들 월남 떠나는 거 다 봤심니더."

"그믄 행님 요때 부산에서 살았소?"

"부산에서 쭉 살아왔지예."

부산 제3부두는 대형선박들이 드나들었다. 미국에서 들어오는 원조 물자가 삼 부두를 통해 들어왔다. 형 홍춘송이 부두 일자리를 얻으려 돌아다녔던 곳이기도 했다.

"행님, 근디 요 때 부산에서 뭐 하고 살았소?"

유상태가 대놓고 하는 질문에 홍춘송은 선웃음을 지어 보였다. 부모 없는 세상살이가 모지락스러웠을 것이라 가늠하는 질문이라 선웃음밖에 답을 할 수 있는 게 없어 앨범이나 쳐다보는 수밖에 없었다. 그래도 유상태가 빤히 쳐다보고 있어 대답을 하지 않을 수 없었다.

"요때는 내가 미군부대에서 일하고 있을 때인가 개인택시 하고 있을 때인가 기억이 확실하지 않심더."

"아따 행님, 미군부대 있었소? 와마 잘 나갔구만잉."

유상태는 생급스런 표정을 지었다. 고아가 되어 안도를 떠

낳던 형제라 사뭇 믿지 못하겠다는 표정으로 또 물었다.

"행님, 개인택시까지 했소?"

"요즘 개인택시가 아니고 한시 택시라고."

"아 그거, 껍데기는 내 꺼고 번호판은 회사꺼?"

"그치예, 회사 번호판 빌려서 운전하는거."

"아따 행님, 차도 있었고 부산에서 살만 했든갑소?"

유상태는 표정을 과장되게 지었는데 뜻밖인 것도 무리는 아니었다. 그래도 유상태가 월남전부터 해서 좀처럼 종잡을 수 없는 반응을 보여 형제로서는 어떻게 대응을 해야 될지 헷갈리고 있었다. 거북살스럽게 지난 세월을 자꾸 묻는 유상태 물음은 다행히 문밖에 인기척이 들려오자 멈출 수 있었다.

"엄니, 어디 갔다 오시오?"

"자네가 면장하고 맞다대기 해서 이장하고 면사무소에 가서 풀고 왔네."

"당제도 못 지내게 하는 놈을 뭐드러 만나요."

"그믄 어찌끈가. 면장한테 대들면 우리 마을 비료도 못 받네."

"지가 뭔디 나라에서 주는 것을 맘대로 한다요."

"나라에서 임명한 면장 아닌가. 근디 손님 왔는가?"

방 안을 들여다보는 유상태 모친은 머리에 서리가 내려앉아 있었다. 형제가 꼭 만나보고 싶었던 사람이라 형제는 툇마루로 얼른 나와 모친에게 인사를 드렸다. 사십 삼년 전 그해 여름 이야포 몽돌밭 둔덕 너머로 잠깐 비친 얼굴만 봤던 유상태 모친이었다. 찰나에 불과하지만 잊을 수 없는 순간도 있고 얼굴도 있었다.

"밤에 찾아와 미안합니다."

"괜않소. 어디서 오셨소?"

"부산에서 왔습니다."

"우리 아들 군대 친구요?"

모친은 형제를 알아보지 못했다. 그것도 당연한 세월이었다. 형제는 모친에게 어떻게 자신들을 설명해야 할지 머뭇거려졌다. 옛날 일이지만 괜히 자신들 때문에 모친 덴 가슴에 건혼나게 하는 게 아닌지 염려되었다. 그렇다고 형제가 그세월 동안 지녀왔던 부질없는 소망을 집어삼킬 수도 없었다. 형제가 모친 물음에 답을 못하고 주저하자 유상태가 대신 설명했다.

"엄니, 옛날에 전쟁 났을 때 있소."

"전쟁? 자네 월남 갔을 때 말인가?"

"아니 월남 전쟁 말고 육이오 때."

"옛날에 인민군들이 쳐들어왔다고 할 때 말인가?"

"그때 여기에 피난민들 배 타고 왔지 않소."

"피난민들이 배 타고 떼로 왔을 때?"

"예, 엄니 그 배요."

"그 배 뱅기가 때려부렀는디?"

"그때 절반 죽고 절반 살지 않았소."

"글지. 죽은 송장들은 경찰부대가 배에 던져서 불 태워부 렀는디?"

유상태가 설명하고 모친이 선명히 기억하자 형제는 다리 에 오금이 저려 굽혀지려고 했다. 크게 기대하지 않았으나 엄마와 막내 무덤이 어디엔가 있지 않을까 행여나 하는 생각 을 버린 적이 없었다. 남들처럼 부모님 산소 앞에 무릎 꿇고 절 올리고 싶었던 꿈이 모친의 말에 허물어지고 있었다.

"긍께 그때 살아남았던 친구랑께라."

"뭐이? 그때 산 사람들은 경찰이 전부 소리도로 보내부렀 는디?"

"긍께 그때 소리도로 간 친구랑께라."

"워메! 그런가."

세월에 의해 감정이 닳아지기는 해도 퇴색되거나 윤색되 지 않고 화석으로 남아 있는 기억도 있었다. 그런 기억들은 희비극이 분명하고 대부분 비극이었다. 비극이라면 비가가 흘러나오기 마련이라 형제 입에서는 신음소리가 새어나왔 다. 낯선 형제를 보고 다듬작거렸던 모친도 툇마루에 털썩 주저앉아버렸다. 그리고 형제에게 물었다.

"그때 누가 죽은 사람 있소?"

"엄마 아부지하고 동생 둘이 죽었습니다."

"워메, 워메, 어쯔야쓰까잉."

모친은 손바닥을 연신 마주치면서 장탄식을 뽑아냈다. 불타버린 난초 보고 놀랐던 해초가 오랜 세월 지나서 탄식하고 있었다. 안도사람이나 안도에 들어왔던 피난민이나 서로에게 지울 수 없는 멍에이고 생채기였다. 사십 년 넘는 세월이 흐르는 동안 형제는 입 밖에 내는 것조차 두려운 일이었고, 안도사람들도 이야깃거리로 올리지 않는 일이었다. 서로에게 지난한 세월이 흘러왔던 것이다.

"엄니, 그러고 있지 말고 상 좀 봐 주시오."

"자네 병 때문에 술 묵으면 안 되는디 또 술 묵을라고 그란가."

모친은 마지못해 술상을 차리려 부엌으로 들어갔다. 형제는 모친의 기억을 받고 싶어 선뜻 들어왔으나 어려운 자리가 되어 가고 있었다. 모친 소매평생 저편에 옹그리고 있는 기억을 끄집어내야 하는 불편한 손님이고 어리친 강아지 하나 없을 옛날 사건이었다. 더구나 유상태가 면장하고 대거리를 했다 하여 모친 심사가 몹시 안 좋을 것 같았다.

"몸도 안 좋은데 술은….."

"괜찮아부러. 이럴 때 마시라고 하는 것이 술이여."

"낮에도 마신 거 같은데."

"나이도 어린 면장 놈이 당제를 지내라마라 간섭해서 열받아 한잔 찌끄러부렀지. 지가 죽든 내가 죽든 둘 중 하나여."

유상태는 삐딱하게 쓰고 있던 군모를 똑바로 고쳐 썼다. 방 안은 치우지 않아 여전히 어지러운 상태에도 풀어져 있던 군복 상의 단추도 꿰어 넣고 자세를 고쳐 앉았다. 예비군 훈련이라도 나갈 태세였다. 홍춘복은 이야기가 길게 나올 것 같아 다른 것을 물었다.

"자식은 몇 명이나?"

"애들은 지 엄마하고 살고 있어."

묻기를 잘못 물었다. 유상태나 형제나 서로들에게 엇나가는 질문만 오가고 있었다. 형제가 정작 묻고 듣고 싶은 것은 엄마와 막내 시신을 행여나 누가 땅에 묻었다면 그게 어디인지를 알고 싶었을 뿐이었다. 그 답을 혹시나 알고 있을 것 같은 모친이 개다리소반에 몇 가지 반찬을 얹어 방으로 들어섰다.

"염소고기 말린 거 있어 지져 왔는데 잡사 보이다."

형제가 일어나 상을 건네받았다. 상에는 방풍나물 무침과 거무스름한 고기가 기름에 튀겨져 올려 있었다. 밤에 불쑥 찾아와 염치없이 상을 받고도 형은 고맙다는 말보다 먼저 듣고 싶은 말을 해버렸다.

"저, 여쭤볼 게 있습니더."

"뭔디 나한테 물어 볼꺼시 있다요."

"그때 말입니더."

"뱅기가 배 때렸을 때 말이요?"

"네, 그때 저의 어머니하고 동생 시신을 요 앞에 옮겨 놨드랬습니다."

"오메! 그믄 그 송장이 엄마였소?"

"네….."

"오메… 그요."

"혹시 그때 저의 어머니하고 동생 시신이 어디로 사라졌는지 아십니까?"

"글세…… 그거시 하도 옛날 일이라서…….."

모친은 기억이 가뭇한지 대답을 못하고 고개를 모로 돌려 놓고 입을 열지 않았다. 전쟁 중에 죽은 사람이 한둘이 아니지만 작은 섬에서 일어난 엄청난 사건이니 모친이 기억 못할 것도 없었다. 각인된 기억은 몸뚱이에 새겨져 있는 것이라 유상태는 모친의 기억을 돋치게 만들었다.

"엄니, 그때 마을 어른들이 죽은 피난민들 저그 서고지산에다 몽땅 묻었다고 안 했소?"

"그거슨 나중에 마을사람들이 멸치 잡을라고 하는디 송장들이 자꾸 떠오른께 거둬서 묻은 거고….."

"그믄 이 친구 옴마는 어쨌다요?"

"나가 어찌 안당가."

"그때 경찰이 불러서 아부지가 나간 것 같은디?"

"모르것네. 경찰이 여기저기 있는 송장들 배에 실어라고 하드만."

형 홍춘송과 동생 홍춘복 고개가 동시에 상에 처박히다시피 떨어졌다. 접시에 담긴 시커먼 염소고기만 형제 눈에 가득히 들어찼다. 형제가 기대했던 엄마와 막내 무덤은 없었다. 피난화물선에 수북이 쌓여 있는 시신들을 뭍으로 옮겨 묻을 공간이 안도에 없지 않겠으나 뭍에 올려놓은 시신까지 굳이 피난화물선에 실어서 불태울 것까지는 없었다. 모친의 기억은 거기에서 끝이었다. 불타오른 피난화물선이 바다에 가라앉아 흔적 없이 사라졌듯 모친의 기억도 거기에서 사라졌다.

방 안에 침묵이 흘렀다. 침묵이 버거운지 모친은 슬며시 일어나 방을 나가면서 한마디를 흘렸다.

"그때 나가 삼을 삶고 있었는디 연기보고 뱅기가 달라 들었는가 지금도 가슴이 벌렁거리네."

"아따 엄니 때문에 그런거시 아니랑께 또 그요."

유상태가 방을 나서는 모친 등에 대고 지청구를 붙여 댔다. 형제는 모친에게 불청객이 되어 버렸다. 그래도 이왕지사 알고 싶은 것은 물어봐야 해서 홍춘송은 유상태에게 물었다.

"공동묘지가 어디에 있습니꺼?"

"행님, 가 볼라고라."

"가 봐야 하지 않것습니까."

"이미 파 간 사람들도 있고 풀이 우거져 찾기 쉽지 않을 것인디."

"그래도 데려다 줄 수 있습니까."

홍춘송은 부탁을 거듭 하였다. 엄마 무덤은 없어도 마을 사람들이 물에 떠오른 피난민 시신을 거두었다는 묘지에는 가 봐야 했다. 행여 아버지와 여동생 시신이 이야포 밖으로 흘러나가지 않았다면 마을사람들이 물에서 건져 수습했다는 서고지 공동묘지에 묻혀 있을 수도 있었다. 형제는 부득이 하룻밤을 유상태 집에서 보내는 수밖에 없었다.

4

술에 절어 널브러져 자고 있는 유상태는 코를 심하게 골았다. 한국전쟁이 끝난 지 사십 년이 되었다고 하지만 전쟁은 죽은 사람에게만 끝난 것이었다. 홍춘송은 지금까지 살아남아서 안도에 와 있다는 것이 비현실처럼 느껴졌다. 여전히 안도의 밤은 사위스러워서 잠을 이루기 어려웠다.

잡소리는 꼭 잠을 이루지 못하고 있을 때 크게 들리는 법이었다. 초가를 걷어내고 기와를 얹은 집이라고 해도 이런저런 잡소리가 지붕에서 들려오고 있었다. 가끔 방문 밖에서 고양이 소리와 함께 퉁탕거림도 들려오고 있었다. 고양이들이 쫓고 쫓기는 영역 싸움이 벌어진 것 같은데, 이번에는 느닷없이 천장에서 타르랑 소리가 들려왔다. 고양이들이 지붕 위로 올라가서 난리를 치고 있는 것이었다.

"이런 씨발!!"

널브러져 자고 있던 유상태가 벌떡 일어나 앉더니 욕지거리를 내뱉었다. 잠을 못 이루고 누워 있던 홍춘송은 유상태를 보다가 고개를 팔베개에 파묻었다. 유상태가 잠시 그러고 있다가 다시 쓰러져 잘 줄 알았다. 방바닥에서 병이 또르르 굴러가는 소리가 났다. 역한 술 냄새가 풍겼다. 유상태가 담배꽁초까지 집어넣은 소주병을 건드렸던 것이다.

"퍽!!"

병이 어디엔가 부딪쳐 박살나는 소리가 났다. 형제가 벌떡 일어나 보니 술병 유리조각이 방문 앞에 흩어져 있었다. 유상태가 소주병을 집어서 방문에 사정없이 내던진 것이다. 소주병에 맞은 방문이 덜컥 열려 문지방과 틈이 날 정도였다. 소주병을 집어 던진 유상태는 앞으로 꼬꾸라지는 듯 엎어지더니 방문을 향해 높은 포복자세로 기어가기 시작했다. 방문을 머리통으로 들이밀어 툇마루까지 기어나간 유상태는 여전히 포복자세로 헐떡거리고 있었다. 영역싸움을 하다가 지친 늙은 고양이 뒷모습 같았다.

"나가 자네 때문에 못 살것네. 왜 또 그런가."

이번에는 건넛방에서 나온 모친이 툇마루에 털썩 주저앉아 한탄을 했다. 그다지 놀라는 모습도 아니었다. 유상태는 거친 숨을 몰아쉬며 엎드려 있고, 모친은 허옇게 세진 머리카락을 쓸어 올리고 있는 모습을 형제는 멍하니 바라보고만 있어야 했다.

"자네가 이런께 어떤 여자가 붙어 살것는가. 제발 정신 좀 차리고 사소."

모친은 유상태의 등을 연신 쓸어내리면서 진정시키고 있었다. 모친의 손길에 가위눌림이 풀린 듯 유상태는 포복자세를 풀고 무릎을 세워 앉았다. 그리곤 가랑이 사이에 머리를 깊숙이 파묻고 깍지 낀 손으로 감쌌다. 고양이 소리 때문인 줄 알았는데 악몽에 가위눌린 것 같았다. 병조각에 베인 유상태의 팔꿈치에서는 피가 톡톡 떨어지고 있었다. 홍춘송은 술병조각을 피해 문지방을 넘어가서 손수건으로 유상태 팔꿈치를 감쌌다.

"꿈자리가 사나웠던가 봅니다."

"총알이… 안 나간당께라."

술이 취한 상태인지 비몽사몽인지 알 수 없으나 연극을 하는 것은 아니었다. 방 안에 있는 동생 홍춘복은 눕지도 못하고 툇마루로 나가서 같이 앉지도 못한 채 모친과 유상태 그리고 형의 뒷모습만 바라보고 있었다. 왜 그러고 있는지 모르지만 셋은 미동도 없이 그렇게 툇마루에 앉아 마당을 내려다보고 있었다. 묘한 긴장상태가 유지되고 있었다.

홍춘복은 어리벙벙한 긴장상태가 해지되기 전까지 방바닥에 있는 추억록이나 들쳐봐야 했다. 전쟁을 추억하거나 기념하여 전쟁기념관까지 짓는 것이 사람이 보이는 병리현상이겠으나, 월남에서 살아서 돌아온 파병군인들은 추억록 한 권씩은 가슴에 품어서 가져왔다. 이국의 땅에서 벌어지는 전쟁은 전장을 떠나오면 추억이 될 수도 있었다. 노트만한 도화지를 묶고 미군전투식량 시레이션 박스를 덮개로 만든 추억록에는 유상태 처로부터 받은 편지들이 정성스럽게 붙어져 있었다. 무사귀국을 바라고 보내 준 봉급으로 밭을 조금 샀다는 살뜰한 내용들이었다. 유상태가 처에게 보내려고 써 놓은 편지에는 아기가 너무 보고 싶다는 애틋한 글도 적혀 있고 전쟁을 증오한다는 낙서도 적혀 있었다.

방 안에서 홍춘복이 추억록 넘기는 종이소리만 날 뿐 달빛을 받으며 툇마루에 앉아 있는 세 사람은 아무 소리도 내지 않았다. 잠시 동안 미동 없이 앉아 있던 세 사람의 묘한 긴장감을 깨트린 것은 모친이었다. 유상태가 어느 정도 진정이 되었는지 머리통을 감싼 깍지 낀 손을 풀고 고개를 흔들자 모친이 홍춘송에게 물었다.

"근디 셋으로 봤는디 둘만 왔소."

모친은 삼남매가 살아남았다는 것도 정확히 기억하고 있었다. 그러나 모친의 기억에는 엄마와 막내 무덤은 없었다.

"누이는 일찍 갔십니더."

"아이고 저런, 언제? 결혼은 했었다요?"

"결혼하고 얼마 안 있다 스물 다섯에 갔십니더."

"워메, 어쯔다 꽃다운 나이에 갔으까잉."

형 홍춘송은 대답하지 못했고 방 안에 있던 동생 홍춘복은 보고 있던 추억록을 덮어야 했다. 누군 과거 앨범을 들추면 고개를 빳빳하게 세울 수 있겠지만 누군 과거를 들추면 고개를 도리질 칠 것밖에 없었다.

"애기들은 있었다요?"

"애 둘 낳고 갔십니더."

"아이고 참말로 뭔 일이까이."

오밤중에 형제를 혼뜨게 만들었던 유상태를 가운데 앉혀 놓고 모친과 홍춘송은 아무 일 없었다는 듯 이야기를 주고받고 있었다. 기이한 밤이었다. 게다가 가만히 앉아 있던 유상태도 정신이 제대로 돌아왔는지 불쑥 이야기에 끼어들었다. 참으로 기묘한 현상이었다.

"엄니, 명자는 어찌 됐다요?"

"명자가 누구당가?"

"아따 엄니, 피난민 다 가고 나서 여기 혼자 남은 가시내 안 있소."

"잉, 갸는 조금 키워준께 여수로 도망쳐부렀다고 하든디."

"그건 아는디 아직도 여수에서 산다요?"

"모르것네. 여수 고아원에서 식모살이 했다드만."

방 안에서 이야기를 듣고 있던 홍춘복도 명자라는 여자아이가 궁금했다. 명자는 홍춘복의 가슴 범위 안에 있지는 않았지만 기억 밖에 있지도 않았던 여자아이였다. 부상 당한 명자엄마가 산에서 죽자 피난민들이 서고지산에 묻었다. 엄마무덤 앞에서 혼자 울고 있던 여자아이가 명자였다. 피난민들이 안도를 떠나던 날 명자는 안도리 마을에 남겨졌다. 안도리 부잣집에서 명자를 거둔 줄 알았는데 제대로 살지 못하고 여수로 나가 버렸던 것이다.

명자 이야기를 듣자 홍춘복은 정작 살아남은 피난민들에

대해서는 관심이 부족했다는 것을 깨닫고 있었다. 그렇다고 아무도 모르고 지낸 것도 아니었다.

"저어기… 찾아온 사람들이 있었나 봅니더."

"피난민들 말이다요?"

"네, 묘를 이장해 간 사람도 있다고 해서."

"글지라. 여름마다 와서는 제사 지내고 가는 사람들도 있고 몰래 이장 해 간 사람들도 있고."

방 안에서 모친의 말을 듣고 있던 홍춘복은 이마를 만지작거렸다. 한 차원의 비극이 죽음으로 끝났다고 해서 다른 차원에서도 끝난 것이 아니었다. 자신의 힘으로 비극적 드라마에서 벗어날 수 없는 원통한 죽음을 비극적 과거와 분리시켜 주는 것이 이장(移葬)이고 혼을 달래는 것이 제사였다. 유족은 이장과 제사를 통해서 죽음을 원통한 세상과 분리시켜 안식을 주어야 했다. 그런데 그간의 세월은 원통한 죽음을 나쁜 죽음으로 묶어두고 있어 유족들은 몰래 이장을 했던 것이다. 몰래한 이장은 넋이 달래진 것이 아니고 하늘에서 쏟아진 불벼락과 분리된 것도 아니라 그 상황 그 상태 그대로 자리를 옮긴 것뿐이었다.

형 홍춘송은 이야포에서 떠나지 못하고 있는 부모형제를 이장을 통해 비극적 현장과 분리시켜 주지는 못해도 제사라도 올려 혼이라도 달래드리고 싶었다. 그래서 동생에게 안도에 가자고 해마다 말했지만 홍춘복은 한사코 마다했었다. 신혼여행 삼아 찾아왔던 안도에서 더해진 생채기는 홍춘복 발길을 묶어두고 있었다. 세월이 흐르고 정부도 여러 번 바뀌면서 지난 세월을 헤아려 보니 안도 마을사람들을 이해 못할 것도 없었다. 그래서 방 안에 앉아 있던 홍춘복은 방문 너머 모친에게 물었다.

"저… 혹시 그때 마을에도 피해가 있었습니까?"

"뱅기가 배 때릴 때 말이다요?"

"예, 혹시 마을사람들도 죽은 사람이 있었습니까?"

"없는디. 뱅기가 배만 때렸지 마을은 안 때렸는디."

홍춘복이 기억을 더듬어 봐도 불벼락은 이야포에 정박해 있는 피난민 화물선에만 정확하게 떨어졌지 마을에는 떨어지지 않았다. 마을사람이 다쳤거나 죽었다는 소리도 전혀 듣지 못했다. 행여 하는 마음으로 모친에게 물어본 홍춘복은 고개를 끄덕였다. 모친의 대답은 홍춘복이 안도를 다시 찾아오면서 사려했던 것을 풀쳐지게 했다. 서리었던 것이 풀어지자 홍춘복도 툇마루로 나가 모친 곁에 앉았다. 잠 안 오는 밤이었다.

"엄니, 안도에서도 영감하고 할마시 죽었다믄서요?"

"그거슨 뱅기가 배 때리기 한 달 전인가 의용대 여자들 땜시."

"경찰들이 묶어가지고 끌고 돌아다니던 여자들 말이오?"

"글지. 색시들이 치마도 차려입고 이쁘게도 생겼드만."

"나도 봤어라."

유상태가 묻고 모친이 답해주는 의용대 여자들은 인공기를 들고 안도에 들어오긴 했어도 북한 인민군이 아니었다. 인민군은 점령한 남한 지역마다 의용대라는 것을 만들고 교사나 배운 사람을 섬 지역으로 보내 관리하도록 했다. 안도에 경찰이 있는 줄 모르고 들어온 여자 의용대는 노부부가 살고 있는 집으로 들어가 장롱 속에 숨어 있다 마을사람 신고로 경찰에 잡혔고, 장롱에 숨겨 준 노부부는 경찰 총에 맞아 죽었다. 그건 작은 섬 안도에서 일어난 비극드라마 서곡에 불과했다.

모친은 홍춘복까지 툇마루에 나와 앉자 부모 잃은 형제가 애달파서 그런지 이번에는 태극기를 탓했다.

"나가 그때 본께로 배에 태극기가 이슬에 젖었는가 힘아리가 없드만잉. 태극기만 나불댔어도 뺑기가 봤을 것인디."

모친은 피난화물선이 불벼락을 맞은 것을 태극기 탓으로 돌렸다. 그렇잖아도 형제는 피난 내려오지 말고 그냥 서울에 머물면서 대문에 인공기를 그려서 꽂고 있었으면 목숨은 부지할 수 있지 않았을까 생각도 해 봤었다. 실제로 서울 수복후 집으로 올라가보니 인민공화국 백성으로 지냈던 염리동

사람들은 붉은 헝겊을 팔에 두른 동네 건달들에게 시달림은 당했으나 목숨들은 부지하고 있었다. 그러나 염리동에서 피난을 떠나지 않았던 동네사람들은 월남인도 아니고 군경이나 정부 고위직 가족들도 아니었다.

모친과 형제가 옛날이야기를 하고 있는 동안 유상태는 가만히 듣고만 있었다. 혼이 빠져 있는 것인지 아니면 여전히 베트남 전선에 있는 것인지 알 수 없었으나 더 이상 발작은 하지 않았다. 오히려 다소곳하여 술병을 집어 던졌던 사람이 맞나 싶을 정도였다. 어이되었든 조각난 달빛이 비추는 툇마루에 앉아 있는 네 사람 그림자 암영은 짙어지고 있었다.

"근디 소리도에서도 어디로 갔다드만 어디로 갔소?"

"부산으로 갔심니더."

"부산에 일가친척이 있었소?"

"없었심니더."

모친이 묻고 홍춘송이 답했다. 돌이켜 생각해 보니 누나가 왜 부산으로 가자고 했는지 알 수 없었다. 거제도에 내렸으면 경찰이 만들어 준 임시피난민증으로 피난민수용소에 들어갈 수 있고 배급도 받을 수 있었다.

"부산 가서 쭈욱 살았소?"

"서울 집에 잠깐 올라갔다가 일사 후퇴 때 다시 부산으로 와서 살고 있심니더."

"참말로 고생 많았것소잉."

전쟁을 거쳐 온 세대라면 누구나 겪어야 했던 참혹한 고생에 더해서 부모 없이 살아내야 했던 서러움에 대한 연민이었다. 비극에서는 공포와 연민이 같이 표현되지만 동시에 나타나지는 않고 시간을 두고 나타나는 것이라, 모친의 형제에 대한 연민은 이야포에 불벼락이 떨어질 당시에는 자신에게도 닥칠지 모를 공포였다.

5

유상태가 홍춘복을 처음 본 것은 1950년 8월 2일 오후였다. 낮잠을 자고 있던 유상태는 땡볕이 누그러지는 오후 나절이 되어서야 깨어났다. 바닷가 모기는 해가 떨어지기도 전에 왱왱거리며 날아다니다 사정없이 살갗에 침을 쏘아댔다. 총소리가 들려오긴 했어도 모기만 아니었다면 더 늘어지게 잘 수 있었다.

유상태가 가로닫이 방문을 열어 툇마루로 나서는데 처음 보는 낯선 아이가 대문 안 마당까지 들어와 물통을 들고 서 있었다. 낯선 아이는 물에 빠졌다 나왔는지 옷에서 물이 뚝뚝 떨어지고 있었다.

"니 누구냐?"

"물 좀 얻을 수 있냐."

"니 이름 뭔디?"

"홍춘복."

안도에서는 어른이고 아이고 모를 사람이 없었다. 북한 인민군이 여수까지 쳐들어온다는 소문에 안도로 잠깐 피신 왔다 다시 여수로 나간 사람들도 이리저리 친인척 관계로 얽혀 있는 사람들이었다.

"느그 집 어딘디?"

"서울."

"서울?"

유상태는 서울을 말로만 들어봤지 가본 적도 없고 서울사람을 본 적도 없었다. 안도 마을사람들도 서울을 가본 사람도 없고 갈 일도 없이 살아가고 있었다.

"니 몇 살 묵었는디?"

"열세 살."

"아따 그믄 니 나랑 동갑이다잉."

섬에 사람이 적다보니 동갑은 없고 형이나 동생뻘밖에 없었다. 유상태는 서울소년 홍춘복이 동갑이라는 것을 알게 되자 스스럽지만 친해지고 싶은 마음이 가뿐히 들고 있었다.

"물 뜬다고야?"

"응."

"쩌그 산에서 물 내려와야."

"쩌그?"

"그래, 물은 쩌그에 있당께."

"쩌그가 뭔데?"

서울소년 홍춘복은 유상태가 손가락으로 이야포 동쪽 동고지 곶머리 바위 쪽을 가리켜도 되묻기만 했다. 유상태가 가리킨 곳은 안도사람들이 글씨 쓴 바위라고 하는 곶머리 절벽 밑이었다. 그곳에 산에서 흘러내린 물이 갯바위에 고이는 샘이 있었다. 그래도 무슨 말인지 모르는 서울소년은 괜히 안도소년이 자신을 수수꾸게 만들고 있는 것 같았다.

"아따 믄 말인지 못 알아묵냐. 쩌어그 비락빡 밑에 샘이 있다고."

"샘이 어디에 있다고?"

"쩌그라고."

그때서야 서울소년 홍춘복은 샘이 어디에 있는지 알아차렸지만 움직이지 않고 가만있었다. 동갑이라는 안도소년이 가르쳐 준 샘으로는 갈 수 없었다.

"아따 니 갈챠 줘도 모른다잉. 나가 물 떠 주께 따라와야."

유상태는 서울소년 홍춘복이 쥐고 있는 물통까지 빼앗아 대문을 나서 어깨까지 들썩이며 둔덕 위를 걸었다. 그때서야 서울소년 홍춘복이 쭈뼛거리며 뒤따랐다. 직선으로 해안에 내리꽂히던 땡볕이 비스듬하게 기울었어도 이야포는 여전히 장작불에 달구어진 가마솥 뚜껑처럼 뜨거웠다. 안도소년을 뒤따르던 서울소년 홍춘복이 물었다.

"너 이름은 뭐냐?"

"유상태인디, 니 서울서 피난 와부렀냐?"

"응."

서울 염리동 집에서 학교를 가려는데 폭음 소리가 들려왔다. 여의도 비행장을 내려다보니 북한군 전투기들이 폭탄을 떨어뜨려 불길이 솟아오르고 있었다. 아버지가 라디오를 켜자 LHAK 서울 중앙방송국에서는 "북한 인민군이 남침을 했고 국군이 물리치고 있으니 서울시민은 안심하고 집에 머물러 있으"라고 방송하고 있었다. 그래도 이틀 동안 벌벌 떨면서 지냈는데 한밤중에 한강변에서 큰 폭음 소리가 들려왔다. 날이 밝자 한강을 내려다보니 이번에는 한강인도교가 박살나서 엿가락처럼 휘어져 있었다.

라디오방송과 달리 사태가 심각하자 아버지와 엄마는 급히 보따리를 싸기 시작했다. 인민군이 서울에 들어오면 이북에서 월남한 가족은 가만두지 않을 것이라며 서둘러 피난 짐을 챙겨 집을 떠났다. 삼남이녀 오남매도 부모를 따라 피난길에 나섰다. 전철 길을 따라 마포나루로 갔다. 마포나루에는 이미 피난민들이 한강을 건너려고 장사진을 치고 있었다. 경찰들이 피난 떠나는 사람들을 새우젓 배에 마구잡이로 태워 영등포로 실어 나르고 있었다. 서울소년 일가는 널따란 뗏목에 올라타 영등포로 건너갔다. 영등포역에서 기차를 타고 서울을 떠났다. 그날이 1950년 6월 28일이었다.

"근디 왜 일로 피난 왔냐?"

"몰라."

그건 서울소년 홍춘복이 알 수 없었다. 가족은 부산으로 피난 내려와서 서울피난민수용소에 있었다. 그런데 정부에서 피난민들을 이동시킨다고 해서 충무를 거쳐 욕지도라는 큰 섬으로 가 있었다. 경찰은 욕지도 피난민들을 분산 이동시키려 다시 세 척 화물선에 나눠 태워 보냈다. 어른들은 거문도로 간다고도 했고, 제주도로 간다고도 했다. 피난민들을 태운 화물선이 어디론가 향해 가고 있던 중 섬 곶머리에서 총소리가 났고, 경찰이 정박하라고 지시하는 깃발 신호에 따라 들어온 곳이 안도소년 유상태가 살고 있는 바닷가였다.

"느그 엄마 없냐?"

"저기."

서울소년이 손가락으로 이야포를 가리켰다. 안도소년이 대문 앞 둔덕에 올라 바다를 내려다보니 커다란 화물선 한 척이 이야포에 들어와 닻을 내려놓고 있었다. 화물선은 그물을 크게 치는 어사리 배처럼 뱃전은 낮고 뱃머리와 배 뒤쪽 고물에는 판자로 이층 마루를 만들어 놓았다. 이물 쪽에 솟은 깃대에는 태극기가 걸려 있었다. 고물과 선장실까지 가로 댄 대나무 활대에는 흰 빨래들이 겹쳐 널려 너풀거렸다. 뱃전이고 고물이고 피난민들이 콩나물시루처럼 빽빽이 들어차 있었다. 얼마나 많은 피난민들이 타고 있었는지 뱃전이 수면에 닿을 듯 말 듯 푹 내려와 있었다.

"니 당도리에서 전마 타고 올라왔냐?"

"당도리?"

"쩌어그 사람들 바글바글 한 큰 배 말여."

"전마가 뭐냐?"

"쩌어그 새끼 배들 말이여."

이야포 해안은 수심이 얕아 큰 배는 몽돌밭에 직접 닿을 수 없어 전마선이나 널빤지를 엮어 만든 뗏목에 올라타 뭍으로 올라와야 했다.

"아니, 수영했다."

"왜? 전마 타고 올라오믄 되는디."

"경찰이 배에서 못 내리게 한다고 선장이 가만있으라고 했어."

"경찰이야? 경찰은 쪼기 산에 숨어 있는디."

안도소년 유상태 말대로 경찰 모습은 보이지 않았다. 인민군에 밀려 안도로 후퇴해 온 나주경찰과 영암경찰 부대는 안도에 경계병력만 남기고 건너편 섬 소리도로 가 있었다. 안도에 남은 경찰 경계병력은 진지라고 하는 움막에 들어가서 좀처럼 나오지 않고 있었다. 어쩌다 선착장에 나타나 금방 돌아보고 갈 뿐이었다. 호남을 점령한 인민군도 순천에서 소수병력만 여수에 내려 보내고 주력부대는 낙동강 방어선을 뚫으려 부산 방면으로 방향을 틀었다. 여수에 들어온 인민군은 중대병력도 안 되는 소수 병력이지만 안도까지 올 수 있어 경찰부대가 경계를 서고 있었다. 안도 경계 경찰은 곶머리에서 지나가는 배들을 감시하고 있었다.

"근디, 니는 왜 배에서 내려왔냐?"

"배에 물이 부족해서 물 뜨려고."

"니 수영 잘 하냐?"

"응. 엄청 잘 해."

두 소년은 친한 동무처럼 말을 주고받았다. 안도소년은 보물이 묻혀 있는 곳을 가르쳐주기라도 하는 듯 앞장서 곶머리를 향해 둔덕길을 걸었다. 하지만 서울소년은 주춤거리며 따라가지 않았다.

"왜 안 오냐?"

"저기에서 경찰이 총 쐈어."

"경찰은 쩌그 본부에 있는디?"

서울소년이 가리킨 곳은 동고지산 곶머리이고 안도소년이 말한 경찰 본부는 안도 중심에 솟아 있는 상산 중턱 숲속에 있는 움막을 말하는 것이었다. 경찰들은 안도 지서나 벽돌로 지어진 학교건물에 들어가 있지 않고 마을사람들을 시켜서 산중턱 소나무 숲 사이에 눈에 잘 띄지 않는 움막을 짓게 하여 들어가 있었다.

안도는 상산에서 뻗어나간 산줄기가 동쪽과 서쪽으로 이어져 바다에 닿아 있었다. 동서 각 곶머리가 바다를 오므리고 있는 것이 어미가 자식을 품에 안고 있는 듯이 보이는 곳이 이야포였다. 이야포에서 남쪽 마장거리에는 금오열도 마지막 섬 연도가 보였다. 솔개처럼 생긴 섬이라 주민들은 소리도라고 불렀다. 소리도는 조선시대 때 제주도로 귀양 가는 사람들이 잠깐 쉬었다 가는 섬이었다.

"물 뜬다면서 왜 안 오냐? 빨랑 따라 오란께."

"싫다."

"왜?"

"저기에서 경찰이 총 쐈다니까."

"괜찮해. 암씨랑도 안 한께 나만 믿고 와부러."

안도소년 유상태는 이태 전 군인들이 안도에 들어와 총을 쏘았지만 태연한 척했다. 그때는 군인들이 안도 사람들을 죽였어도 지금은 경찰이 인민군이 들어오지 못하게 막아주고

있기 때문이었다. 안도는 전쟁이 났다는 소문만 듣고 있었을
뿐이었다.

"인민군들 어쯔게 생겼든?"

"몰라."

"서울은 인민군이 묵어부렀다고 그러든디?"

"피난 내려와서 몰라."

서울소년 가족은 영등포역에서 기차를 타고 대전으로 향
했다. 피난기차에 올라탄 피난민들은 전쟁이 오래 가지 않을
것이라고 이구동성으로 말했다. 이전에도 삼팔선에서 잦은
충돌이 있었던 터였고, 북한 조국통일 민주주의전선 대표 세
명이 호소문을 들고 남한으로 내려오기도 했다. 호소문은 이
승만 박사를 비롯해서 반민족주의자 아홉 명을 제외하고 통
일을 하자는 것이라 남한에서 체포해 버렸다. 그래서 북한이
화가 나서 남침한 것이라고 피난민들은 여기고 있었다.

정부에서 일하는 사람이나 군경가족은 전쟁이 나자마자
트럭을 이용해서 남쪽으로 피난 내려갔다. 피난기차에 올라
탄 피난민들 상당수는 이북에서 월남한 사람들이었다. 월남
인 중에는 혼자서만 피난 가는 아저씨도 있었다. 식솔은 어
떻게 하고 왜 혼자만 피난 가는 것이라고 엄마가 묻자 아저
씨는 미군이 곧 들어와서 북한 인민군을 쫓아낼 것인데 굳이
식구들 다 데리고 올 필요 없다고 말했다. 그럼 서울에 그냥

있지 왜 피난 가냐고 엄마가 다시 묻자 자신은 반공단체 간부로 일해서 잠깐 피신하는 것이라고 대답했다. 아버지가 미국은 멀어서 미군이 오려면 시간이 많이 걸릴 것이라고 하자 아저씨는 그러면 일본군이라도 데려와 빨갱이들을 쫓아내야 한다고 주장했다.

가족은 대전에 도착하여 어느 초등학교 운동장에 머물다가 인민군이 서울을 점령하고 수원까지 밀고 내려오자 다시 기차를 타고 대구로 내려가야 했다. 반공단체 간부 아저씨 말은 엉터리였다. 북한 인민군은 거침없이 밀고 내려오고 있었다. 미군 작은 병력이 들어와 대전에서 인민군을 막았지만 어림도 없이 패하고 후퇴만 하고 있었다.

"부산도 인민군이 묵어부렸냐?"

"몰라. 미군은 봤는데 인민군은 못 봤어. 그런데 여기가 어디냐?"

"여기 어딘지도 모르고 피난 왔냐? 여기 안도여."

서울소년 홍춘복 가족은 부산 범일동 성남초등학교 서울피난민수용소에서 머물고 있었다. 서울에서 일찍 피난 내려온 사람들은 부산시에서 발급한 피난민증을 받고 피난민수용소에 들어가 배급을 받을 수 있었다. 피난민들은 임의대로 십승지지(十勝之地)를 찾아다닐 수 없었다. 피난민들은 사전에 선택된 이동경로를 통해 집결지로만 이동할 수 있었다.

피난민 이동통제와 연락은 한국 경찰이 미8군 사령부와 각 사단 사령관에게 보고한 다음 실시하도록 7월 25일 대구에서 한국 정부 차관들이 참석한 피난민 대책회의에서 합의했다. 피난민들은 북한 첩자로 오인받지 않기 위해서는 도민증과 피난민증을 가슴에 꼭 지니고 명령에 따라 이동해야만 피난민수용소에 들어가 배급을 받을 수 있었다. 그러나 인민군이 대전까지 점령하자 그때서야 피난길에 나선 사람들 중에는 미군 방어선을 넘지 못하고 애꿎게 죽어나가는 피난민들도 있었다.

충북 영동 주곡리 사람들은 미군의 방어 작전에 따라 마을 소개 명령을 받고 노근리로 이동하던 중 인민군이 아닌 다른 미군 부대를 만났다. 피난민보다 먼저 후퇴하여 방어선을 치고 있던 제7기병연대였다. 미국 대사 무초가 미군방어선 북쪽에서 남쪽으로 이동하는 사람들은 적으로 간주하여 사격한다는 보고서를 미국 국무부에 보낸 다음 날인 7월 26일이었다. 미군 제7기병연대는 방어선으로 다가오는 흰옷 입은 삼백 여 주곡리 피난민 중에 적이 숨어 있을 수 있다는 불안감을 떨쳐버리려 기관총을 쏘고 전폭기까지 동원하여 불안을 말끔히 제거하였다.

노근리에서 피난민들이 죽어나가기 전 부산 성남국민학교 운동장에 수용되어 있던 서울피난민들한테도 이동명령이 내려졌다. 계속해서 몰려드는 피난민들을 미리 분산시키고 미군 제2병참부대가 학교 운동장을 사용하기 위함이었다. 홍춘복 가족은 또다시 보따리를 싸야 했다. 서울피난민수용소 피난민들은 부산 연안부두 여수뱃머리로 걸어가서 부산시에서 마련한 여객선을 타고 충무로 이동을 해야 했다. 1950년 7월 21일이었다.

여객선은 충무에 도착하여 서울피난민들을 내려주고 부산으로 돌아갔다. 서울피난민들은 충무에서 일주일 머물다 7월 27일 곡식 배급을 받고 다시 욕지도로 이동해야 했다. 욕지도에서 오 일 동안 머물고 있는 동안 북한 인민군이 유엔군 낙동강 방어선을 무너뜨리려 진격하고 있었다. 전남지역을 점령한 인민군 6사단 방호산 주력부대도 순천에서 진주로 향하고 있었다.

욕지도로 이동해 있던 서울피난민들에게 또다시 이동명령이 내려졌다. 이번에는 엄청 커다란 목선 세 척이 욕지도 서울피난민 천여 명을 한꺼번에 나눠 태웠다. 서울소년 홍춘복 가족이 탄 목선은 석탄 같은 화물을 싣고 다니는 발동기 화물선이었다. 뱃머리 이물에는 높다란 기중기 기둥 세 개가 서로 벌어진 채 꽂혀 있었다. 그중 가장 높은 기둥에는 태극기가 매달려 펄럭거렸다. 넓은 갑판 중앙 선장실은 삼층 높이라서 선장 모습이 보이지도 않았다. 선장실 밑 선실에는 보따리나 어린아이를 안고 있는 여자들이 짐짝처럼 들어차 앉았다. 선실 밑 기관실로 내려가는 계단에도 피난민들은 엉덩이를 붙였다. 배 꽁무니 쪽 고물에는 물통을 받침대로 나무판자로 평상을 이층으로 만들어놓아 거기에만 족히 이십 여명이 올라탈 수 있었다. 피난화물선이 욕지도를 떠난 날이 1950년 8월 2일이었다.

욕지도에서 세 척이 같이 떠나긴 했는데 항해 도중에 다른 두 척과는 해상에서 앞서거니 뒤서거니 하다 헤어졌다. 서울 소년 홍춘복 가족이 탄 피난화물선이 오후 나절에 안도와 소리도 사이를 지나고 있는데, 안도 곶머리에서 총소리가 났고 경찰 검문을 받기 위해 이야포에 닻을 내려야 했다. 피난화물선이 정박하긴 했으나 경찰은 어디에 있는지 배에 올라오지 않았고 보이지도 않았다. 피난화물선은 마냥 기다려야 했다. 검문을 받지 않고 다시 해상으로 나갔다가는 경찰의 총격을 받을 수 있기 때문이었다.

피난화물선에 있는 서울피난민들은 목이 말라갔다. 한나절이면 다른 피난민수용소에 도착하는 줄 알고 삼백 오십 여명이 되는 피난민들이 배 물통에 있는 물을 아끼지 않고 마셔대는 바람에 물이 떨어져버렸다. 태양은 뜨겁게 내리쬐고 피난민들은 목이 타들어갔다. 피난민들은 뭍으로 올라가 물을 떠오는 수밖에 없었다. 홍춘복은 식구를 대신해서 물통을 들고 뭍으로 올라왔다.

"니 헤엄 잘 치냐?"

"나 개구리 수영 잘한다."

"어디서 헤엄쳤는디?"

"한강."

"강에서 하는 헤엄이 믄 헤엄이데. 바다에서 해야 진짜 헤엄이지."

"그래도 한강 건너다 온다."

"그믄 나랑 헤엄 시합 하끄냐?"

안도소년과 서울소년은 물을 떠서 이야포 둔덕길을 따라 돌아오는 동안 서로 수영실력을 자랑했다.

이야포에 정박해 있는 피난화물선에서 누가 뛰어내리더니 몽돌밭으로 열심히 헤엄쳐 오고 있었다.

"춘복아!"

서울소년 형 홍춘송이었다. 형은 몽돌밭으로 올라와 먹을 것을 얻어 보겠다고 안도리 마을로 내려갔다.

"느그 형 몇 살인디?"

"나 보다 세 살 많아."

"그믄 열 여섯이냐?"

"응."

소년 둘은 둔덕에 앉아 형을 기다렸다. 서울소년 형이 내려간 안도리 마을에서 할머니 한 명이 두멍안 길을 따라 이야포 둔덕을 향해 걸어오고 있었다. 쪽진 머리카락이 풀어져 바람에 휘날리고 양손을 허공에 휘저으며 다가왔다. 안도소년 유상태는 맨발로 걸어오는 할머니를 보고 고개를 푹 숙여 버렸다.

"아가, 우리 손주 못 봤냐."

"아따 할매 또 왜 그요."

"총소리가 났어야."

"아무 일도 없당께라."

"어디 갔으까이. 나가 죽였당께 나가."

할머니는 혼자 중얼거리며 되돌아 내려가더니 안도리 두멍안 조개무지를 밟고 올라서 두리번거렸다. 맨발이라 조개 껍데기에 발이 베였을 것 같았다.

"너 할머니냐?"

"동네 할매여."

"왜 그런데?"

"미쳤어야."

"왜?"

"몰라. 남자들이 죽어서 근다드라."

전쟁이 나기 이태 전 여수와 순천에서는 난리가 나서 사람들이 부지기수로 죽었다. 이승만 초대정부가 들어서고 두 달이 갓 지난 1948년 10월이었다. 안도소년 유상태가 사람이 총 맞아 죽는 것을 처음 본 것이 그때였다. 제주에서 매일 사람들이 몇백 명씩 죽어나가고 있다는 것은 선생님을 통해 이미 듣고 있었다. 선생님은 여수 신월리에 주둔하고 있던 국방경비대 14연대 군인들이 제주 토벌명령을 거부하고 친일 경찰들을 처단하여 여수를 해방시켰다고 말해 주었다. 번개보다 소식이 빠른 보통학교 선생님은 그때마다 독일민요를 불렀다. 나이 든 형 중에는 선생님 노래를 따라 부르기도 했다. 민중의 붉은 기는 전사의 시체를 싼다는 노랫말이었다.

안도어른들 중에도 이참에 제헌의회 선거는 무효이고 민족통일을 해야 한다고 말하는 사람도 있었다. 그런데 여수로 고기 팔러 풍선배를 타고 갔던 마을사람들이 고기는 팔지 못하고 대신 여수에서 학교 다니는 안도청년들을 태우고 돌아왔다. 진압군인들이 들이닥쳐 여수사람들을 마구잡이로 죽이고 있다는 것이었다.

급기야 안도에도 여객선 동일호를 타고 진압군인들이 들어왔다. 여수를 토벌하러 온 진압군 부산 5연대 김종원 대위 부대원들이었다. 거대한 몸을 지닌 김종원 대위는 옆구리에 일본도를 차고 어장관리원이었던 명찬순을 앞세우고 안도리 선착장에 내렸다. 안도사람들은 명찬순이 군인들을 데리고 오는 것을 보고 큰 사단이 날 것을 직감했다. 명찬순은 해방 전 일본인 어업사에서 일하면서 안도 어장관리를 하던 사람이었다. 해방이 되자 일본어민들이 소유했던 어장이 자신의 소유라고 주장하여 안도사람들과 다툼을 벌였던 사람이었다.

사단은 하룻밤을 넘기지 않고 일어났다. 김종원 대위가 새벽녘에 집집마다 젊은 남자들 한 명씩 운동장으로 내보내라는 것이었다. 만약 젊은 남자를 내보내지 않는 집은 가족을 모두 죽이겠다며 고래고래 소리를 지르고 다녔다. 마을사람들은 할 수 없이 집집마다 아들 한 명씩은 내보내야 했다. 할머니도 집에 숨어 있던 장손자를 학교 운동장으로 내보냈다. 설마 사람을 죽이겠냐 싶었던 것이다. 그러나 학교 운동장에서 맨 먼저 선생님이 M1 소총에 맞아 꼬꾸라졌다. 사람이 총에 맞으면 참 쉽게 죽었다. 다음으로는 여수에서 학교를 다니던 청년들을 두멍안 조개무지 앞에서 바다를 향해 무릎을 꿇려 앉혔다. 진압군 김종원 대위는 부대원들에게 청년들 손을 뒤로 묶게 한 다음 사격지시를 내렸다. 그러나 총소리가 나지 않았다. 김종원 대위는 방아쇠를 당기지 못하고 주저하는 부대원들 목을 일본도 칼집으로 내리치면서 사격하지 않으면 청년들 대신 부대원 목을 칼로 치겠다며 성질을 냈다. 이번에는 총소리가 났다. 세 명이 조개무지에 쓰러졌고 한 명은 포승줄을 풀고 도망치다 바다에 뛰어들었다. 군인들이 포승줄을 묶으면서 도망치라고 일부러 느슨하게 묶은 것인데, 그 한 명도 일본군 하사관 출신 김종원 대위가 직접 겨눈 소총을 피하지 못했다. 김종원 대위가 한 손으로 칼을 잡고 한 손으로는 무거운 M1소총을 들어 가늠하고 쏘자 바다에 뛰어든 청년은 더 이상 헤엄치지 못했다. 그렇게 해서 어른들까지 합쳐 열세 명이 김종원 대위에게 죽어나갔다. 할머니 손자가 죽자 독살에 휩싸인 할아버지가 김종원 대위한테 대들다 총 맞아 죽고, 할머니 작은 아들까지 좌익혐의를 뒤집어 씌워 또 죽였다. 하루아침에 삼대가 죽자 넋이 나간 할머니는 그때부터 맨발로 돌아다니고 있었다.

넋 나간 할머니가 어디로 갔는지 두멍안에서 모습이 보이지 않자 이번에는 서울소년 형이 나타났다. 가슴에 보따리를 안고 있었다. 형은 이빨이 드러나도록 환하게 웃으며 둔덕으로 걸어오고 있었다.

"느그 형도 헤엄 잘 치냐?"

안도소년이 서울소년에게 물었다. 안도소년 유상태의 관심은 전쟁이 아니라 수영이었다. 안도에는 인민군이 들어오지 않아 총싸움이 벌어지지 않고 탱크도 볼 수 없으며 날아가는 비행기도 없었다.

"우리 형은 수영으로 중국에도 갔다 와."

"한강에서야?"

"압록강에서."

"압록강이 어디있데?"

"북한에."

"서울에서 살다 피난 왔다믄서?"

"북한에서 살다 서울로 이사 왔어."

서울소년 가족은 본래 평안북도 용천군에서 살고 있었다. 압록강이 서해로 흘러나가는 끝머리 용천은 평야지대라 쌀이 많이 나고 서해 염전도 있어 부자들이 많았다. 신식학교도 많이 생겨 자식들 대부분은 교육을 받고 중국과 일본으로 유학도 갔다 왔는데, 평양만큼이나 빠르게 기독교가 전파된 덕분이었다.

그러나 해방이 되고 북한에 해방군으로 들어온 소련군인들은 마구잡이로 약탈하고 부녀자를 강간하기 일쑤였다. 결국 해방 이듬 해 용천군에 기근이 생겼다. 게다가 매일같이 김일성과 스탈린 초상화를 들고 민족반역자 이승만을 타도하자는 행진만 시켜댔다. 엄마가 열심히 다녔던 예배당도 십자가가 떼어지고 인민위원회 사무실이 되어버렸다. 비료를 싣고 삼팔선을 넘어 이남에 가서 팔고 오는 아버지는 차라리 서울이 낫다며 짐을 꾸렸다. 남북이 합쳐지면 그때 고향에 다시 와서 살 생각이었다.

식구는 용천을 출발하여 황해도 해주에 도착해서 여관에

머물려고 했는데, 여관주인이 방을 내줄 수 없다는 것이었다. 웃돈을 요구하는 것으로 알고 아버지가 방값을 충분히 치르겠다고 하자 그때서야 여관주인이 방을 내주긴 했다. 그리고 행여 남쪽 사람들이 와 있다는 것을 이남에 내려가서도 발설하지 말라는 당부를 여러 번 했다.

여관에는 남쪽 해양경비대 간부들이 와 있었다. 월북한 것이 아니고 미군 몰래 통일논의를 하러 배를 타고 해주에 온 것이었다. 북쪽 인민집단군 대표들이 들락거리며 잠자리를 봐주고 있었다. 그래봤자 북한의 소련민정이나 남한의 미군정이 허락하지 않으면 남북이 합치는 것은 되지도 않을 일을 괜히 자기들끼리 꾸미고 있었다.

식구는 개성을 향해 걸어가다 길바닥에서 미군 헌병들과 마주쳤다. 소년이 말로만 들었던 삼팔선이었다. 철책도 없는 허허벌판 길바닥에 선을 그어놓고 미군이 막아서고 있었다. 미군은 다짜고짜 식구들 짐 보따리를 풀게 하여 샅샅이 뒤졌다. 식구들 짐에는 무기는 나오지 않고 대신 엄마 저고리 안에 접어서 찔러 넣어 둔 태극기만 나왔다. 해방 전에 엄마가 몰래 그려서 방에 걸어두었고 해방되자 대문에 내다걸었던 태극기였다. 삼팔선이 그어졌다고 해도 북한에서도 태극기를 내리지 않고 있어 미군에게 월남인이라는 증표는 될 수 없지만 그래도 엄마에게는 부적이나 다름없었다.

아버지는 미군이 수색한다고 몸을 더듬더라도 같은 남자이니 별 상관없지만 엄마와 누나 젖가슴 속과 샅 부근까지 미군이 더듬어 대니 환장할 노릇이었다. 아버지가 콧김을 뿜으며 미군헌병 손을 내리치자 미군헌병은 옆구리에 차고 있던 권총에 손을 갖다 댔으나 다행히 무탈하게 삼팔선을 넘어갈 수 있었다.

삼팔선을 넘어 개성에 들어오니 월남한 사람들이 개성수용소에 바글바글할 정도로 많았다. 미국에서 구호품으로 들어온 강냉이 가루를 배급받자 식구들은 역시 이남으로 내려오길 잘했음을 확인할 수 있었다. 문제는 월남인들이 서울로 너무 몰려들어 서울에 들어오지 말라며 논산 월남인수용소로 가라고 하는 것이었다. 식구는 또 걸어서 경기도 고양군을 거쳐 충청도 논산으로 가야 했다.

논산에 가서 있으니 밤에 적색사람들이 자주 나타났다. 빨치산 흉내를 내면서 물건이나 빼앗아 가는 일종의 도적떼나 다름없는 사람들이었다. 이북에서 월남한 가족으로서는 불안하기 짝이 없었다. 북한이나 남한이나 이래저래 이쪽저쪽에 시달리고 힘든 것은 마찬가지라 서울 남대문에서 장사하는 외삼촌에게 부탁하여 염리동에 집을 마련하고서야 서울에 정착할 수 있었다. 서울소년이 된 홍춘복은 압록강 대신 한강 마포나루에서 수영을 할 수 있게 되었다.

"춘복아, 밥 가져왔다."

"형, 어디서 가져왔어?"

"어떤 집에 가서 사정하니 주더라."

형은 삼베 천 보따리를 열어 보여줬다. 보리밥에 나물이 버물려진 주먹밥이었다. 서울소년은 주먹밥 한 덩이를 날름 집어 입에 물었다. 아침밥도 못 먹고 피난화물선에 올라타 지금까지 굶고 있던 중이었다. 한나절이면 다른 피난민수용소에 내릴 줄 알았는데 배에서 내리지도 못하게 하니 쫄쫄 굶고 있어야만 했다. 피난화물선에 워낙 많은 피난민들이 타고 있어 보따리에 넣어 놓은 양은냄비조차 꺼낼 수 없었다. 배 물통에 물도 떨어져서 밥도 할 수 없었다.

소금이 섞인 주먹밥은 반찬 없이도 먹을 만했다. 다만 나물이 이빨 사이에 끼었다. 이북에서 살 때나 서울로 와서 살 때나 맛보지 못한 쓴 맛 나는 방풍나물이었다.

"너도 배에서 내렸냐? 배에서 못 봤는데?"

형이 안도소년 유상태에게 물었다. 피난화물선에 탄 서울피난민들은 대부분 이북출신들이었다. 서울토박이들은 인민군이 서울 가까이 내려와도 피난을 주저했다. 인민군도 같은 민족인데 별 일이야 있겠냐 싶었지만 이북에서 월남한 사람들은 입장이 달라 서둘러 피난 내려와서 부산 서울피난민수용소에 들어갔다. 욕지도에서 출발한 피난화물선에 같이 탄

사람들은 부산수용소에서부터 이동명령에 따라 함께 이동했기 때문에 대부분 알 수 있었다.

"여기 사는디라."

안도소년 유상태가 대답했다. 형 홍춘송은 이야포에 떠 있는 조그만 배를 가리키며 물었다.

"그럼 저거 아무나 탈 수 있냐?"

"어뜬 거 말한가?"

"저기 뗏목 같은 배."

"전마선 저거 줄 땡기면 오는디."

이야포에는 전마라는 작은 종선들이 떠 있었다. 피난선에서 내려 수영으로 뭍으로 올라오긴 했으나 다시 돌아가려니 물통과 주먹밥이 문제였다. 전마선을 타고 피난화물선으로 돌아가면 될 것 같은데 주인이 있을 것 같았다.

"근데 너 몇살이냐?"

"요 친구하고 동갑인디."

"내 동생하고? 언제 친구 됐냐?"

"아까."

형이 유상태에게 묻자 그 순간부터 서울소년 홍춘복과 안도소년 유상태는 친구가 되어버렸다.

안도소년이 밧줄로 끌어온 전마선을 타고 형제가 피난화물선으로 되돌아가자 피난민들 중에는 뭍으로 나오려는 사

람들이 뱃전에서 전마선을 바라보고 있었다. 안도소년 유상
태는 몽돌밭에서 몇 번이나 전마선 밧줄을 끌어당겨야 했다.
그래도 선장은 안 보이고 경찰도 나타나지 않았다.

1

하룻밤이 지났다. 동살이 비치자 피난화물선에서 밤을 지 새운 피난민들은 대부분 일어났다. 경찰은 여전히 나타날 기 미조차 보이지 않았다. 경찰이 검문을 해야 출항할 수 있는 데, 나타나지 않으니 피난화물선은 마냥 기다려야 했다.

피난민들은 끼니를 해결해야 했다. 욕지도에 출발할 때부 터 아무것도 먹지 못했다. 부산이나 충무에서는 곡식 배급을 주면서 이동시켰는데, 욕지도에서는 이동명령만 하고 배급 은 주지 않았다. 한나절 배를 타고 다른 피난민수용소에 가 면 배급이 나올 것으로 기대했던 피난민들은 각자 알아서 끼니를 해결하는 수밖에 없었다.

배 안에서는 사리를 살펴 끼니를 해결할 수 없자 남자들은 어쩔 수 없이 뭍으로 올라가야만 했다. 마을사람들에게 사정을 해서라도 물도 얻고 밥도 얻어 와서 자신들의 식구를 먹여야 했다. 사람이 총구 앞에서 얌전해져도 굶주림에 얌전 따위는 목숨을 부지하는 데 지장만 주었다.

서울소년 홍춘복 아버지는 엄마 옷 한 벌과 냄비를 들고 몽돌밭으로 올라갔다. 동살이 햇살로 바뀌자 몽돌밭 둔덕 너머 마을에서 연기가 피어오르기 시작했다. 몽돌밭 멸치 삶는 가마솥에도 장작불이 지펴지기 시작했다. 피난민 사정을 알게 된 이야포 마을사람들이 집집마다 쌀을 거두어 가마솥에 밥을 짓고 있었다.

얼마 후 안도리 마을로 들어갔던 아버지는 냄비에 흰쌀밥을 가득 담아 피난화물선으로 가져왔다. 섬에서는 돈보다 도시 물건이 밥하고 바꾸는 데 더 용이했다. 어떤 피난민은 그도 귀찮고 기다리면 이동하거나 이동을 못하면 배급이 나올 것을 기대하고 생쌀을 씹기도 하고, 어떤 이는 아버지처럼 보따리를 안고 마을로 들어갔다. 그래도 경찰은 코빼기도 보이지 않았다.

아버지가 마을에서 가져온 밥은 배에서 먹어야 했다. 언제 배가 다시 출항할지 몰라 배에 엉덩이를 붙이고 있어야 했다. 서울소년 홍춘복의 일곱 식구는 배 선장실 뒤 물통 옆에 뭉쳐 앉아 짭짤한 흰쌀밥을 먹었다. 참으로 오랜만에 먹어보는 흰쌀밥이었다. 아버지는 흰쌀밥을 목구멍에 밀어 넣으며 엄마 덕분이라고 말했다.

엄마는 양단 옷으로 갈아입고 있었다. 엄마 보따리에는 양단 옷들이 있었다. 섬사람들에게 양단 옷은 평생 입어 볼 기회가 없이 화려한 비단옷이었다. 열여덟 살 누나 보따리만 풀어도 섬에서 한 달은 굶지 않을 옷들이 있었다. 심지어 일곱 살 먹은 여동생이 끌어안고 있는 가방 안에도 섬에서는 쌀로 바꿀 수 있는 옷이 있었다. 엄마는 양단 옷에 어울리지 않게 미군모포 포대기에 세 살박이 남동생을 업고 밥을 먹었다. 미군모포로 만든 포대기는 질기고 잘 흘러내리지 않아 엄마들이 좋아했다. 이 날은 엄마 생일이었다. 음력으로 6월 20일이고 양력으로 1950년 8월 3일이었다.

아침햇살은 이내 땡볕으로 변하고 피난화물선도 뜨거워지기 시작했다. 갑판에서 건밤을 샜던 피난민들은 이슬 젖은 흰옷들을 뱃전에 걸쳐 말리고 있었다. 서울소년도 갑판에서 잤으므로 옷을 벗어 뱃전에 걸쳐 말리려 하는데, 전마선 위에서 누가 피난화물선을 향해 손을 흔들고 있었다. 서울소년이 땡볕 때문에 눈을 가늘게 떠서 보니 안도소년이었다. 안도소년은 서울소년이 자신을 알아보자 물에 풍덩 뛰어들었다. 그리곤 개구리 수영을 하더니 하늘을 향해 몸뚱이를 뒤집어 배를 내놓고는 발장구를 치기도 하고 다시 몸을 뒤집어 물속으로 곤두박질로 들어가 한동안 나오지 않았다. 그러다 돌고래처럼 수면 위로 솟구쳐 양팔을 번갈아 물을 파내듯 휘저으며 화물선 가까이로 다가와 서울소년 홍춘복에게 소리쳤다.

"야! 니 해삼 잡을래? 여기 많아야!"

"안 돼! 아버지가 배에서 내리지 말라 했어."

"배 뜨냐?"

"아직 몰라."

"그믄 내리와부러야."

"안 돼."

부산에서부터 피난민 이동명령은 느닷없이 떨어졌었다. 명령대로 이동하지 않으면 잠잘 곳도 배급도 없어지는 것이었다. 피난 와서 목숨을 부지하려면 피난화물선에 엉덩이를 붙이고 있어야 했다.

땡볕이 내리치자 피난민들은 주니가 나기 시작했다. 그래도 아버지는 만주아저씨와 이야기를 나눌 수 있어 덜 무료했다. 만주아저씨는 해방 전 만주대학을 다니다 해방 후 신의주로 건너와 살고 있던 동향 아저씨였다. 월남하기 전부터 아버지와 서로 알고 지내던 사이라서 서울소년은 만주아저씨라 불렀다. 부산 서울피난민수용소에서부터 같이 붙어 이동해 온 만주아저씨는 아버지에게 몇 시나 되었는지 물었다. 아버지는 목에 걸려 있는 회중시계를 꺼내 뚜껑을 열고 아홉 시가 조금 넘었다고 대답하고 회중시계에도 태엽을 감아 밥을 주었다. 그러나 누나가 손목에 차고 있는 일제 세이코 손목시계는 아홉 시를 훌쩍 넘기고 있었다.

안도소년 유상태는 수영이 재미없어지자 몽돌밭으로 올라가 둔덕길을 걸어 자기 집으로 가고 있었다. 피난민들은 얻어 온 밥을 먹거나, 옷을 말리거나, 햇볕을 피할 수 있는 공간을 찾아 드러누워 있었다. 기중기 끝에 매달려 밤새 이슬을 맞아 축 처진 태극기도 이슬을 털어내고 있었다. 커다란 피난화물선만 아니라면 이야포는 작은 섬 평화로운 포구였다.

안도소년이 둔덕길을 걸어가다 고개를 돌려 하늘을 올려다봤다. 이야포 바다 건너편 소리도 쪽에서 햇볕에 반사되는 은빛 물체가 이야포를 향해 낮게 날아오고 있었다. 안도소년이 숫자를 하나, 둘, 셋, 넷, 세어보는 동안 비행기 편대는 어깨동무를 하고 이야포 상공을 지나가고 있었다. 안도소년이 처음 보는 쌕쌕이들이었다. 전쟁이 났다고 해도 비행기 주둥이에 바람개비가 돌아가는 정찰기조차 볼 수 없었는데, 바람개비도 없는 쌕쌕이들이 날아왔다. 쌕쌕이들이 하늘에서 사라진 후 굉음이 안도소년 귓전을 사정없이 때렸다. 안도소년은 손으로 귀를 막았다. 그래도 서고지산 너머에서 굉음이 들려오더니 쌕쌕이들이 소리도 상공으로 되돌아가고 있었다.

안도소년 유상태의 아쉬운 마음을 알았는지 사라졌던 쌕쌕이들이 소리도를 넘어가기 전에 바다 한가운데서 빙그르르 돌더니 다시 이야포로 날아왔다. 이번에는 갈매기들보다 더 낮게 날아왔다. 까딱 잘못하면 이야포 바다에 닿을 정도로 낮게 날아온 쌕쌕이들은 이야포 포구를 한 바퀴 천천히 돌고 있었다. 안도소년이 쌕쌕이를 올려다보니 양쪽 날개 끝에 물통을 달고 있었다. 조종석 조종사가 이야포를 내려다보는 모습도 보였다. 쌕쌕이 몸통 꼬리 부근에는 흰줄이 그려져 있었는데, 흰 줄 중앙에 검은 색 원이 있고, 그 원 안에 다시 흰색 별이 붙어 있었다. 쌕쌕이 네 대가 열을 지어 이야포를 도는 모습은 그야말로 장관이었다. 동화에서나 나올 법한 거대한 독수리들 같았다.

피난화물선에 있는 피난민들도 전부 쌕쌕이를 올려다보고 있었다. 서울소년도 뱃전에 손을 짚고 쌕쌕이들을 쳐다보았다. 전쟁 터진 날 여의도 비행장에 폭탄을 떨어뜨린 북한 야크기와는 비교가 되지 않게 멋있는 쌕쌕이들이었다. 여의도 비행장이 만신창이가 되도록 나타나지 않았던 쌕쌕이들이 남쪽 섬에 나타난 것이다. 서울소년 홍춘복은 인민군 비행기를 쫓아내기 위해 유엔군 조종사들이 비행연습을 하는 것으로 생각됐다. 어쩌면 집으로 돌아갈 수 있는 날이 빨리 올 것 같은 예감이 드는 멋진 비행이었다.

피난민들 중에는 호주 처갓집 비행기가 왔다고 양팔을 들어 손을 크게 흔드는 사람도 있고, 더 높은 곳에서 처갓집 비행기를 보려고 사다리를 타고 선장실 지붕으로 올라가는 사람도 있었다. 이승만 대통령 부인 프란체스카 여사가 보내준 비행기로 여긴 것이다. 프란체스카는 오스트리아 출신인데도 오스트레일리아를 오스트리아로 착각한 나머지 이승만 대통령 처가를 호주로 안 것이었다.

쌕쌕이들은 이야포를 한 바퀴 빙 돌고 다시 한 바퀴를 돌더니 어깨동무를 풀고 줄을 지어 차례대로 날아왔다. 그중 맨 앞에 날아오는 쌕쌕이 날개에서 불빛이 두 번 번쩍거렸다. 이어서 펑펑 소리가 두 번 터졌다. 펑펑 소리에 따라 나머지 세 대도 연달아 펑펑 소리를 내며 번갯불이 번쩍이기 시작했다.

갑자기 이야포 수면에서 물기둥이 분수처럼 솟아오르기 시작했다. 픽픽 솟아오른 바닷물은 금방 쓰러지고 피난화물선에 있던 피난민들도 픅픅 쓰러져 나갔다. 쌕쌕이들이 날개에서 뿜어내는 불벼락은 이야포에 떠 있는 전마선이나 뜰망배들을 피해 정확히 피난화물선을 향해 쏟아졌다. 피난화물선이 커서 기관포로 맞추기도 쉽고 기중기 솟대에 매달린 태극기와 뱃전에 흰옷들이 널려 있어 표적으로 삼기에는 안성맞춤이었다.

조종사들 사격실력은 대단히 뛰어났다. 쌕쌕이들이 화물선을 향해 줄을 서서 날아올 때에는 층을 만들어 계단을 이루었다. 맨 앞에서 날아온 쌕쌕이가 곤두박질 쳐서 기관포 불벼락을 쏟아붓고 솟구치면 그 다음 쌕쌕이들이 차례대로 꼬꾸라져 내려오면서 기관포를 퍼부었다. 신기에 가까운 비행기 사격 실력이었다.

피난화물선은 순식간에 아수라장이 되어버렸다. 피난민들이 쌕쌕이 기관포 불벼락을 피하려고 이리 뛰고 저리 뛰어봤자 배 안이고 독안에 든 쥐에 불과했다. 사람이 폭탄에 맞으면 허공으로 날아가는데, 기관포에 맞으니 아무 소리도 못 내고 폭삭 꼬꾸라졌다. 비명과 신음소리가 피난화물선 여기저기 터지기 시작한 것은 불벼락을 맞고 쓰러진 사람들이 내지르는 것이 아니라 아직 살아 있는 사람들이 내질렀다.

피난화물선은 한순간에 죽음의 도가니가 되어가고 있었다. 어떤 이는 바다로 떨어졌는데, 기관포에 맞아 배에서 팅겨져 나갔는지 아니면 목숨이 붙은 상태에서 바다에 몸을 던졌는지 모를 일이었다. 누나가 엄마 있는 선장실 밑 선원실 계단으로 내려가면서 서울소년 홍춘복을 다급하게 불렀다.

선장실 뒤 고물에 있던 사람들도 기관포 불벼락을 피하려고 선원실 좁은 계단으로 내려가면서 발버둥을 쳤다.

서울소년은 누나와 함께 계단에서 굴러 떨어졌다. 그러나 한발 늦은 사람들은 계단을 밟기도 전에 기관포를 맞아 쓰러지고 포개지는 바람에 계단은 막혀버리고 말았다. 대신 피가 계단을 타고 선원실로 흘러들어 왔다. 선원실 안에도 살점이 벽에 튀어 달라붙고 피가 바닥을 벌겋게 칠하고 있는 것은 마찬가지였다. 쌕쌕이 기관포는 천장을 뚫고 들어와 선원실에 있던 부녀자들을 나뒹굴게 만들어놓고 있었다.

다행히 막내를 업고 계단 뒤에 있던 엄마는 기관포를 맞지 않았다. 누나가 엄마를 팔로 감싸도 엄마는 아무 말도 못하고 부들부들 떨고만 있었다. 소년은 그때서야 갑판에서 일곱 살 여동생을 안고 있던 아버지가 보이지 않는다는 것을 알았지만 올라갈 수 없었다. 시체가 떡시루처럼 겹쳐 쌓여버린 계단을 밟고 올라설 수 없었다. 쌕쌕이 기관포는 폭탄보다도 한꺼번에 더 많은 사람을 쓰러뜨릴 수 있었다.

잠시 후 연신 들려오던 기관포 소리가 뚝 끊어졌다. 서울소년이 계단을 밟을 수 있는 틈을 찾는데, 계단에 쌓인 시체에서 뻘건 액체 덩어리가 질겅질겅 흐르더니 누나 머리에 툭툭 떨어졌다. 누나는 손바닥으로 자신의 머리를 훑어 내리다가 비명을 질러버리고 말았다. 비명 끝에 누나는 눈이 뒤집어진 채 혼절하고 말았다. 머리통 속이 다 보이는 시체 머릿골이 누나 머리에 떨어진 것이다. 소의 골이나 사람의 골이나 묵처럼 흐물흐물한 것은 마찬가지였다. 누나는 자신의 머리가 터져 골이 흘러내린 것으로 착각한 것이었다. 그때서야 엄마는 누나 머리에 흘러내린 골을 급하게 털어내고 누나를 끌어안았다. 눈이 뒤집어진 누나는 고개가 뒤로 꺾인 채 흔들거렸다.

서울소년은 아버지를 찾아야 했다. 계단에 쌓인 시체들을 헤집고 간신히 선원실 밖으로 올라와 보니 물통 앞에서 한 소녀가 무릎을 꿇은 채 깍지 낀 손을 하늘 향해 연신 흔들며 하나님에게 살려달라고 빌고 있었다. 서울소년도 소녀 옆에 무릎 꿇고 하나님에게 간절히 비손했다.

형 홍춘송은 뱃고물 평상에 올라가 식구들 옷을 널고 있다가 다행히 기관포에 맞지 않고 물통 뒤에서 두더지처럼 웅크리고 있었다. 서울소년은 형 옆에 엎드려 아버지가 어디 있냐고 물어보았다. 형은 고개를 처박고 흔들었다.

서울소년의 등이 뜨뜻하게 적셔지고 있었다. 뱃고물에 나무로 이층을 만들어 놓은 평상 위에서 누가 오줌을 누는지 위를 올려다보니 아줌마 한 명이 배 난간에 기대어 팔을 흰 옷으로 감싸고 있고, 다른 아줌마는 엎어진 채 형제를 내려다보면서도 꿈지럭거리지 않았다. 흘러내리는 피가 소년의 등을 적시지만 않았다면, 눈을 뜨고 엎어져 있는 아줌마는 살아있는 것처럼 보였다.

"형, 저… 아줌마 죽었어?"

"누…구?"

"부산에서 우리한테 배탈 약 줬던 아줌마."

"몰…라."

형은 위를 올려다보지도 않고 웅얼거렸다. 쌕쌕이들이 불벼락을 쏟아붓고 귀신같이 사라졌는데도 형은 고개를 들지 못하고 있었다. 서울소년은 갑판에 있던 아버지를 빨리 찾아야만 했다. 서울소년이 갑판으로 가기 위해 뱃전을 잡고 선장실 옆 시신들을 헤쳐 지나는데, 선장실 지붕에서 사다리를 타고 내려오던 청년이 자신의 엉덩이에 살이 다 떨어져 허옇게 드러난 것도 모르고 터벅터벅 내려오고 있었다.

갑판에는 기관포를 맞은 피난민들이 여기저기 포개져 쓰러져 있거나 뱃전에 몸뚱이가 걸쳐진 상태로 피를 바다에 흘리고 있었다. 대부분 손가락도 움직이지 않는 것으로 봐서 죽어 있었다. 갑판에 쌓인 시신들 중에 아버지와 여동생은 보이지 않았다. 서울소년이 시신들을 헤집자 목숨이 붙어 있는 어떤 남자가 소년을 보고 입을 달싹거렸다. 물을 달라는 소리였다. 영등포에서 부산으로 피난 내려오는 기차에 혼자 탔던 반공단체 간부 아저씨였다.

서울소년이 물을 가지러 시체 사이를 왜틀비틀 지나 고물 쪽 물통으로 가면서 수면을 내려다보니 바다로 뛰어내려 살아남은 사람들이 전마선을 붙잡고 있었다. 서울소년은 밥을 먹었던 냄비에 물을 담아 갑판으로 되돌아갔다. 냄비에서 물이 새고 있었다. 냄비도 기관포를 맞아 옆구리가 뻥 뚫려 있었다. 서울소년은 냄비 옆구리를 손바닥으로 막고 반공단체 간부 아저씨에게 갔다. 아저씨는 복부에 기관포 총탄이 스쳤는지 창자가 흘러나온 배를 손바닥으로 막고 있었다. 냄비에 물을 받아 마시지 못할 것 같았다. 그러다 이내 눈 흰자위가 희번덕거리고 눈꺼풀이 파르르 떨리다가 미동도 하지 않았다. 반공단체 간부 아저씨는 죽었다.

안도소년 유상태는 쌕쌕이가 피난화물선에 불벼락을 쏟아붓는 동안 둔덕에 납작 엎드려 머리를 손으로 감싸고 있었다. 쌕쌕이 기관포 총탄이 몽돌밭까지 내리치는지 몽돌이 튀면서 요란한 소리를 냈다. 다행히 기관포 총탄은 둔덕 너머까지는 꽂히지 않았다. 잠시 동안 기관포 소리가 들리지 않자 안도소년이 고개를 슬며시 들어 보니 쌕쌕이들이 소리도를 향해 날아가면서 점들이 되어 가고 있었다.

점들이 완전히 사라진 후 그때서야 마을사람들도 돌담 너머로 고개를 빠끔히 내밀고 있었다. 얼마 후 마을사람들이 한두 명씩 나타나 이야포 둔덕을 향해 조심조심 다가와 둔덕 너머로 고개를 내밀어 이야포를 내려다보았다. 마을사람들은 "오메!!", "세상에!!" 소리를 지르면서 손바닥으로 둔덕을 내려쳐댔다.

땡볕이 내리치는 이야포 수면이 붉디붉은 노을빛으로 물들어 가고 있었다. 멸치 떼가 들어와 수면을 흐트러뜨리고 있어 붉은 비단자락이 바람에 흔들거리는 것 같았다. 바다에 뛰어들어 전마선을 붙잡고 있는 피난민들은 고빗사위가 지났는데도 빨간 바다에서 머리통만 내놓고 전마선에 올라오지 않고 있었다.

마을사람들이 허둥지둥 몽돌밭으로 내려가 전마선 끌줄을 당겼다. 물에 뛰어들어 살아난 피난민들이 그때서야 전마선에 올라탔다. 마을청년들은 몽돌밭에 올려놓은 뜰망배를 바다에 띄우려 여러 명이 달라붙어 애를 쓰고 있었다. 안도소년 유상태는 눈앞에 펼쳐진 아수라를 보자 다리가 허청거렸다. 소문만 듣고 있던 전장이 눈앞에서 펼쳐지고 있었다.

서울소년 홍춘복은 갑판에서 아버지를 찾을 수 없자 다시 선원실로 내려갔다. 아버지와 여동생 없이 다섯 식구가 모였다. 엄마는 자식들 뺨을 쓸어가면서 상황이 진정되기만을 기다렸다. 정신이 돌아온 누나도 자신이 살아 있다는 것을 확인하고 동생들을 간수하기 시작했다. 순식간에 그토록 많은 피난민들이 죽었는데도 화물선에서는 곡소리가 나지 않았다. 기관포 불벼락을 피한 피난민들은 입만 벌리고 있고, 불벼락에 맞았으나 목숨이 붙어 있는 사람들이 내는 신음소리만 날 뿐, 그 누구도 입을 열지 않았다. 피난화물선에는 기이한 침묵이 짓누르고 있었다.

"피난민들 빨랑 타시오!!"

전마선을 타고 피난화물선으로 향해 다가오는 마을사람들이 소리치고 있었다. 그런데도 살아남은 피난민들은 자신들을 구하러 오는 마을사람들을 보고도 우두망찰하게 있었다.

그때 소리도 상공에서 이야포를 향해 날아오는 물체가 다시 나타났다. 전마선 끌줄을 당기던 마을사람들 손이 서서히 느려지다 그만 멈춰 버렸다. 설마 했는데 비행기라는 것을 확인하자 마을사람들은 다급하게 "빠꾸!!" "빠꾸!!" 악을 쓰면서 반대 끌줄을 정신없이 잡아 당겼다. 아까와 같은 쌕쌕이 네 대였다. 사라졌던 쌕쌕이들이 왜 다시 나타난 것인지는 알 수 없었다. 둔덕에 서 있던 안도소년은 집을 향해 달음질 쳤다.

선원실에 있던 서울소년이 쌕쌕이들이 다시 나타난 것을 안 것은 굉음이 아니라 불이었다. 선원실에 기관포 총탄이 꽂히기 시작하더니 불이 붙었다. 어디서 흘러나온 기름에 총탄이 꽂히자 불꽃을 일으켜 불이 나버렸다. 불은 누나 보따리에도 옮겨 붙었다. 누나가 비명을 질렀고 형이 보따리를 안아 몸으로 눌렀다.

누나의 비명 소리가 그치자 이번에는 쌕쌕이 굉음이 들려왔다. 쌕쌕이들이 기관포를 쏘고 지나간 것이었다. 혼이 빠져 있던 피난민들은 그때서야 바다로 뛰어들기 시작했다. 쌕쌕이들이 피난화물선에만 기관포를 쏘고 뭍에는 쏘지 않는다는 것을 안 것이다. 물에 뛰어들어 뭍으로 올라가면 살 수 있었다. 형이 선원실 밖으로 나가기 위해 계단에 쌓여 있는 시신들을 밟고 올라섰다. 선원실에서 나가려면 할 수 없이 시신들을 밟는 수밖에 없었다.

"오마니, 빨리!!"

수영을 잘하는 형이 엄마를 전마선에 태우려고 불렀다. 엄마는 미군담요 포대기를 질끈 동여매었다. 세 살박이 남동생을 업은 엄마가 계단을 올라서지 못하자 누나와 서울소년이 엄마 엉덩이를 받쳐 밀어 올렸다. 엄마도 시신들을 밟고 올라갈 수밖에 없었다. 엄마가 겨우 선원실 밖으로 나가자 누나는 보따리를 챙겼다. 남자야 괜찮겠지만 여자는 여벌옷이 필요했다. 밥을 해 먹으려면 냄비도 필요하여 보따리에 우겨넣었다. 누나는 냄비에 구멍이 뚫려 있다는 것을 모르고 있었다. 누나도 시신을 헤집고 계단을 올라갔다. 선원실 밖으로 몸을 내민 누나가 다시 내려오면서 소리를 질렀다.

"또 온다!!"

안도 주변 상공을 돌고 온 쌕쌕이들이 다시 이야포를 향해 날아오고 있었다. 쌕쌕이 조종사들이 피난화물선에 살아남은 사람들이 있는 것을 발견하면 죽음은 피할 수 없었다. 아무리 큰 화물선이라고 해도 폭탄 한 방에 화물선이고 피난민들이고 산산조각 날 것은 뻔했다. 불벼락에 살아남은 피난민들은 수영을 할 줄 알든 모르든 물에 풍덩풍덩 뛰어들었고, 부상을 당해 움직이지 못하는 피난민들은 납작 엎드려 죽음을 맞이할 수밖에 없었다.

쌕쌕이들이 이번에는 일렬로 층을 만들어 날아오지 않고 네 대가 일자로 쭉 펴서 날아왔다. 나란히 날아오는 쌕쌕이 네 대가 빗자루로 쓸 듯이 기관포를 동시에 쏴대면 화물선이고 전마선이고 이야포에 떠 있는 모든 것은 불벼락을 피할 길이 없었다. 배 안에서는 죽는 거 외 달리 살 방법이 없었다.

누나는 서울소년 손을 잡고 다시 선원실 계단을 밟고 갑판으로 나가 서울소년에게 물에 뛰어내리려고 소리쳤다. 서울소년은 배에 있으나 물에 떠 있으나 죽는 것은 마찬가지일 것 같아 주저했다. 그러자 누나가 서울소년 등을 확 밀어버렸다. 물속으로 풍덩 떨어진 서울소년의 머리가 수면 위로 솟아오르자 누나는 뭍으로 빨리 가라고 손짓을 했다. 서울소년은 있는 힘을 다해 팔다리를 휘저었다. 그저 빨리 뭍에 도달하는 것 외에는 살 수 있는 방법이 없었다. 누나는 피난화물선에서 뛰어내리지 못하고 운명을 조종사들에게 맡겼다. 운명에는 꼭 죽어야 하는 것만 있는 것도 아니었다. 살아남을 운명도 있었다. 쌕쌕이들이 이야포 상공을 그냥 지나쳤다.

이미 바다에 뛰어들었던 형 홍춘송은 널빤지 뗏목인 빠지를 밀어 피난화물선에 붙이고 올라서 엄마를 불렀다. 막내를 업은 엄마는 밧줄을 잡고 간신히 빠지에 내려왔다. 물에 떠 있던 피난민들도 빠지에 올라탔다. 피난민들이 너무 많이 올라타서 빠지가 뒤뚱거렸다. 엄마는 그만 물에 빠지고 말았다. 형이 물에 뛰어들어 엄마를 붙잡아 빠지 위에 몸을 걸치게 했다. 엄마는 숨을 쉴 수 있었으나 등에 업힌 막둥이 입에 바닷물이 들어가 얼굴을 몹시 찡그렸다. 그래도 어쩔 수 없었다. 그 와중에도 엄마는 형에게 빨리 뭍으로 헤엄쳐 가고 소리쳤다. 마침 마을청년들이 뜰망배를 바다에 띄어 노를 저어 오고 있었다. 그때서야 형은 빠지에서 떨어져 몽돌밭을 향해 헤엄을 쳤다.

형 홍춘송이 몽돌밭에 올라서 뒤돌아보니 피난화물선에서 누나가 밧줄에 대롱대롱 매달려 뜰망배로 내려오는 모습이 보였다. 그러나 밧줄을 잡고 뜰망배로 올라타려고 하는 사람은 누나뿐만 아니었다. 빠지에도 피난민들이 더 올라탔다. 빠지는 균형을 잡지 못하고 또다시 피난민들을 바다에 쏟아버리고 말았다. 물에 떨어진 피난민들은 빠지를 부여잡고 버둥거렸다. 마을청년들은 물에서 허우적거리는 피난민들을 건져 뜰망배에 올리고 있었다. 이삼 십 명은 충분히 태워 올 수 있었다. 피난화물선에서는 더 이상 피난민들이 내려오지 않았다. 이미 기관포를 맞고 죽거나 부상 당해 움직이지 못한 사람들만 남은 것이다.

멀리서 쌕쌕이 소리가 들려왔다. 마을청년들은 뜰망배 노를 부랴사랴 저어 몽돌밭으로 허겁지겁 되돌아왔다. 뜰망배가 몽돌밭에 이르기도 전에 마을청년이고 피난민이고 할 것 없이 죄다 뛰어내려 둔덕을 향해 뛰었다. 사람들 발에 밟힌 몽돌들이 짜그락짜그락 소리를 내며 아우성을 치고 있었다. 형은 뭍으로 올라온 누나에게 물었다.

"엄마는?"

누나는 뒤돌아서 이야포를 봤다. 바다에는 더 이상 피난민들이 보이지 않았다. 뭍으로 올라올 피난민들은 다 올라왔다.

"몰라."

형과 누나는 둔덕 너머 솔숲 소나무 밑에 웅크려 숨었다. 소나무들이 키가 작아 몸을 완전히 숨길 수 없어 부들부들 떨고 있어야 했다. 막내를 업은 엄마는 어디에 몸을 숨겼는지 보이지 않았다. 대신 쌕쌕이들이 소리도 방향으로 높이 떠서 날아가는 모습이 보이고 있었다. 쌕쌕이들은 똥구멍에서 거미줄을 뽑아내듯 하얀색 비행 구름 네 줄만 남기고 아주 작은 점이 되어 가다 완전히 사라졌다.

이야포는 다시 조용해졌다. 몽돌밭을 핥고 있는 잔파도 소리와 꾀꼬리 소리가 들리더니 산새들이 여기저기서 지저귀며 합창을 했다. 간헐적으로 꿩 소리도 섞여 들려왔다. 꿩은 두 번씩만 소리를 냈다. 까투리가 흩어진 새끼들을 불러 모을 때 내는 소리였다.

"누나……, 엄마 어딨어?"

"몰라….."

"엄마가 안 보여."

"아부지는?"

"안보여."

"춘복이는?"

"몰라."

서울소년 홍춘복은 변소에 들어가 숨어 있었다. 안도소년 유상태 집 변소였다. 몸을 숨길 때는 변소가 최고였다. 변소에서 서울소년도 꾀꼬리 소리를 들었다. 그때서야 변소에서 나와 이야포를 보니 마을사람들이 물에서 건져낸 시신들을 몽돌밭에 뉘이고 있었다. 부상 당해 쓰러져 있는 피난민들은 마을사람들이 들쳐 업고 집으로 데려가고, 주저앉아 있는 피난민들에게는 바가지로 물을 떠 와 먹이고 있었다.

참혹한 광경을 둘러보던 마을어른이 휘파람 소리가 나도록 긴 한숨을 내쉬었다. 둔덕에 손을 짚고 이야포를 살피고 있던 마을남정네가 뒤뚱뒤뚱 뛰어오는 아낙을 보고 소리를 질렀다. 마을여자는 호박잎을 손에 잔뜩 쥐고 있었다.

"저런 미친 여편네가… 난리가 났는디 뭐드로 호박잎은 따 와!"

"된장 발랐어라."

"염병하든갑네."

"껍질이 홀라당 벗겨져 붙여줬어라."

섬에 붕대나 약이 없으므로 사람이 살갗을 다치면 된장 바른 호박잎을 붙였다. 발효된 된장은 상처를 곪지 않게 하는데 웬만큼 효능을 발휘했다. 맨발로 돌아다니던 할머니도 둔덕으로 걸어오고 있었다. 마을남정네는 또 소리쳤다.

"함쎄, 뭐드러 오요."

"우리 손주 못 봤는가."

"워메 미쳐불거능거. 함쎄, 손주는 재작년에 죽었단 말이오."

"나가 죽였당께."

마을남정네가 고개를 절레절레 흔들면서 자기 가슴을 주먹으로 팡팡 쳐댔다. 솔밭에 숨어서 맨발 할머니가 나타난 것을 본 누나와 형은 그때서야 둔덕으로 걸어 나왔다. 어떤 마을남자도 아기를 안고 둔덕으로 걸어왔다. 아기는 입가에 거품을 물고 고개는 떨어뜨렸으며 팔다리는 축 늘어진 채 흔들거렸다. 마을사람들이 아기를 둘러싸고 혀를 찼다.

"살려볼라고 했는디……."

마을남자는 죽은 아기를 안고 몽돌밭으로 내려갔다. 몽돌밭에 올려놓은 피난민 시신 중 여자시신 곁에 아기를 내려놓았다. 그 모습을 본 서울소년의 누나가 풀썩 꼬꾸라져버렸다. 형이 미군포대기를 몸에 두르고 있는 시신을 향해 몽돌밭으로 뛰어 내려갔다. 엄마와 막내는 죽었다.

"오메…, 엄마인 게비여."

"이거이 믄 날벼락이여."

"긍께 저 엄마는 왜 못 건졌다요."

"안 건지고 싶어 못 건졌간. 포대기가 엄청시리 물을 묵어갔고 물속에서 안 나온께 다 건진 줄 알고 와 부러다고 하드만."

"긍께 믄 포대기가 그리 무거우까잉."

호박을 들고 온 아낙과 남정네가 말을 주고받았다. 서울소년의 엄마는 포대기 무게 때문이 아니라도 등에 업둥이를 업고서는 쉽게 수면 위로 떠오르지 못했다. 얼굴이라도 수면에 보였으면 뜰망배를 타고 갔던 마을청년들이 충분히 건져내었을 것인데, 다시 날아오는 쌕쌕이를 보고 마을청년들도 허겁지겁 돌아올 수밖에 없었다.

서울소년도 몽돌밭으로 뛰어 내려갔다. 정말 엄마와 막내는 죽어 있었다. 형제는 몽돌밭에 주저앉아 우는 것 외에는 할 수 있는 게 없었다. 엄마가 물속에서 죽어가고 있는 줄도 모르고 뜰망배를 타고 뭍으로 올라왔던 누나도 몽돌밭으로 내려왔다. 마을사람들도 내려와 엄마를 휘감고 있는 포대기를 풀어 엄마와 막내 시신을 덮었다. 피난민들이나 마을사람들이나 믿기지 않는 비극이 순식간에 벌어진 1950년 8월 3일 이야포였다.

2

마을사람들이 물에서 건져 몽돌밭에 뉘어둔 시신은 살아남은 유족들이 산 여기저기로 옮겨 묻었다. 동대문아줌마도 죽은 남편과 아들 둘 시신을 질질 끌어 옮기고 있었다. 서울 동대문에서 장사하며 살다가 다섯 식구가 피난왔다던 아줌마였다. 어디에 숨어 있다 나오는지 피난민들이 동대문아줌마를 도와 시신을 산으로 옮겨갔다. 섬이라 관을 만들 만한 나무가 없고, 돈 주고도 관을 만들어 묻을 수도 없었다. 그나마 안도는 사람이 죽으면 돌무덤을 만들어 몇 해 동안 탈골을 시킨 다음 이장하는 풍장문화가 있어 일단 시신을 어디에든 묻고 나중에 찾아와 유골을 수습해야 했다.

하지만 서울소년의 엄마와 막내 시신은 몽돌밭에 그대로 있었다. 살아남은 삼남매가 시신처리를 할 수 있을 만한 나이도 아니고 아직 아버지도 못 찾은 상태였다. 아버지가 산속에 숨어 있거나 아니면 부상당하여 어느 집에서 된장 바른 호박잎을 붙이고 있는지도 모를 일이었다. 삼남매는 아버지가 나타나기만을 기다리며 죽은 엄마와 막내 곁에 있는 수밖에 없었다. 그러나 아버지 대신 만주아저씨가 나타났다. 만주아저씨는 아버지가 쌕쌕이 불벼락을 맞고 여동생을 안은 채 물에 떨어졌다고 했다. 아버지와 여동생도 죽었다. 삼남매는 부모가 죽었다는 사실을 알아야만 했다. 일곱 식구 중에 삼남매만 남게 된 것도 알아야 했다.

태양은 몽돌밭에 주저앉아 흐느끼는 삼남매 살갗을 홀라당 벗겨버릴 정도로 땡볕을 쏟아붓고 있었다. 땡볕은 흐르는 눈물도 금방 말라버리게 했다. 삼남매는 오후 나절까지 땡볕을 받고 나서야 부모와 동생 둘이 죽었다는 사실을 깨닫기 시작했다. 쌕쌕이들이 나타나 기관포를 쏟아부어 엄마와 막내 시신이 갈기갈기 찢어지기 전에 시신이 땡볕에 태워질 것 같았다.

아버지가 없으니 이제 엄마와 막내 시신은 삼남매가 산에 묻어야 했다. 서울소년이 막내 동생 시신을 업고 형이 엄마 시신을 업어 이야포 둔덕를 향해 힘겹게 걸었다. 누나는 포대기로 입을 틀어막고 형제를 따라왔다. 여전히 경찰은 나타나지 않고 있었다. 피난민 중 백 명이 훨씬 넘게 죽은 생지옥으로 변했어도 경찰 모습은 전혀 보이지 않았다. 서울에서 한강을 건널 때 경찰이 피난민들을 실어 나르고, 부산에 왔을 때는 경찰이 도민증을 확인하여 피난민증을 만들어주고선 피난민수용소에 넣어 주었는데, 이야포에서는 경찰이 피난화물선만 붙들어 매놓고는 나타나지 않았다. 그 이유를 알 수 없었다. 기관포를 쏟아붓고 사라진 쌕쌕이가 이승만 대통령 처갓집에서 보낸 비행기인지, 아니면 소련 스탈린이 보낸 비행기인지도 알 수 없었다.

경찰 대신 이야포 둔덕에 나타난 것은 마을청년 대여섯 명이었다. 엄마와 막내 시신을 업고 몽돌밭을 지뻑지뻑 걸어 둔덕에 올라서려는 삼남매를 마을청년들이 가로막았다. 마을청년들은 몽둥이까지 들고 있었다.

"송장 산에 묻으믄 때려 쥑이불랑께 가만 놔둬잉."

마을청년 한 명이 몽둥이를 치켜세우고 포달을 부렸다. 마을청년들이 급작스레 돌변하여 부리는 포달은 오그라들 대로 오그라든 삼남매의 가슴을 섬벅 베어버렸다. 마을청년들이 갑자기 독살스럽게 돌변한 이유가 무엇 때문인지 갈래를 잡을 수 없었다. 물에 빠져 죽을 지경에 이른 누나를 뜰망배에 실어 왔고, 마을 사람들과 함께 부상 당한 피난민들을 부축해서 자신들 집에 치료하면서 알심을 부렸던 마을청년들이라 삼남매는 정신을 가눌 수 없었다.

"마을로 들어오믄 니나 나나 다 죽은께 빨리 산으로 도망쳐. 알긋냐!!"

다른 마을청년이 한술 더 떠서 소리쳤다. 엄마 시신도 산에 못 묻고 마을에도 갈 수 없으면 살아남은 삼남매도 몽돌밭에서 말라 죽어가는 수밖에 없었다.

"살고 싶으면 산으로 기 들어가 숨으란 말이여! 얼릉!"

삼남매는 마을청년들이 몽둥이를 휘두를 것 같아 엄마와 막내 시신을 내려놓고 포대기마저 덮어놓지 못한 채 산으로 올라가야 했다. 귀신은 경문에 막히고 사람은 인정에 막힌다고 했는데, 삼남매 사정을 뻔히 알면서도 마을청년들에게는 바늘구멍 하나 찔러 볼 구석이 없어 보였다.

삼남매가 올라간 서고지산에서는 안도 이야포마을과 안도리마을이 내려다 보였다. 살아남은 피난민들은 이미 산 여기저기 흩어져 죄다 소나무 밑에 숨어 있었다. 숨어봤자 소나무들이 키가 작아 훤히 드러났다. 뺨에 호박잎을 붙였거나 한쪽 팔이 어깨에 붙어 있어도 덜렁거리는 사람도 있었고,

허벅지 속살을 까뒤집어 놓은 듯 훤히 드러난 사람도 있었다. 어느 집에서 얻었는지 옥수수를 뜯고 있는 사람도 있고, 보리밥이 가득 담긴 조롱박을 소중히 안고 있는 사람도 있었다.

마을사람들은 전혀 보이지 않았다. 밭이고 바다고 아무도 보이지 않았다. 무슨 약속이라도 한 듯이 마을사람들이 사라졌다. 피난민들이 수군거렸다.

"선장이 빨갱이라고 하더군."

"빨갱이라고 누가 그러던가?"

"마을에 소문이 쫙 깔렸더라구. 집집마다 방문 고리에 숟가락 꽂고 들어앉았어."

"기관장도 안 보이던데 빨갱이래?"

"한통속이것지."

"근데 우리는 몰랐는데 여기 사람들은 어떻게 알았을까?"

"글쎄, 누가 말해 줬것지."

서울소년은 빨갱이가 돈을 좋아하는지 그때 알았다. 부산에서 충무로 이동한 여객선 선장은 피난민들에게 돈을 받지 않았다. 그런데 욕지도에서는 화물선 선장과 피난민들 사이에 실랑이가 있었다. 선장은 전쟁물자로 징발된 배이지만 선주한테 임차료를 갖다주어야 한다며 운임료 조로 돈을 걷었다. 선장 자신도 징발되어 어쩔 수 없이 운항을 하긴 하지만 정부로부터 한 푼도 받지 못했다며 또 선장 노임을 요구했다. 선장은 돈을 준 피난민은 선장실 밑 선원실로 들어가 땡볕을 피하게 했고, 아무것도 주지 않은 사람은 갑판에 있게 했다. 피난민수용소에서는 경찰이 대장이지만 배 안에서는 선장이 대장이었다. 서울소년의 아버지는 선장에게 돈을 쥐어 주어 막내를 업은 엄마와 누나를 선원실에 내려보낼 수 있었다. 전쟁 중에도 돈은 필요했다.

"그럼 왜 정부에서 빨갱이 보고 배를 몰라고 했을까."

"빨갱인지 몰랐것지."

"그래서 호주기가 달려 왔나 봐."

"누가 비행기를 불렀을까?"

"비행기가 지나가다 빨갱이들이 있는 줄 알고 총을 쐈겠지."

"이태 전에 미군기가 독도에서 총을 쏴서 신문에도 크게 났어잖어."

"어부들이 인민군들 마약 실어 나른다고 몰살 시킨 거?"

독도폭격 사건도 그렇지만 미군기는 제멋대로 날아다니면서 기관포를 쏘지 않았다. 먼저 모스키토라는 프로펠러 정찰기가 모기소리를 왱왱 내며 적이 숨어 있을 만한 창고나 건물을 찾아 날아다녔다. 정찰기가 전폭기에 좌표를 불러주면 좌표 따라 폭격기가 날아와서 폭격을 퍼붓고 돌아갔다. 모스키토 정찰기는 죽음의 사자를 불러들이는 사신이었다. 그러나 안도에서 모스키토가 날아다닌 것을 본 사람이 없었다. 진짜 모기들만 날아다니면서 사람들 피나 빨고 다녔을 뿐이었다. 전폭기들은 지상군이 요청하는 곳에도 날아가 크고 좋은 것에 폭격을 했다. 충북 영동 노근리 쌍굴 피난민 폭격도 미7기병연대가 전폭기를 요청한 것이었다. 그런데 안도에는 미군이 없었다.

"비행기가 어디서 날아왔을까?"

"저 섬 너머에서 날아 왔잖여."

"저 쪽 뒤는 제주도인데?"

서울소년은 소리도에 쌕쌕이 비행장이 있는 줄 알았다. 쌕쌕이들이 날아오고 다시 날아간 곳이 소리도 상공이었다. 소리도는 서울소년이 수영을 해서도 닿을 수 있을 정도로 가까이 보여 불안했다. 몇 초도 걸리지 않게 날아와서 기관포를 쏘고 돌아갈 수 있는 거리였다.

"형…, 엄마 옮겨놓자."

"어디로?"

"저기 끝 친구 집 앞에."

"…왜?"

"…그냥."

서울소년은 왠지 그래야 할 것 같았다. 섬에서 아는 사람이라곤 안도소년밖에 없었다. 형은 고개를 내밀어 이야포 동고지 쪽을 바라보았다. 이야포 끝 쪽 몽돌밭은 그늘이 지고 있었다. 그렇지만 마을청년들이 또 나타날까 마른 눈물만 흘리며 엄마와 막내 시신을 하루 종일 내려다보고만 있어야 했다.

산으로 숨어들었던 피난민들은 전마선을 타고 화물선으로 올라가서 자기 물건을 가져오고 있었다. 산 너머 서고지마을로 넘어갔다 오는 사람도 있었다. 서고지마을에는 아직 빨갱이 소문이 퍼지지 않았는지 옷가지를 곡식으로 바꿔 올 수 있었다. 한여름이니 두꺼운 옷은 당장 필요 없어도 곡식은 있어야 살 수 있었다.

"내려가자."

누나가 일어섰다. 한것이 지나는 동안 쌕쌕이고 마을청년들이고 아무것도 나타나지 않자 누나는 뭔가는 해야만 동생들과 살 수 있을 것 같았다. 삼남매는 몽돌밭으로 내려왔다. 엄마와 막내 시신을 이야포 끝으로 옮겼다. 안도소년 유상태 집 앞이었다. 서울소년의 바람이 이루어졌는지 둔덕 너머로 마을아줌마 한 명이 고개를 내밀어 삼남매를 쳐다보고 있었다. 삼남매도 마을아줌마를 바라보았다. 안도소년 유상태 모친이었다.

"느그 옴마냐?"

"네."

"느그 아부지는 어딨냐?"

"죽었어요."

서울소년이 대답했다. 안도소년 유상태 모친은 혀를 끌끌 차고선 둔덕너머에서 사라졌다. 그리고 다시 나타나지 않았다.

이야포에는 멸치 떼만 들끓고 있을 뿐 아무도 나타나지 않았다. 누나는 미군모포 포대기를 펼쳐 엄마와 막내 시신을 덮었다. 포대기는 허연 소금기만 남긴 채 바짝 말라있었다. 누나는 포대기가 바람에 날려가지 않도록 몽돌로 눌러 놓았다. 서울소년은 친구 안도소년 유상태 모친이 자신을 봤으므로 마을사람들이 엄마와 막내 시신을 함부로 하지 않을 것으로 생각했다.

엄마와 막내 시신을 옮겨 놓은 삼남매는 다시 반대편 서고지산으로 향했다. 마을청년들이 나타날까봐 둔덕길을 따라 걷지 못하고 몽돌밭을 걸었다. 파도는 야금야금 기어올라 왔다 밀려 나가면서 몽돌들을 대그락대그락 부딪치게 만들었다. 뭍으로 올라오려는 귀신이 밀려나가지 않으려고 몽돌을 움켜쥐려는 소리 같았다. 땅도 아니고 바다도 아닌 생과 사경계면 몽돌 위를 짜그락짜그락 걷는 것은 힘들었다. 허기가 져서 더 힘들었다. 누나는 걸음을 멈추고 화물선을 바라보았

다. 가져오지 못한 보따리들을 가져와야 했다. 냄비도 있어
야 했다.

　서울소년과 형이 전마선 끌줄을 잡아 당겼다. 허기가 져서
전마선은 쉽게 끌려오지 않았다. 누나까지 합세해서 전마선
을 겨우 몽돌밭까지 끌어와 올라타려는데 산에서 홀쭉한 아
저씨 한 명이 내려오면서 손짓을 했다.

　"애들아, 배에 가냐!"

　"예."

　"같이 가자."

　홀쭉이아저씨도 전마선에 올라탔다. 선원실에 수시로 드
나들던 아저씨였다. 네 사람이 피난화물선에 가까이 가기도
전에 비릿한 냄새가 진동했다. 고기 잡는 어선이 아닌데도
피비린내가 코를 찔렀다. 배에 올라가보니 갑판에는 송장들
이 무더기로 널려 있었다. 기관포를 맞아 머리통이 터져 있
는 시체에는 쇠파리들이 붙어 있었다. 피가 진득하게 묻은
머리카락은 새끼줄처럼 꼬여 있고, 머리통 속에는 노랗게 변
해버린 골이 들어있는 게 꼭 까만 성게 껍질 속에 들어있는
노란 성게 알 같았다. 갑판에 줄기를 이루도록 흘렀던 피는
끈적끈적 말라붙어 뻘건 자국만 남기고 있었다.

　선장실 옆 뱃전 좁은 통로를 지날 때에는 어쩔 수 없이 한
쪽 발이라도 송장을 딛지 않고서는 갈 수 없었다. 갑판에 있

던 피난민들이 고물로 서로 가려다가 기관포를 맞은 송장들이 겹쳐 쌓여 있었다. 선원실로 내려가는 계단 입구도 송장이 막고 있는 것은 마찬가지였다. 홀쭉이아저씨는 송장들을 한 구씩 들어내었다. 형이 아저씨를 도와 시신을 치웠다. 서울소년은 가만 서 있었다. 무릎을 꿇고 하나님께 살려달라고 애원하던 소녀 자리에 가만 서 있었다.

선원실에도 송장들이 널브러져 있었다. 거의 여자송장이었다. 뜨거운 열기에 송장이 뿜어내는 냄새까지 버물려진 선원실은 숨이 막힐 지경이었다. 그런데 아직 숨이 끊어지지 않은 아기가 있었다. 아기는 죽은 엄마 젖을 물고 있기는 한데 빨지는 못하고 숨만 가늘게 붙어 있었다. 홀쭉이아저씨는 아기엄마 송장을 물끄러미 바라보다가 아기만 엄마 곁에서 떼어내 안았다. 아저씨 아기였다.

누나는 송장들을 들척이며 보따리를 찾았다. 누나에게는 아직 살아있는 어린 남동생이 둘이나 있었다. 우선 챙길 수 있는 보따리와 냄비를 안고 선원실에서 올라왔다. 누나가 먼저 뱃전에서 밧줄을 잡고 전마선으로 내려가서 홀쭉이아저씨가 건네는 아기를 안았다. 서울소년과 형도 전마선으로 내려와 끌줄을 당겨 몽돌밭으로 올라왔다. 그 사이에도 이야포에는 아무도 나타나지 않았다. 새 소리와 얕은 파도소리 외에는 아무 소리도 들리지 않았다.

3

서고지산에서는 그런대로 잠은 잘 수 있었다. 부드러운 풀들을 모아 바닥에 깔고 옷을 소나무 가지에 걸쳐 놓으면 이슬은 막을 수 있으나 당장 배고픔은 심한 통증을 일으켰다. 피난화물선에서 쌀 보따리를 가져왔으나 쌕쌕이들이 날아올까봐 불을 지펴 밥을 해 먹을 수 없었다. 불을 지핀다 해도 구멍이 뚫린 냄비로는 밥을 할 수 없었다. 피난민들은 산등성 넘어 서고지마을로 넘어가서 이것저것 먹을 것을 얻고 줍고 하여 목숨을 이었다. 서고지마을에서도 이야포에 불벼락이 내리친 것은 잘 알고 있었으나 피난민들이 빨갱이라는 소문은 돌고 있지 않았다. 이야포나 안도리 마을사람들이 죄다 집 안에 틀어박혀 있으니 소문도 퍼지지 않았다.

누나도 서고지로 넘어갔다 왔다. 서고지 선창은 수심이 두 명안보다 깊어 여수에 생선을 내다파는 배가 오가고 있었다. 누나는 한참 후 함지박을 안고 돌아왔다. 함지박에는 담치가 가득 담겨 있고 된장도 풀어져 있었다. 수저가 없으니 담치 껍질로 국물을 떠서 마시고 껍질이 부서지지 않게 솔잎으로 감싸 놓았다.

"누나, 이거 어떻게 얻어 왔어?"

"사 왔어."

"돈은?"

"시계 팔았어."

누나 손목에 감겨 있던 시계가 안 보였다. 일제 세이코 시계는 부잣집 사람만 찰 수 있는 비싼 손목시계였다. 엄마가 차고 있던 것을 누나가 물려받아 소중히 간직했더니 돈이 되었다.

"누나, 얼마에 팔았어?"

"이천 원."

"그럼 우리 살 수 있어?"

"한 달은 넘게 살 수 있어. 그래도 하루에 한 끼만 먹어야 돼."

언제까지 산에 있어야 하는지 알 수 없있다. 서고지마을 선착장에 배들이 있어 어디든 가려면 갈 수 있었다. 전선이 형성되어 있는 지역이 아니다 보니 제주도나 여수로 갈 수 있지만 임의로 이동했다간 발붙일 곳이 없었다. 개별로 피난 길에 오른 사람들은 경찰 검문을 수시로 받아야만 했다. 피난민증이 없는 피난민 중에는 신분을 증명하려고 내민 것이 그만 보도연맹가입증을 내밀어 골로 끌려가 죽은 사람도 있었다. 양민신분이 확인되어 피난민증을 손에 쥔 피난민은 경찰 이동명령대로 움직이는 것이 목숨을 부지할 수 있는 길이 었다.

좌우간 경찰이 나타나서 피난화물선에 다시 타라는 명령
이 있을 때까지 산에서 기다려야 했다. 피난민 중에는 서고
지마을 선착장에서 배를 타고 소리도로 건너가는 경찰들을
봤다는 사람도 있으나 믿음이 가는 말은 아니었다. 쌕쌕이가
기관포로 피난민 백 오십 여명을 죽였는데도 나타나지 않는
경찰이라 그저 배가 고파 정신이 흐릿해서 헛것을 본 것에
지나지 않다고 여겼다.

쌕쌕이가 불벼락을 쏟아붓고 사라진 지 이틀 지나 삼일 째
되는 날이었다. 어느 정도 정신을 추스른 피난민들은 여기저
기 흩어져 먹을 것을 구하러 다녔다. 안도리 두멍안에서도
마을사람 모습이 간간히 보이다 사라졌다. 다만 산에 묻지
못한 시체 몇 구만 이야포 몽돌밭에서 땡볕을 받아가며 미라
가 되어 가고 있었다. 이야포 바다에도 물에 가라앉아 있던
송장들이 부패하면서 떠올라 있었다. 송장들이 입은 흰옷이
부풀어 올라 부표처럼 보였다. 부표 같은 송장들은 들물 때
는 서고지로 밀려와서 날물 때에 동고지 쪽으로 두둥실 떠갔
다가 다시 서고지 쪽으로 돌아와 이야포를 벗어나지 못하고
있었다.

서울소년은 무료했다. 부모형제가 죽고 삼일이나 되어도
도무지 죽음이 실감나지 않는 서울소년은 서고지산 여기저
기 돌아다니기 시작했다. 꿩을 잡으러 쫓아다니고 산딸기도

따서 먹었다. 서울소년이 두멍안 너머 북쪽 바다를 내려다보
니 여수 돌산도와 금오도 사이 횡간도 해상에 외두리 쌍두리
배들이 띠를 이루어 떠 있었다. 횡간도 해상은 조류가 잘 흘
러 조기, 서대, 박대가 몰려드는 고기 길목이었다.

안도리 선창 두멍안에서도 조개무지 둑에 코를 처박고 있
던 배가 돛대를 세우고 있었다. 흰옷을 입은 한 소년이 흰 돛
대를 지나 이야포 둔덕으로 터덜터덜 걸어오고 있었다. 소년
은 옆구리에 소쿠리를 끼고 있었다. 한눈으로 봐도 안도소년
유상태였다. 서울소년은 산 밑으로 뛰어 내려갔다. 누나가
내려가지 말라고 불렀지만 서울소년은 듣지 않았다. 서울소
년을 본 안도소년이 환하게 웃으며 말했다.

"야! 나는 니가 당도리 배에 들어가 있는 줄 알았어야."

"배에는 죽은 사람들 밖에 없어."

"그믄 어디 있었냐?"

"산에 있었어."

"아, 긍께 살았구나."

서울소년은 친구 안도소년을 만나자 불안감이 조금 가셔
졌다. 그러자 눈물이 났다. 배가 고파서 눈물이 나왔다. 하루
에 한 번 담치만 먹었다. 물에 들어가 자맥질 하면 소라나 해
삼 같은 것도 잡아 올 수 있겠는데, 이야포 바다에는 떠오르
는 송장이 많아지고 서고지마을 선창가 바다는 물살이 거칠

어 들어갈 수 없었다.

"니 왜 우냐?"

"배가 고파서."

"니 왜 밥 안 묵었냐?"

"밥이 없어."

하루 한 번 담치를 먹는 것으로는 배를 채울 수 없었다. 안도 서고지산이나 건너편 동고지산 여기저기 흩어져 숨어 있는 피난민들도 굶고 있기는 마찬가지였다. 기어코 피난민 중 한 명이 굶어 죽었다. 쌕쌕이 기관포 총탄이 옆구리를 베어 버렸던 피난민이었다. 밥이 있어도 먹지 못하고 물만 찾다가 죽었다. 살아남은 가족들이 서고지산 기슭에 흙을 파서 묻었다.

총탄이 허벅지 살을 파내고 지나가서 호박잎으로 둘둘 감싸 놓았던 청년은 그래도 살아 있었다. 쌕쌕이 구경한다고 화물선 선장실 지붕에 올라가서 손을 흔들던 청년이었다. 청년은 기관포에 허벅지 살이 씀벅 잘려나갔는데도 서고지산 여기저기로 옮겨 다녔다. 신기한 모습이었다.

먹을 것을 목구멍에 넘길 수 있는 사람은 살 수 있었다. 그런데 먹을 것을 구해와도 먹지도 못한 채 숨이 붙어 있는 아기가 있었다. 피난화물선 선원실에서 죽은 엄마 젖을 물고 있던 아기였다. 누나가 담치 국물을 입에 떠 넣었는데도 넘기지 못하고 토했다. 엄마 젖만 먹었던 아기가 짠 담치 국물을 먹을 수 없었다. 누나는 젖이 나오지 않아 아기에게 젖을 먹일 수 없었다. 서고지산에 숨어 있는 피난민 아줌마들도 젖이 말라 아기에게 물릴 수도 없었다. 안도리 마을로 내려가 젖동냥이라도 해서 먹여야 하는데 내려갈 수 없으니 물만 먹일 수밖에 없었다. 아기는 굶어 죽어가고 있었다. 그런데 서울소년 귀가 번쩍 뜨이는 소리를 안도소년이 말했다.

"당집에 가믄 묵을꺼 많은디."

"신당에?"

"응. 우리 옴마가 당집에 젯밥 갖다 놔라 해서 가서 본께 묵을 거 많드라."

"어디에 있는데?"

"저그 당산에."

"가자."

신당은 남한 북한 할 것 없이 마을마다 있었다. 서울소년이 북한 용천에서 살 때에도 포구마다 개당이 있고 마을마다 본향당, 동제당 등 신당이 있었다. 압록강을 통해 황해로 나가는 어부나 마을사람들이 신당에서 제를 올리거나 굿을 하면서 갖다 놓는 음식이 끊어지지 않았다.

서울소년은 당집으로 가자고 안도소년에게 겁 없이 말했다. 안도소년은 소쿠리를 머리에 뒤집어쓰고 뒤돌아서 앞장

섰다. 서울소년이 조심히 두멍안 조개무지 길을 따라갔다. 집집마다 마당에 사람 모습이 얼핏 보이기도 했으나 문밖으로 나오는 마을사람들은 없었다. 마을로 들어오지 말라고 겁주었던 마을청년들도 고기잡이 나갔는지 나타나지 않았다. 사람 모습을 찾기 어려운 안도는 아무 일도 없었던 것처럼 조용했다.

당산은 안도리 선창가 앞에 불쑥 솟아 있었다. 안도 중심 상산 꼭대기에 산줄기가 양 갈래로 뻗어 서고지 동고지 곶머리까지 이어져 있었고, 여수 방향 북쪽 곶머리 위에 당산이 있었다. 당산 밑으로 형성되어 있는 안도리 마을은 일제강점기 시대 일본에서 진출한 일본어민들이 진을 치고 살았던 곳이고 경찰지서도 있었다.

"저 안에 경찰 있냐?"

"움막에 들어가 있어."

서울소년은 경찰이 왜 지서나 학교를 두고 산중턱 움막에 들어가 있는지 알 수 없었다. 경찰도 쌕쌕이가 날아올까 무서웠던 것으로 생각됐다.

당산 당집은 금방 올라갈 수 있었다. 당제를 지내는 제당은 서울 독립문 같이 생긴 작은 돌문을 돌담이 둘러싸고 있어 꼭 작은 성 같았다. 돌문 앞에는 줄에 묶인 채 누워 있는 어미 염소와 젖을 빨고 있는 새끼염소가 있었다. 새끼염소는 두 소년을 보자 물고 있던 젖에서 떨어져 어미염소 주변을 맴돌았다. 어미염소는 목에서 피를 흘리고 있었다. 어미염소 목이 칼로 베일 때 발버둥치면서 흘렸을 피가 사방에 튀어 있었다. 어미염소는 숨이 붙어 있는 채 죽어가고 있었다.

고향 용천에서도 조기잡이 철이 되면 제당에 살아있는 짐승을 바쳤다. 새끼를 낳은 짐승이 더 신성한 제물이었다. 심청이도 바쳤다는데 살아있는 짐승 따위야 아무것도 아니었다. 이북 용천이나 이남 안도나 신당 풍습은 비슷했다.

어미염소를 보고 있던 서울소년이 안도소년에게 물었다.

"배 나가냐?"

"몰라."

"오늘 당제냐?"

"아니."

"근데 왜 염소를 바쳤데?"

"몰라."

신당에 염소를 바쳐 고기만 많이 잡히면 염소를 살 수 있는 돈 몇 배나 벌 수 있겠지만, 살아있는 제물을 바쳐도 고기잡으러 나간 배가 풍랑을 맞아 돌아오지 못하는 경우도 있었다. 용왕님에게 제물을 바치는 것과 배 뒤집어지는 것은 아무 상관이 없었다. 미신이라고 했던 엄마 말이 맞았다. 차라리 엄마처럼 미국식으로 예배당에 가서 하나님께 기도 올리는 것이 나왔다.

그런데도 고향 용천에서는 고깃배가 떼 지어 조업 나가는 시기가 되면 선주나 배를 다루는 사람들은 해신당에서 제를 올렸다. 선주들이 제를 미루면 배 삯꾼이나 마을사람들이 선주 귀에 흘러들어가도록 누구 선주 만선은 틀렸다고 수군덕거렸다. 순전히 소, 돼지, 날고기를 먹으려는 수작이었다. 그렇게 해서라도 제를 올리면 마을사람들은 물통이나 대야를 들고 선창 해신당에 가서 날짐승 잡는 것을 지켜보았다. 명절에도 맛볼 수 없는 기름진 고기를 먹을 수 있는 날이었다.

사람들은 소를 잡을 때 다들 손바닥으로 눈을 가린 척 했지만 손가락 사이로 볼 것은 다 봤다. 소 잡는 광경이 잔인하긴 했어도 흉한 모습은 아니었다. 백정이 쇠망치로 소머리를 내리쳐 쓰러뜨리고 나서 칼로 소 멱을 따면 구경하던 마을사람들은 쓰러진 소의 목에서 뿜어져 나오는 선지를 받으러 물통을 들고 줄을 섰다. 소를 해체해서 나오는 내장들은 대야에 담았다. 소 한 마리 잡아서 여러 사람이 얻을 수 있는 것은 많았다.

사람이 죽으면 먹을 것은 더 많아졌다. 배가 뒤집어져 배 삯꾼이 물에 빠져 죽으면 선주는 무당까지 동원해서 굿을 벌여야 했다. 바닷물에 빠져 죽은 삯꾼 때문이 아니었다. 새로 만들 배를 용왕님이 뒤집지 말아달라고 비는 굿이었다. 배

한 척 새로 만들려면 마을사람들 여럿이 달라붙어야 했다. 나무를 베어 와야 했고 대패질로 나무를 다듬어 배를 만드는 데 한 달 이상 걸렸다. 그동안 배를 만드는 마을사람들은 식량걱정을 할 필요가 없었다. 삯을 받는 일꾼들 때문에 마을 주점은 흥청거렸다. 배를 바다에 띄우는 배내림 날에는 또 해신당에서 액운이 끼지 말라고 성대한 배고사(船告祀)를 지냈다. 그 기간 동안 먹을 것이 쏟아졌다. 그러다 또 먹을 것이 떨어질 때 쯤 마을사람들은 배가 뒤집어지지는 않는지 은근히 바라는 사람도 있었다. 누군가 죽으면 누군가는 살아갈 수 있었다.

두 소년이 당집 안으로 들어가니 제단에 모가지가 잘린 닭도 놓여 있었다. 어느 집에서 갖다 놓았는지 흰쌀밥과 나물뿐만 아니라 떡도 제기에 얹혀 있었다. 대부분 하루 이틀 전에 갖다 놓았을 성 싶은 제물들이었다. 안도소년이 막 갖다 놓았다는 잡곡밥과 나물은 호박잎에 쌓여 있었다. 서울소년은 밥을 보자 입 다심도 없이 호박잎에 코를 처박았다. 숟가락은 없지만 있어도 소용없어 손으로 밥을 집어 목구멍에 우걱우걱 밀어 넣었다. 물기 촉촉한 나물을 밥에 뭉쳐 걸신스럽게 삼켰다. 도리기 음식도 아니고 이미 용왕님이 드신 이후라 그냥 놔두면 말라비틀어질 밥이었다. 서울소년이 토악질이 날 정도로 음식을 먹고 나서 제단에 등을 기대자 안도소년이 말했다.

"아따 니 엄청 묵어분다."

"여기 오면 매일 먹을 거 있냐?"

"맨날 없어야."

"그런데 왜 먹을 것이 이리 많냐."

"모르것는디."

"너네 집 제사냐?"

"아닌디."

소년 둘은 당산 신목(神木) 밑에 앉아 바다를 바라보며 두런거렸다. 피난 떠나와 처음으로 보는 고즈넉한 풍경이었다. 북쪽 여수 방향에는 섬들이 많이 보였다. 안도소년은 안도 곁 큰 섬이 금오도이며 횡간도 너머 보이는 육지 같은 섬이 여수 돌산도라고 가르쳐주었다. 횡간도 앞 바다에는 조기잡이 배들이 많이 떠 있었다.

"저 뒤 섬에 비행장 있냐?"

"어뜬 섬? 저어그 이야포 앞에 소리도?"

"응."

"없는디."

서울소년은 신목을 잡고 일어나 이야포 너머 남쪽 섬 소리도를 쳐다보다 눈물을 흘렸다. 배가 채워지니 정신이 나고 정신이 나니 눈물도 났다.

"니 밥 묵어놓고 왜 또 우냐?"

"엄마가 죽어서."

"느그 옴마 죽어부렸냐?"

"동생이랑."

"그믄 우리 집 앞에 있는 송장이 느그 옴마랑 동생이냐?"

"응."

"뱅기다!"

소년 둘은 이야기를 하다 말고 벌떡 일어났다. 이번에는 북쪽 돌산도 상공에서 비행기 두 대가 나타났다. 은빛이 아니라 시커먼 비행기였다. 잠시 후 비행기는 방귀 소리를 길게 내고서 바다 위를 스치듯 나는데 제비가 물을 차고 날아가는 것 같았다. 몸통이 온통 시커멓고 조종사가 들어 앉아 있는 유리통 밑에 흰 별이 그려져 있었으며 숫자도 쓰여 있었다. 양 날개 밑에는 뾰족한 창들이 달려 있고 날개 끝에 물통도 달고 있었다. 시커먼 비행기는 피난화물선에 불벼락을 쏟아부었던 은빛 비행기 보다는 작았다.

두 소년은 신목 뒤에 몸을 감추고 고개만 서로 좌우로 내놓고 비행기를 조마조마하게 쳐다보았다. 어디서 날아왔는지 알 수 없었다. 횡간도 해상을 가로질러 나타난 비행기는 조기잡이 배들 위를 빙빙 돌아다니다 사라졌다. 소년 둘은 까딱했다가는 자지러질 뻔 했다. 다리가 풀린 서울소년은 당집에 남은 음식을 부랴부랴 호박잎에 쌌다. 잠이야 아침 이슬만 견디면 소나무 밑에서 잘 만 하지만 밥을 못 먹으면 고통스러웠다.

4

새벽녘에 서고지산에서 피난민들이 또 시신 두 구를 묻고 있어 잠을 잘 수가 없었다. 이제 무덤은 세 개가 되었다. 무덤이라고 할 것까지는 없어도 야트막하게 봉분을 올려 무덤 표시를 냈다. 유족들은 나중에 찾아올 때를 생각해서 봉분 주변을 돌로 빙 둘러 쌓았다. 부상 당해 산에서 숨을 거둔 피난민들은 산에 묻을 수 있었지만, 이야포에 널려 있는 시신들과 바다에 둥둥 떠다니는 시신들은 산으로 옮겨 올 수 없었다. 다행히 엄마와 막내 시신을 덮은 포대기는 바람에 날아가지 않고 잘 견디고 있었다. 경찰이 올 때까지 엄마와 막내 시신이 그대로만 있어주면 산에 묻을 수 있었다.

서울소년은 가슴츠레 눈을 떠서 이야포를 내려다봤다. 약속대로 안도소년이 둔덕 밑으로 걸어오는 모습이 보였다. 해가 동고지 곶머리 위에 올라앉으면 안도소년을 서고지산 밑에서 만나기로 했었다. 이번에는 형도 같이 따라 내려가기로 했다. 안도소년이 서고지산 초입에 이르더니 갑자기 휙 돌아서 자기 집으로 부리나케 도망갔다. 하늘에서 자갈 쏟아지는 소리가 들려왔기 때문이었다. 형제는 서고지산에서 내려가지 못하고 앙가조촘 서서 소리 나는 방향을 찾았다. 안도리 두명안 너머 북쪽 횡간도 해상 하늘이었다. 서울소년이 당산에서 봤던 시커먼 비행기 두 대가 휙휙 날아다니고 있었다. 나란히 날아다니는 것이 아니라 제각기 솟구쳤다 곤두박질치기를 반복하고 있었다.

형제는 다시 산 위로 뛰어올라가서 횡간도 바다를 내려다봤다. 시커먼 비행기 두 대가 마구잡이로 날아다니며 조기잡이 배들을 향해 기관포를 쏘고 있었다. 말벌이 꿀벌을 공격하듯이 기관포를 쏘아대는 비행기를 형제는 멍하니 쳐다보고 있었다. 그날은 형제도 피난민들도 전부 밥을 굶어야 했다.

그날 밤 서고지산에서는 또 여자시신 한 구를 파묻었다. 오뉴월 염천이라고 하지만 시신에 똥파리가 달라붙은 것이 금방 죽은 것 같지 않았다. 피난민들이 시신을 묻고 있는 동안 한 소녀가 울고 있었다. 피난화물선에서 하나님께 살려달라고 빌던 소녀였다. 똥파리가 달라붙은 시신을 땅에 묻기에는 너무 어린 소녀였다. 쌕쌕이 불벼락을 맞아 가족이 다 죽어버리고 엄마와 단 둘이 살아남았는데 엄마마저 죽은 것이었다.

　소녀는 엄마 무덤 앞에 앉아 울고만 있었다. 소녀 곁에는 아무도 없었다. 피난민들은 소녀를 흘긋흘긋 쳐다보았으나 뾰족한 방법이 없었다. 누나가 소녀에게 다가갔다. 상두꾼 노릇을 했던 피난민들이 누나를 쳐다보았다. 누나는 소녀의 팔목을 잡아 일으켰다. 피난민들은 입맛을 쩝쩝 다셨다. 소녀는 누나가 이끄는 대로 이끌려 왔다. 누나는 소녀를 동생들에게로 데려왔다. 피난민들이 고개를 살래살래 흔들었다. 차라리 소녀를 마을에 내려 보내면 마을사람들이 굶어 죽게 놔두지는 않을 일이었다.

　소녀의 엄마 시신을 묻은 피난민들은 흩어지지 않고 모여서 웅성거렸다. 갈 곳 없는 소녀 때문이 아니었다. 무덤은 공동묘지가 되어가고 있는데 치료도 못 받아 죽어가야 할 부상자는 많고 산 사람은 굶어 죽을 판이었다. 피난민들은 이래저래 죽을 바에는 차라리 섬을 떠나자는 의견을 모으고 있었다. 경찰은 안 보이고 인민군도 없는데 산에 있다가는 쌕쌕이 먹이가 되지 말라는 법도 없었다. 돈을 갹출하여 서고지에서 여수로 가는 배를 구해 섬을 나가자고 의견이 모아졌다. 그 대신 개별로 움직일 수 없으니 나가려면 여기저기 숨어 있는 피난민들에게 알려 다 같이 나가자고 했다. 누나도 돈을 갹출하여 섬을 나가는 것에 동의했다.

서고지산으로 숨어들었던 피난민들이 삼삼오오 몰려들었다. 몰려든 피난민들은 백여 명 가까이 되었다. 어느 곳에 숨어 있었고 무얼 먹고 목숨을 부지하고 있었는지는 몰라도 모여든 피난민들은 흥정할 배를 수소문하려고 서고지마을로 넘어갔다. 만주아저씨는 소녀를 맡아 줄 집을 알아볼 요량으로 안도리마을로 내려갔다. 누나가 소녀를 데리고 만주아저씨를 따랐다. 이판사판이고 마을청년들도 보이지 않는데 못 내려갈 것도 없었다.

마을사람들이 대문 너머로 고개를 내밀어 만주아저씨를 쳐다봤다. 누나가 소녀 손목을 잡고 따라오는 모습을 봐도 별다른 반응도 없었다. 만주아저씨가 안도리 선착장에 이르자 기와집에서 나이든 남정네와 총각이 나왔다. 총각은 한쪽 팔 팔꿈치부터 손목까지 삼베로 감싸 받쳐 목에 걸쳐 놓았는데, 걸음을 옮길 때마다 손이 덜렁거렸다. 엄지손가락은 안 보이고 손바닥은 절반이 잘려 나가 있었다. 총각은 덜렁거리는 손이 손목에서 떨어져도 아깝지 않다는 듯이 내버려두었다. 총각과 남정네는 두멍안에 묶여 있는 풍선배에 올라타고 닻줄을 풀었다.

만주아저씨가 남정네에게 다가가 물었다.

"어르신, 요 배 어디로 갑네까?"

"저그 금오도 집으로 가는디 왜그요?"

"여수 쪽으로 가는 배를 구하려고 합네다."

"물 건너갈 배 없을꺼시오. 죽다 살아났는디 누가 갈라 하끄요."

"요 배도 어제 폭격 맞았습네까?"

"마른하늘에 벼락 맞아부렀소."

급한 김에 가까운 안도로 도망 온 금오도 어부남정네는 어마지두한지 몸을 떨었다. 왜 쌕쌕이들이 조기잡이 배에 기관포를 쏴 댔는지 그 이유도 알 수 없었다. 요상하게 민가에는 기관포를 쏘지 않는 것으로 봐서도 사격연습이 분명했다.

"사람 많이 죽었습네까?"

"아이고… 깜장 뱅기가 배에 사람만 보였다 하믄 얼매나 총을 쏴 대는지 다 죽어 부렀을거시오."

"그래도 목숨이라도 건진 것이 천만다행입네다."

"배에 있었스믄 나도 죽었을꺼시오."

"어떻게 목숨을 건졌습네까?"

"물에서 배 잡고 있었소. 배에 사람이 안 보인께 고때는 안 갈기드만. 근디 우리 아들 손만 못쓰게 되부렀소."

어부아들은 손가락만 잘려나간 것이 다행이었다. 기관포에 머리통을 맞으면 뇌가 쏟아지고 몸통에 맞으면 창자가 터져 나왔다. 땡볕에 썩어가면서 똥파리가 알을 까는 송장들보다는 나았다. 벌써 염천 닷새째라서 피난화물선에 쌓여 있는 송장들은 똥파리 알이 구더기가 되어 파먹고 있었다. 차라리 바다에 빠져 물고기 밥이 되는 것이 나았다.

"그 찢어 죽일 뱅기들 북한 뱅기요?"

"북한 비행기는 주둥이가 뺑 뚫려 있습네다."

"그믄 호주서 뱅기 보내줬다드만 그 뱅기요?"

"호주 비행기는 접시가 그려졌습네다."

"그믄 미군 신식 뱅기다요?"

"별이 붙어 있는 거 보니 그런 거 같습네다."

"미국이 우리한티 묵고 살아라고 밀가루도 준디 왜 우릴 잡아 묵는다요?"

"인민군으로 오인했나 봅네다."

그건 모를 일이었다. 호남지역을 점령한 인민군 6사단 주력 방호산 부대는 순천에서 낙동강으로 갔으므로 여수지역은 전선이 형성되어 있지 않았다. 또 북한 인민군은 누런 복장을 하고 있으니 비행기가 공중에서 날아다니더라도 흰색과 누런 색을 식별 못할 정도 높이도 아니었다. 필시 사격연습하는 것이 맞을 것 같았다.

그런데 그것도 이치에 닿지 않았다. 미군은 밀고 내려오는 인민군을 저지하려고 B29 폭격기까지 동원하여 폭탄을 무지막지하게 떨어뜨리고 있던 중이었다. 하늘에서 떨어지는 폭탄이야 아무리 조준해서 떨어뜨린다고 해도 엇나가게 떨어질 수도 있어 애꿎은 피난민들까지 죽어나갈 수 있었다. 그런데 쌕쌕이는 조종사가 목표물을 눈으로 확인하면서 기관포를 쏘는 것이라 경우가 달랐다.

"그믄 인민군인지 아닌지 갱찰 시켜서 조사를 해 보믄 알 것이 아니오. 도대체 갱찰들은 뭐하고 자빠져 있는거여."

"여기 경찰 많습네까? 한 명도 안 보입네."

"즈그들은 뱅기가 베락치는지 미리 무전으로 삐릭삐릭 해서 숨어 있것지. 저어그 소리도에 가믄 도망 온 갱찰들 버글버글 해부러."

"그렇습네까? 근데 왜 한명도 안 나타납네까?"

"즈그들도 베락 맞을깝시 무서운갑소. 근디 월남인이오?"

"그렇습네."

"이북에서 월남한 사람 첨 보요잉. 그믄 베락 맞은 당도리 배에 탄 사람들도 전부 월남인들이다요?"

"전부는 아닙네. 서울에서 같이 피난 내려온 사람들입네."

서울피난민들은 안도리 배를 이용해서 육지로 나가지는 못할 것 같았다. 배가 있어도 여수로 데려다 줄 사공도 없을 것 같았다. 그렇다고 피난민들이 섬에 계속 머물러 있을 수도 없었다. 누군 연고도 없는 안도 서고지산에 묻히고 누군 살아 있으나, 그것도 날이 지나면 누가 무엇으로 될지 알 수 없는 앞날이었다. 알 수 있는 것은 부상자들이 많아 날이 지날수록 산에 파묻을 시신들만 많아진다는 것뿐이었다. 재앙이 자꾸 일어나니 이야포 마을과 안도리 마을 사람들은 문고리에 꽂아 놓은 숟가락을 빼지 않고 있었다.

"그럼 혹시 여기에 이 아이를 거둬 줄 집이 있겠습네까?"

"딸이오?"

"아닙네다. 폭격 맞아 부모를 잃어서 그러습네다."

"참말로 환장하것그만잉. 근디 둘이 자매요?"

"아닙네다."

"그요? 근디 저 처자는 시집 갈 나이가 된 거 같은디?"

어부남정네는 만주아저씨 뒤에 가만히 서 있는 누나와 소녀를 한동안 번갈아 쳐다보았다. 배를 띄우려고 풀었던 닻줄을 다시 동여매고서는 조개무지에 배를 붙였다. 그리고는 무슨 뾰족한 수를 내려는 듯 뭍으로 올라오더니 기다려보라는 말을 남기고 기와집으로 다시 들어갔다. 돛배에 남아 있던 총각은 손가락이 떨어져 나가도 아프지도 않은지 누나만 빤히 쳐다보고 있었다.

어부남정네가 들어간 기와집을 멀뚱히 쳐다보고 있는 만주아저씨는 외로워졌다. 비극이 일어나서 외로운 것이 아니었다. 혼자 피난 와서 외로운 것도 아니었다. 부산에 피난 와서부터 안도까지 이동하는 동안 자신의 의지로 어떤 것도 선택할 수 없어 외로웠다. 자기 땅에서 유배된 것 같아 외로웠다. 차라리 인민군이나 국군이 되어 전장에서 싸움을 하면 유배된 느낌은 들지 않을 것이었다. 선과 악이 싸움을 하는 것이면 악의 편에 서 있다 해도 외롭지는 않을 것 같았다.

한참 후 어부남정네가 의미심장한 표정을 지으며 기와집에서 나왔다. 그러고는 만주아저씨 귀에 입을 대고 속삭였다. 한동안 시간이 걸린 것으로 봐서 소녀에 대해 이렇다 할 만 한 묘안도 챙겨 나왔을 것이라 만주아저씨도 귀를 바싹 갖다 대었다.

"저어그… 저 집이 여그서는 방구 꽤나 끼는 우리 당숙어른 되는 집인디… 이태 전에 큰 아들 잃어부러서 작은 아들이라도 빨리 장개를 보낼라고 하는디…."

"네?"

"처자에 대해 소상히 말씀을 드린께 며느리 삼으면 어떨까 싶다고 하는디…."

"내가 부모가 아니라 뭐라 말씀 못드리겠습네다."

"긍께… 사정도 딱하고 시집 갈 나이도 된 것 같은디 인자 찬밥 더운밥 가리것드라고요."

"그래도 내가 이래라저래라 할 사안은 아닌 것 같습네다."

"긍께 따신 밥이라도 믹이믄서 지 의견을 들어보는 거시…."

소녀를 맡아 줄 집을 알아보는 줄 알았는데, 어부남정네는 엉뚱하게 서울소년 누나 혼사 이야기를 전했다. 본디 섬이란 혼사를 치러서 눌러 앉힐 처자가 귀하지만, 부모형제가 죽은 지 며칠 지나지도 않은 처자를 며느리 삼아 집에 들이겠다는 말에 만주아저씨는 난감해 했다. 그렇다고 전쟁 통에 부모 없는 처자 몸으로 육지에 나가 험한 꼴을 당하지 말라는 법도 없었다.

만주아저씨는 전장을 피해 혼자 부산으로 피난 내려오던 길에 못 볼 꼴도 봤던 터였다. 낙동강을 건너려 왜관 득성교에 도착했을 때는 득성교를 미군 14공병대대가 폭파해 버린 후였다. 다리를 건너려던 피난민 몸뚱이들은 폭파되는 다리와 함께 하늘로 치솟아 산산조각 났다. 강을 헤엄쳐 건너려던 피난민들 역시 방어선을 지키는 미군 총알 세례를 받고 강물에 떠내려갔다. 전선을 넘어오려는 사람은 누구든 적으로 간주되어 사살명령이 내려진 상태였다.

만주아저씨는 강을 건너지 못하고 민가에 들어가니 미군들이 민가 샘 주변에서 웃통을 벗고 히죽이며 앉아 있었다. 흑인병사도 섞여 있었다. 초가 툇마루 밑에는 아이들이 겁먹은 표정으로 쭈그리고 앉아 미군들을 쳐다보고 있었는데, 방에는 처자가 넋이 빠진 채 문지방에 기대어 있었다. 머리카락은 산발이 되어 있고 고쟁이도 풀리고 젖가슴이 다 드러나 있었다. 허벅지가 허옇게 드러난 아랫도리를 치마로 간신히 가리고 있는 것으로 봐서 목숨은 붙어 있었다. 그런 꼴을 봤던 터라 만주아저씨는 혼담을 주고받을 부모는 아니지만 소녀까지 덧붙여 서울소년 누나를 생각해 볼 필요는 있었다.

"그렇게 해서라도 살 수 있다면 다행입네다만은 저 여자아이가 떨어지지 않을 것입네."

"그거시야 문제가 없어부러요. 아직은 쬐간해도 양녀로 들어가서 몇 살 만 더 묵으면 서로 데려 갈라 할 것이요."

"그러긴 한데 둘 다 내 자식이 아니라서 뭐라 말씀 올리기가…."

"여기에 두고 가믄 선생이나 쟈들이나 서로 형편이 나을 것인께 일단 우리 당숙 집에 가서 밥이나 묵음씨롱 찬찬히 생각해 봅시다잉."

"그런데 당숙 되시는 분이 처자 얼굴도 안 보고 어떻게 집에 들이겠다는 말씀하십네까."

"나가 말 한께 처자가 곱상하게 생겼다고 이미 다 알고 있드만요."

만주아저씨는 어부남정네 손에 이끌려 기와집으로 들어가다가 저 만치 서 있는 누나와 소녀를 손짓으로 불렀다.

5

누나는 해가 저물도록 서고지산으로 돌아오지 않고 있었다. 대신 배를 구하러 서고지로 넘어갔던 피난민들이 허겁지겁 다시 넘어왔다. 드디어 나타난 경찰이 피난민들을 이동시킨다는 것이었다. 경찰이 나타난 이상 배급을 받든 화물선을 타고 떠나든 살 수 있게 되었다.

피난민들은 서고지산 기슭으로 모여 피난화물선을 내려다보았다. 경찰은 이미 이야포 해상에 나타나 있었다. 경찰이 타고 온 발동선에 민간인 복장 남자 두 명도 타고 있었다. 마을청년들이었다. 마을청년들은 물 위에 떠 있는 송장들을 건져 피난화물선에 올려놓고 있었다. 진한 기름 냄새가 잔바람에 풍겨왔다. 피난민 유족들은 썩은 송장이라도 신원을 확인할 수 있으므로 기다리고 있었다. 그런데 몽돌밭에 뉘어 놓았던 엄마와 막내 시신이 보이지 않았다. 포대기도 보이지 않았다. 몽돌밭에 널브러져 있던 유족 없는 시신 몇 구도 감쪽같이 치워졌다. 생급스런 상황에도 형제는 누나를 찾아 안도리 마을로 내려가 볼 수도 없었다. 피난화물선이 떠나 버릴까봐 소마소마한 가슴을 달랠 수가 없었다.

이야포에 눈에 띄는 송장들은 죄다 화물선에 던져 치운 상태인데도 경찰은 아무런 명령을 내리지 않고 있었다. 마을청년들이 발동선에 싣고 온 기름통을 피난화물선에 옮겨 실으려 오르락내리락거리고 있었다. 어이되었든 경찰이 나타나 기름까지 싣고 있으니 피난민들은 안도를 떠나기 위해 보따리를 챙기고 있었다. 형제는 언제 경찰이 피난화물선에 타라고 명령을 내릴 줄 몰라 애간장이 타들어 갔다.

저녁나절이 되어서야 드디어 피난민들에게 산에서 내려오라는 소리가 들려왔다. 마을남자가 서고지산을 향해 고래고래 소리를 질러댔다.

"피난민들은 몽땅 내려와서 날 따라오시오!!"

길 앞잡이 노릇을 하려는 사람이었다. 서고지산에 뭉텅뭉텅 모여 있던 피난민들은 선뜩 내려가지 못하고 있었다. 산으로 내몰렸던 피난민들이라 산에서 내려오라는 소리는 의심스러웠다.

"괜찮흔께 내려 오랑께라!! 배 타러 가야 된당께라!!"

길 앞잡이는 입에 손을 모아 나팔을 만들어 다시 소리를 질렀다. 피난민들이 숨어 있을 만한 마을 이곳저곳도 돌아다니며 불러 모았다. 형제는 벌떡 일어나 산을 내려갔다. 안도리로 내려갔던 누나가 두멍안 조개무지 길을 따라 허겁지겁 뛰어오고 있었다. 누나 뒤로 만주아저씨도 허청허청 따라오고 있었다.

"누나, 어디 있다 왔어?"

"어떤 집에서 시집오라고 해서."

"그 여자애는 어디 갔어?"

"그 집에 있다."

삼남매가 다시 모여 다행이었으나 불안감은 떨쳐버릴 수 없었다. 모여든 피난민 대부분이 흰옷을 입고 있어 하늘에서 금방 발견될 수 있기 때문이었다. 불안하기는 만주아저씨도 마찬가지였다. 피난화물선 선장이 어디로 도망갔는지 나타나지 않고 있어 배를 움직일 사람이 없었다. 선장이 나타난다고 해도 피난민들이 가만두지도 않았을 것이다. 빨갱이라서 그랬든, 경찰의 검문 때문에 어쩔 수 없었든, 피난민들을 사지로 끌고 와서 떼죽음을 당하게 만들었으니 선장이 나타난다고 해도 유족들에게 살아남지 못했을 것이다. 그렇다고 아예 나타나지 않으면 섬을 떠날 수도 없는 노릇이었다.

어디에 숨어 있었는지 피난민들이 꾸역꾸역 모여들고 있었다. 홀쭉이아저씨도 아기를 안고 산에서 내려왔다. 여전히 아기를 안고 있기는 했지만 아기는 미동도 않고 울음소리도 내지 않았다. 아기는 굶어 죽었다.

피난민들이 모였지만 경찰 명령은 없었다. 길 앞잡이 마을 사람도 어디론가 없어져 버렸다. 피난민들은 아무 말도 하지 않았다. 어떤 예수교 신도는 두 손을 부여잡아 기도를 올리면서도 기도문을 소리 내지 않고 입만 달싹거렸다. 양 대신에 피난민들을 희생양으로 바쳤으니 이제는 야곱의 축복을 내려달라고 기원하는 것 같았다. 어떤 이는 가슴팍에서 꺼낸 피난민증을 부적처럼 들여다보고 있었다. 피난민들은 서 있건 앉아 있건 모두들 각자 보따리를 안고 땅만 내려다보고 있었다. 울타리를 쳐 놓지도 않았는데도 모여든 피난민들은 일정한 공간을 벗어나지 않고 밀집해 있었다. 허수아비들을 모아 놓은 것 같았다.

형과 누나도 아무 소리를 내지 않고 가만있었다. 그러나 서울소년은 달랐다. 삼형제가 모였고 경찰도 봤으니 안심이 되었다. 더구나 화물선에서 살아남은 피난민들이 다 모여 있으니 든든하기까지 했다. 지금까지 운명을 같이했으니 전부 제살붙이들이나 다름없었다. 다만 엄마와 막내 시신이 보이지 않는 것이 이상했다.

이동명령은 여전히 없었다. 땅거미가 내려앉도록 경찰도 길잡이 마을사람도 나타나지 않았다. 대신 안도소년이 나타나서 피난민들을 구경하고 있었다. 섬에서 그렇게 많은 사람들이 한꺼번에 모여 있는 것을 처음 봤던 것이다.

"야!"

"어!"

서울소년과 안도소년이 서로에게 소리를 질렀다. 서울소년이 피난민 무리에서 빠져 나갔다. 누나가 붙잡았으나 소용

없었다.

"오늘 소리도로 보낸다고 글드라."

"누굴?"

"피난 온 사람들."

"누가 그래?"

"어른들이."

"소리도가 어딘데?"

"나가 쩌어그 섬이 소리도라고 안 하든."

서울소년 얼굴에 뱅글거리는 웃음이 번졌다. 이번에는 어디로 가는지 확실히 알고 가는 것이고 안도소년 집과 멀지 않기 때문이었다. 하지만 안도소년은 근심스런 표정이었다. 소리도라 불리는 연도는 조선시대 때 제주로 귀양살이 가는 죄인들이 잠깐 쉬었다 가는 섬이었다. 귀양살이는 나라에 죄를 지은 사람이 가는 것이고 사약도 받을 수 있었다. 그래서 안도소년은 호박잎으로 돌돌 싼 주먹밥을 호주머니에서 꺼내 서울소년에게 주었다. 안도소년의 넓은 호주머니는 주먹밥을 꺼내도 불룩했고 떨그렁거리는 소리까지 들렸다. 움직이면 떨그렁거리는 소리가 더 크게 났다.

"뭔 소리냐?"

"아 이거. 풀 뒤지믄 많이 떨어져 있어야."

안도소년이 호주머니에서 꺼낸 것은 기관포 탄피였다. 놋

그릇처럼 누런 기관포 탄피는 자치기만 했다. 탄피 한 개면 자치기보다 더 큰 엿을 몇 개나 바꿔 먹어도 될 것 같았다. 안도소년은 흐뭇한지 호주머니를 움켜쥐고 흔들기까지 했다.

"피난 온 사람들은 전부 따라 오씨요!! 안 따라 오믄 배 못 타요!!"

길 앞잡이 마을사람이 나타나서 소리쳤다. 드디어 안도를 떠나게 되었다. 피난민들은 보스락보스락 일어나 자연스럽게 한 줄을 만들었다. 날은 어두워져 있어 앞선 사람 등만 보고 잘 따라가야 했다. 피난민들은 여전히 말소리를 내지 않았지만 길 앞잡이는 크게 떠들어댔다. 횃불까지 들고 있었다.

"길이 좁은께 잘 따라오시요!! 자빠지믄 벼락으로 떨어져 부요!!"

그때서야 피난민 중에 구시렁거리는 사람이 있었는데, 왜 배급을 주지 않고 배를 타라고 하느냐는 것이었다. 부산을 떠날 때에도, 충무에서 욕지도로 갈 때에도 일인당 하루치 두 홉씩 쳐서 배급을 받았던 터라 불만이었다.

"너는 따라오믄 안된께 집에 가라잉."

길 앞잡이가 안도소년을 따라오지 못하게 등을 밀었다. 안도소년과 서울소년은 이야포 둔덕 갈림길에서 헤어져야 했다. 서울소년은 이야포 둔덕을 넘어 서고지산 오솔길을 따라

서고지로 넘어가야 했고, 안도소년은 둔덕을 따라 자기 집으로 가야만 했다. 서울소년이 먼저 손을 들어 흔들었고 안도소년은 호주머니에 가득 들어있는 탄피를 만지작거리던 손을 꺼내 흔들었다.

사위는 앞 사람 등을 잡고 걸어야만 할 정도로 어두워졌다. 피난민들은 이야포 몽돌밭에서 전마선을 이용해 화물선으로 올라탈 줄 알았는데, 길 앞잡이가 오솔길 따라 서고지 산을 휘감아 넘어가려 하자 웅성거렸다.

"화물선 타는 거 아녀?"

"서쪽 선착장으로 가는구만."

"거기 다른 배가 있나?"

"탈 배가 마련되어 있으니까 데려가는 거겠지. 부지런히 따라 가 보자고."

피난민들이 불안한 마음에 두런거려도 서울소년은 어디로 가는지 이미 알고 있어 불안하지 않았다. 그런데 안도를 떠나려 하니 엄마와 막내 시신이 사라졌다는 것이 퍼뜩 떠올랐다.

"누나, 엄마랑 막내랑 없어졌어."

"죽었어……."

"아니 우리가 저기 끝에 갖다 놨는데 없어졌다고."

"엉? 진짜?"

누나는 걸음을 멈추고 고개를 획 돌렸다. 어두운데다 이미 서고지산을 휘돌아 와서 이야포 몽돌밭은 보이지 않았다. 그런데 산등성 너머 뻘건 불꽃이 훤하게 피어오르고 있었다. 동지선달 불꽃놀이처럼 솟구치는 불은 이야포 먼 바다까지 비칠 정도로 피어오르고 있었다. 검은 연기와 함께 매캐한 냄새가 온 바다에 퍼져나가고 있었다. 활활 피어오르는 불꽃은 실없이 떠 있는 달을 부끄럽게 만들고 있었다.

피난민들은 엄청나게 피어오르는 불꽃을 보고서 죄다 겁을 집어 먹었다. 서고지산 산꼭대기보다 더 높이 솟구쳐 오르는 불꽃을 보고 쌕쌕이가 날아오면 큰일이었다.

"만주아저씨, 마을에 불났어요?"

"아니."

"그럼 무슨 불인데요?"

"……."

"아! 우리가 저 섬으로 가니까 알아보라는 봉화불인가?"

"그런가 보다. 그런데 저 섬으로 간다고 뉘가 그러네?"

"친구가 그러던데요."

"어떤 친구네?"

"이 섬 친구요."

"이 섬에 친구가 있네?"

만주아저씨는 피난민들이 소리도로 이동한다는 것을 모

르고 있었다. 서울소년은 안도에 친구가 있고 어디로 간다는 것을 알고 있는 게 자랑스러운지 으쓱거려졌다. 만주아저씨가 자신의 말을 당장은 믿지 못해도 이내 어디로 가는지 알게 될 것이고, 안도에 친구가 있다는 것도 언젠가는 알게 될 것이라 더 이상 불꽃에 대해 묻지 않았다.

피난민들이 산을 휘돌아 서고지마을에 도달해 보니 선창가에는 노를 젓는 중선 고깃배들이 피난민들을 기다리고 있었다. 어디서 불러들인 배들인지 모르고 누가 배를 불렀는지 모르나 뱃삯도 안 받고 피난민들을 태웠다. 배에 피난민들이 가득 올라타면 선창 자리를 다른 배에 내주고 소리도를 향해 노를 저어 나갔다. 한 배가 선창가를 떠나면 또 다른 배가 선창에 옆구리를 대어 피난민들을 태웠다. 어둠 속 바다 위에는 먼저 노 저어 가는 배 서너 척이 앞서 가고 뒤따라 두 척이 또 선창 안으로 배를 대었다. 건너편 소리도에도 횃불이 보여 배들이 엉뚱한 곳으로 노를 저을 일은 없었다. 삼남매는 만주아저씨와 같은 배에 올라타 있었다. 죽은 아기를 여전히 안고 있는 홀쭉이아저씨도 배에 탔다. 동대문아줌마도 딸과 함께 같은 배에 올라탔다. 배는 소리도를 향해 노를 저어나 갔다.

안도소년 유상태는 이야포 둔덕에 서서 바다건너 소리도로 노 저어 가는 배들을 지켜보고 있었다. 불덩어리가 된 피난화물선 불꽃이 피난민을 태우고 가는 배들을 비추고 있었다. 그림 같은 풍경이었다. 피난화물선에 한번 붙은 불은 시간이 지날수록 점점 더 불집을 키워댔다. 솟구치는 불꽃은 피난화물선 솟대 꼭대기에 매달려 있는 태극기마저 널름널름 집어삼키며 키를 높이고 있었다. 기름을 피난화물선에 들이부었고 기관실 기름까지 보태져서 타오르는 불덩어리는 주변 전마선까지 옮겨 붙을 정도로 몸집을 키우기 시작했다. 피난화물선에 가득 들어차 말라비틀어진 송장들까지 불쏘시개 노릇을 하면 하루 이틀 만에 시들어버릴 불이 아니었다. 피난화물선 기관 쇳덩어리도 녹여 버릴 정도로 타오르는 불집은 송장들 뼈를 재로 만들어 흔적 없이 바람에 실려 보내기에 부족함이 없을 정도였다. 안도소년은 입을 헤 벌린 채 이야포 바다가 온통 붉디붉은 빛으로 물들어가는 광경을 바라보고 있었다. 거대한 불새가 하늘로 치솟아 오르는 것 같아 신비함마저 느끼고 있었다.

마을사람들이 하나둘씩 둔덕으로 걸어 나와 둔덕에 올라서서 활활 불타오르는 피난화물선을 바라보며 혀를 끌끌 차댔다. 하늘높이를 가늠하듯 솟구치는 불꽃은 바다 넓이를 재보려는 듯 번져나가며 이야포를 빨갛게 물들이고 있었다. 안도소년 유상태는 호주머니에 들어 있는 탄피가 부족한지 불덩어리가 비춰주는 풀숲을 뒤지어 금방 탄피를 찾아내 호주머니에 담았다. 더 이상 호주머니에 탄피를 담을 수 없자 호주머니를 흔들어 댔다. 어른들이 번갈아가면서 신음소리를 냈지만 호주머니에서 들리는 기관포 탄피 짜랑짜랑 소리에 파묻혀 들리지 않았다.

6

소리도 역포마을 선착장은 이야포 수심보다 깊었다. 산등성 절벽 사이 홈통으로 움푹 들어가 있어 요새 같았다. 선착장 앞은 산에서 뻗어 나온 산줄기가 바다에 닿지 못한 채 뚝 끊어지고, 갯바위는 갯바위대로 불쑥 솟아 서로를 쳐다보며, 바다를 가리고 있었다. 피난민들이 소리도 선착장에 올라서기 위해서는 나무발판을 대고 올라가야 했다. 등짝에 무전기통을 메고 있는 경찰은 수화기에 대고 안도에서 건너온 배 숫자를 어디엔가 보고하고 있었다.

서울소년이 소리도 선착장에 올라서 안도를 바라보니 서고지마을 선착장을 뒤늦게 떠난 배가 소리도를 향해 뒤뚱뒤뚱 오고 있었다. 이야포에서 불타고 있는 피난화물선 불덩어리가 소리도까지 훤히 비치고 있어 노를 꼼틀꼼틀 젓는 모습까지 보이고 있었다. 그토록 불꽃이 피어오르고 있는데도 썩쌕이들은 나타나지 않았다. 경찰은 용하게도 쌕쌕이들이 날아오지 않는 날을 택해서 피난민들을 이동시켰다.

소리도 선착장에 있는 역포마을은 민가들이 선창을 앞에 두고 쪼르르 들어서 있는 작은 마을이었다. 안도와 소리도 사이 해상을 지나는 배에서 보면 역포마을은 전혀 보이지 않았다. 그래도 선창은 크고 수심은 깊었다. 경찰들은 피난민들을 역포마을 민가나 외양간을 가리지 않고 마구잡이로 집어넣었다. 작은 마을이라 뒤늦게 도착한 피난민들은 더 이상 들어갈 곳이 없어 고개 너머 덕포마을까지 걸어가야 했다. 이야포에서는 코빼기도 보이지 않았던 경찰이지만 소리도에서는 경찰 때문에 피난민들은 헛간이라도 들어가 잘 수 있었다.

누나는 동대문아줌마랑 민가에 들어갔고 형제는 농기구만 있는 헛간에 들어갔다. 헛간바닥에 축축한 짚이 깔려 있어 등을 대고 눕기만 하면 지네가 옷 속으로 기어들어 왔다. 서울소년은 누워 있을 수 없어 벽에 등을 기대앉았다. 마주보는 벽에 홀쭉이아저씨가 죽은 아기를 안고 앉아 있었다. 아저씨는 아기가 죽은 것을 모르는지 가만 안고 있었다.

헛간 밖은 완전히 조용해졌다. 달빛에 보이는 피난민들이나 경찰들은 없었다. 홀쭉이아저씨는 헛간에 있는 쇠스랑을 한 손에 들고 다른 한 손으로는 아기를 안고 일어났다. 죽은 아기는 아저씨가 한 손으로 안고 있어 고개가 떨어질 듯 달랑거리고 손도 흔들거렸다. 소년이 발딱 일어나 쇠스랑을 대신 들어주었다.

홀쪽이아저씨는 헛간 밖으로 나가 산등성을 타고 올랐다. 소년도 쇠스랑을 들고 따라갔다. 바다 건너 이야포가 훤히 내려다보이는 지점에 이르자 아저씨는 아기를 땅에 내려놓고 쇠스랑으로 흙을 파기 시작했다. 쇠스랑이 흙을 파기는 했지만 퍼내지를 못해 아저씨는 손으로 흙을 긁어내었다. 소년도 같이 흙을 퍼내어 구덩이를 만들어 갔다. 이미 안도 서고지산에서 어른들이 흙을 파던 광경을 여러 번 본 서울소년이었다.

아저씨는 아기가 충분히 들어갈 정도로 흙을 파낸 다음 아기를 구덩이에 내려놓았다. 아기를 덮을 것이 아무것도 없었다. 아저씨는 파낸 흙을 손바닥으로 밀어 구덩이를 덮어 갔다. 서울소년도 흙을 구덩이에 밀어 넣었다. 아저씨는 눈물을 보이지 않았는데 서울소년은 눈물을 흘렸다. 왜 눈물이 흘러내리는지 이유를 알 수 없었다. 그냥 눈물이 나왔다. 단지 사람이 죽으면 땅에 묻고 흙으로 묻어줘야 한다는 것만 분명히 알고 있었다.

홀쪽이아저씨와 서울소년은 아기를 묻은 구덩이 옆에 나란히 앉아 이야포에서 훨훨 피어오르고 있는 불꽃을 바라보았다. 정월 대보름 불놀이를 구경하는 것 같았다.

"너 이름이 뭐냐."

"홍춘복이요."

"몇 살이냐."

"열 셋이요."

"그러냐. 내가 너 누나하고 너한테 신세를 졌구나."

홀쭉이아저씨는 더 이상 말을 하지 않았다. 헛간으로 내려 가지도 않았다. 서울소년도 내려가지 않았다. 아저씨도 내려 가라는 말을 하지 않았다. 그냥 바다 건너 불꽃만 쳐다보고 있었다. 불꽃은 꺼져서는 안 되는 봉화 불처럼 밤새 피어오르고 있었다.

아침이 밝자 경찰이 피난민들은 전부 학교운동장으로 모이라고 명령했다. 피난민들은 배급을 주는 줄 알고 고개 너머 학교운동장으로 한 명도 빠지지 않고 모였다. 그러나 경찰은 배급을 주지 않았다. 어젯밤 마구잡이로 여기저기 수용시켰던 피난민들 인원과 신상을 파악하려는 것이었다. 한국 경찰은 피난민 검문과 이동을 미군에게 보고하게 되어 있었다. 피난민 이동은 일출과 일몰 사이에 하고, 전복적인 요소를 가진 사람은 경찰정보기관에서 바로 처리하도록 하여 경찰명령에 절대적으로 따라야 배급도 받고 살아남을 수 있었다.

안도소년 유상태의 말대로 소리도에는 비행장이 없었다. 대신 학교운동장에 경찰들이 진을 치고 우글거렸다. 소리도에 있는 경찰들만으로도 큰 부대를 만들 수 있을 정도였다. 그런데 소리도에 그렇게 많은 경찰이 모여 있다는 것을 인민군이 알고 대포를 쏘아버리면 민간인이고 경찰이고 몽땅 죽는 수밖에 없을 것 같았다. 다행히 여수에는 대포를 쏠 만한 인민군 부대는 내려오지 않았고, 인민군들한테는 대포 실은 군함이라곤 한 척밖에 없었다.

피난민 조사는 오래 걸렸다. 목숨이나 다름없는 피난민양민증을 잃어버린 사람들이 더러 있어 심문하는 데 시간이 걸렸다. 피난민증에는 동거인 가족명단이 적혀 있으므로 피난민증을 잃어버리면 한 가족이 다 같이 심문을 받아야 했다. 피난민증에 있는 가족 명단 중에는 불벼락을 맞아 죽었거나 물에 빠져 죽어 식구 수가 맞지 않은데 그것마저 조사를 했다. 피난민증이 있었으니 피난화물선에 올라탈 수 있었겠으나 그래도 경찰은 꼼꼼히 심문을 했다. 삼남매는 경찰들이 경례를 붙이는 계급 높은 경찰에게 직접 심문을 받았다.

"아버지한테 있었다고?"

"예."

"아버지가 죽었다고?"

"예."

"그럼 피난증도 불타 부러것네."

"……."

"그럼 도민증도 없나?"

"있어요."

누나는 자신을 심문하는 경찰에게 서울시민증을 내밀었다. 서울에 정착한 후 국민반장·국민통장·국민동장·국민이장을 거쳐 경찰서장 도장을 받아 서울시에 신청하여 발급받은 국민시민증이었다. 경찰은 사진이 붙은 시민증을 잠시 들여다보더니 누나에게 물었다.

"어디 홍 씨냐?"

"남양 홍 씨요."

"계는 어디냐?"

"계가 뭐야요?"

"춘송이, 너도 모르냐!"

"모르는…데요."

"아버지한테 당홍계 토홍계 그런 거는 못들었냐!"

"당홍계인가… 들어본 거 같기는 한데……."

형도 계파를 모르긴 마찬가지라서 겁을 집어 먹어버렸다. 경찰은 대답을 못하는 형을 손가락으로 다가오라고 하더니 머리를 숙이라고 표시했다. 형이 머리를 경찰 앞에 숙이자 꿀밤이 날아왔다. 부모도 없는 판국에 꿀밤은 아프고 서러웠다.

"아버지가 족보에 올렸을 것이니 나중에라도 반드시 알아야 돼."

"네."

"근데 왜 신발을 안 신었냐?"

"물에 떨어져 헤엄칠 때 잃어버렸어요."

"그럼 그동안 신발 없이 산에 있었느냐?"

"네… 일주일 정도 산에서…."

"엿새다."

경찰이 삼남매를 심문한 것은 그것뿐이었다. 그러곤 심사증을 건네주었다. 국문과 한문을 섞어 쓴 심사증에는 악질행위가 없고 피난양민으로 심사증을 교부한다고 써져 있었다. 흘려 쓴 한문 중에 읽을 수 있는 것이라곤 홍춘송 자신의 이름과 단기 4283년 8월 8일 숫자와 나주경찰서장 이름 앞에 붙은 홍 씨 성뿐이었다.

"이걸 잘 갖고 있어야 거제도 가서 피난민수용소에 들어갈 수 있다. 알겠냐!"

"네."

"글고 이 돈도 옷 속에 잘 넣어서 신발 사신고 새 돈으로 바꿔라."

"네."

심사를 마친 경찰은 형에게 조선은행권 백 원짜리 지폐 열 장을 손에 쥐어 주었다. 누나가 안도에서 세이코 시계를 판 금액 절반이니 큰돈이었다. 조선은행권과 한국은행권이 같이 사용되고 있어 당장은 사용해도 문제될 게 없었다. 그것으로 심사는 끝났으나 배급은 없었다. 누나는 배급보다도 또다시 어디로 가야 하는지 그게 알고 싶었다.

"거제도가 어디야요?"

"부산 옆에 있다."

"거기에서 인민군 피해 왔는데 다시 가는 거야요?"

"유엔군이 인민군 쳐부시고 있으니 괜찮다."

인민군이 낙동강 방어선은 뚫지 못하고 있었다. 경북으로는 왜관 융단폭격 때문에 넘지 못하고 경남으로는 마산으로 넘어오지 못했다. 경북 포항도 미군이 폭격을 퍼붓고 나서 국군에 의해 탈환되고 경남 창녕에서는 인민군 4사단이 미군 24사단에 대패하여 전투력을 상실해 버린 상태로 전세는 역전되고 있었다. 인민군은 큰 패배를 당해 병력이 흩어지고 있었다.

흩어지는 인민군 병력을 찾아내기 위해 미 공군 프로펠러 정찰기 모스키토가 왱왱거리며 날아다니고 있었다. 인민군이 은신해 있을 만한 창고나 집들이 있으면 모스키토 정찰기가 본부에 무전으로 알리고, 전폭기들이 날아와 기관포를 쏘고 폭탄을 떨어뜨렸다. 인민군들에게 모스키토라는 정찰기는 저승사자나 다름없었다.

그러나 미군전선이 형성되어 있는 곳에서는 민간인도 인민군 대접을 받아야만 했다. 세상에서 일어난 전쟁 중에 가장 많은 폭탄이 좁은 땅에 떨어지고 있었다. 하늘에서 떨어지는 폭탄이 쌀가마였다면 남한이고 북한이고 전 국민이 삼대에 걸쳐 먹고 살 수 있었을 것이고, 그 많은 폭탄을 만들어 팔았다면 국민 삼대에 걸쳐 쌀을 사 먹으며 살 수 있었을 것이다.

배급을 받을 줄 알았던 피난민들은 크게 실망했다. 안도보다 주민수가 작은 소리도에는 돈을 주고도 곡식을 구하기가 어려웠다. 피난민들은 할 수 없이 자급자족할 수밖에 없었다. 그래도 불안하지는 않아 안도보다 훨씬 나았다. 적어도 무전기를 메고 있는 경찰이 있어 쌕쌕이가 기관포를 쏠 위험은 없었다. 배고픔만 면하면 안심이었다. 어떤 이는 허리춤에 감은 곡식자루를 풀었고, 누나는 옷보따리를 풀어서 호주머니 안에 숨겨두었던 쌀을 꺼내 동생들에게 한 줌씩 주었다. 살아남은 사람은 각자 살아남을 비책들이 있었다. 소리도에서는 톳이나 미역도 딸 수 있었다.

소리도로 이동한 지 이틀이 되어도 피난민을 실으러 배는 오지 않았다. 이야포에서 불타고 있는 피난화물선도 불씨가 꺼지지 않고 있었다. 배가 워낙 크고 기관에 있는 기름까지 다 태우려면 하루는 더 있어야 했다. 불꽃은 사그라졌으나 기름이 타면서 내뿜는 검은 연기는 오히려 더 커져서 이야포를 덮고 있었다.

형제는 하루 종일 갯바위에 나가 앉아 이야포를 바라보고 있었다. 갯바위는 마당처럼 넓어 누워 자기에 좋았다. 헛간에는 지네가 많아 차라리 갯바위가 햇볕만 피할 수 있으면 잠자기에는 아주 좋았다. 역포마을을 바다로부터 가려주는 산등성에는 산딸기가 있을 것 같은데 올라갈 수 없었다. 총을 어깨에 멘 경찰이 바다를 감시하고 있었기 때문이었다.

경찰이 있어서 그런지 역포마을에는 몽둥이를 들고 산으로 올라가라는 청년들도 없었고, 마을사람들도 된장 바른 호박잎을 살점이 떨어져 나간 피난민에게 붙여 주지도 않았다.

결국 이튿날 겨우 숨만 깔딱거리며 소리도까지 왔던 피난민 두 명이 한꺼번에 숨을 거두었다. 허벅지 살점이 썸벅 떨어져 썩어 들어가던 청년과 머리통이 깨져 출혈이 멈추지 않았던 부상자였다. 안도에서 붙인 호박잎도 효력을 다했던 것이다.

유족이 시신을 수레에 실었다. 지켜보던 경찰은 도와주지 않았으나 그렇다고 시신 이동을 못하게 막지도 않았다. 죽은 피난민은 삼베 수의는 아니더라도 거적이라도 둘렀으니 염은 한 셈이었다. 게다가 꽃가마는 아니더라도 수레라도 타고 가니 장례식으로는 그럴 듯 했다. 더구나 봉분도 만들어 매장절차를 밟으니 유족들은 곡소리라도 낼 수 있었다. 제복을 입은 경찰 덕분이었다.

소리도에서는 산에 숨어 있어야 하는 것도 아니지만 언제 올지 모르는 배를 기다려야 하는 것은 막막했다. 경찰이 통제하고 있어 산에도 올라가지 못한 형제는 마당갯바위에 누워 잠이나 자고 있어야 했다.

"앞으로 너희들이 고생이겠구나."

홀쭉이아저씨도 갑갑했는지 마당갯바위에 올라앉아 형제에게 말을 붙였다. 그래도 형제는 피붙이라도 옆에 있지만 아저씨는 오롯이 혼자가 되어버렸다. 그래서 그런지 홀쭉이아저씨는 떼꾼하여 두루주머니 주름 잡히듯 오므라진 입으로 옹알거렸다.

"이럴 것이면 나라를 세우지나 말든지……."

홀쭉이아저씨는 말이 길지 않고 사람을 마주보고 이야기도 하지 않았다. 죽은 아기를 안고 있을 때나 아기를 산등성이에 묻고 나서도 바다만 바라보았다. 서울소년은 그것보다 아저씨한테는 다른 피난민들처럼 보따리가 없다는 것이 더 이상했다. 안도 서고지산에 있을 때는 아기만 안고 있었고 소리도 헛간에도 가방이나 보따리가 없었다. 무얼 먹으며 견디고 있는지 알 수 없었다. 아기와 아기엄마가 있었으니 분명 화물선에 보따리가 있었을 것이다. 만약에 가져오지 않았다면 보따리도 아기엄마와 함께 불타버린 거였다.

"내가 죽일 놈이다."

홀쭉이아저씨는 솔잎을 뜯어 입에 물어 자근자근 씹으면서 허위탄식을 했다. 그러자 형이 머리를 무릎 사이에 처박고 꺼이꺼이 울음을 터트렸다. 형은 아기를 산에 묻은 것을 모르고 있었다. 왜 홀쭉이아저씨 때문에 형이 눈물을 흘리는지 그것도 모를 일이었다. 막내를 업은 엄마를 뗏목에 붙여놓고 혼자 헤엄쳐 뭍으로 나와 숲에 숨어 있었던 형이었다.

누나는 동대문아줌마와 함께 갯바위로 나와서 톳을 따고 있었다. 밥을 지을 때 톳을 넣으면 양도 많아지고 빈혈도 줄일 수 있었다. 톳만 먹어도 그럭저럭 주린 배를 달랠 수 있었다. 햇볕에 말리면 보관하기도 쉽고 배고플 때 씹어 먹을 수 있어 누나는 열심히 따고 있었다. 배급이 없으니 톳이라도 많이 따야 했다.

그런데 보초를 서고 있던 경찰이 누나와 동대문아줌마를 갯바위에서 올라오라고 명령했다. 경찰은 바다에서 눈에 띄는 갯바위로는 피난민이고 역포마을 사람들이고 나가지 못하게 했다. 톳을 못 따면 산에 올라가서 칡이라도 캘 수 있는데, 경찰이 총을 들고 있으니 올라갈 수도 없었다. 경찰이 있어 불편한 것도 있었다.

소리도로 이동한 지 닷새째 되는 아침이었다. 햇살이 헛간을 뚫고 들어오자마자 누군가 고함치는 소리가 연신 들려왔다. 고함소리는 이동할 때마다 들려왔다. 아닌 게 아니라 피난민들 보고 전부 선창으로 모이라는 소리였다. 피난민들은 보따리를 챙기기 시작했다. 행여나 배급을 주고 이동시키는 것인지 기대했으나 배급은 없었다. 피난민들은 이동한다면서 배급을 주지도 않자 불안한 기색이었다. 욕지도에서 이동 명령이 내려질 때 배급을 주지 않았다. 그리고 쌕쌕이 불벼락을 맞았다. 배급을 주지 않는다는 것은 경찰이 이동만 시켜놓고 보호해 주지 않는다는 것을 의미했다.

서울소년은 고함소리를 듣고도 나가지 않았다. 어떤 피난민은 경찰부대가 귀찮은 피난민들을 배에 태워 깊은 바다로 데려가서 수장시켜버리는 것이라는 무서운 소리까지 내뱉었다. 그 말을 들은 서울소년은 삭풍에 사시나무처럼 몸을 떨어야만 했다. 아무리 수영을 잘해도 깊은 바다에서는 허우적거리다 죽을 것이라 물에 둥둥 떠 있는 자신의 시체를 누군가 배에 던져버린 다음 죽은 몸뚱이에 기름이 끼얹혀져 불이 붓는 장면을 상상하니 몸서리가 쳐졌다. 그런 끔찍한 상상을 하지 않으려 해도 그물에 걸린 것처럼 벗어날 수 없었다. 그래서 좀처럼 헛간을 나갈 수 없었다.

고함소리는 연신 들려오고 있었다. 서울소년은 헛간에 혼자 남아 있을 수 없었다. 밖으로 나간 누나와 형이 서울소년에게 빨리 나오라고 성화였다. 서울소년이 헛간을 나와 선창을 보니 군함이 들어와 있었다. 부산항만경비대 미군 군함이었다. 군함 앞뒤로는 대포처럼 큰 총이 철판을 두르고 얹혀 있었다. 병력을 실어 나르는 LST 군함이 아닌 경비함이었다. 소년은 군함을 보고서야 안심이 되었다.

소리도 역포마을 사람들은 군함에서 총알 담긴 나무상자를 내려 수레에 싣고 있었다. 누런 포대자루도 수레에 실어지고 있었다. 영어로 WHEAT FLOUR라고 써진 포대자루에는 별 네 개와 악수하는 손이 방패 안에 그려져 있고, 뒷면에는 여러 나라 글자로 인쇄해 났는데, 한문도 있었으나 한글은 없었다. 대신 누가 친절하게 한글 손 글씨로 미국 국민이 기증한 구호품이라고 써 놔서 강냉이 가루라는 것을 알 수 있었다. 강냉이 포대자루는 피난민들에게 배급되지 않았다. 총알상자와 포대자루를 실은 수레는 고개 너머 경찰부대로 가고 있었다. 대신에 덕포마을에 있던 피난민들이 역포마을로 넘어오고 있었다. 피난민들이 수레에 실려 가는 강냉이 포대자루를 뚫어지게 쳐다보았으나 한 포대도 내려지지 않았다. 그래도 서울소년은 참을 만 했다. 톳도 먹었고 군함은

피난화물선보다 빨라 금방 다른 피난민수용소에 가면 배급
이 나올 것이기 때문이었다. 무엇보다도 미군 군함이라 쌕쌕
이가 나타나도 불벼락을 쏟아붓지 않을 것이라 그게 제일 든
든했다.

그런데 군함에서 흰 면포대자루가 느닷없이 선창가에 툭
떨어졌다. 강냉이 포대자루보다 작은 밀가루 자루였다. 밀가
루 자루는 군함에 있던 한국인 해군병사가 인심 쓰듯 피난민
들에게 던진 것이었다. 밀가루 포대자루를 본 피난민들이 나
방처럼 달라붙었다. 앞서 달라붙은 피난민들이 작은 포대자
루를 서로 잡아채면서 시근벌떡하고 뒤늦게 포대자루를 발
견한 피난민들은 틈을 노리고 있었다.

그러자 군함에 있던 병사가 또 포대자루 한 개를 안고 나
타났다. 이번에는 강냉이 포대자루였다. 경찰부대에 보급할
식량을 병사가 봉창질했을 포대자루를 본 피난민들은 서로
받으려고 군함으로 붙었다. 서울소년도 어른들 뒤에 달라붙
었다. 병사는 포대자루를 피난민들에게 던지지 않고 물을 내
려다보았다. 물에는 흰옷 입은 사람이 뒤집힌 채 선창과 군
함 사이에 끼어 있었다. 물에 빠져 죽은 시체였다. 잠시 물을
내려다보던 병사가 밀가루 포대자루를 선창으로 던지자 피
난민들은 어디서 힘이 남아 있었는지 서로 거머채려고 아귀
다툼을 벌였다.

다툼에서 밀려난 피난민들이 물에 떠 있는 시체를 나뭇가지로 뒤집어 보니 홀쭉이아저씨였다. 어젯밤까지 갯바위에 앉아 있었는데 물에 빠져 죽어 있었다. 홀쭉이아저씨 주검은 땅에 묻히지 못하고 선창가 한쪽에 거적을 뒤집어쓰고 널려 있어야 했다. 피난민들이 주검을 건져내긴 했으나 타고 가야 할 군함이 언제 떠날지 몰라 산에 묻을 엄두를 못 내고 있었다. 수레를 타지 못한 거적주검은 역포마을 주민들 몫으로 남겨두어야 했다. 한 가족이 영원히 사라졌다.

군함은 피난민들을 태우고 소리도 역포마을을 떠났다. 피난민들은 자기 짐들을 끌어안고 이야포를 바라보았다. 총소리도 나지 않았고 검문도 없었다. 피난민들 얼굴에는 흰 그늘이 지고 있었다. 아무도 소리 내어 울지도 않았고 어떤 말도 없이 이야포만 바라보고 있었다. 가혹한 비극 연기를 끝낸 배우가 조명 꺼진 무대를 바라보고 있는 것 같았다. 서울 소년은 몇 번이나 안도라는 섬 이름을 외우고 있었다.

피난민들은 선실로 들어갈 수 없어 죄다 갑판에 있어야 했다. 갑판에도 기관포가 자리 잡고 있어 피난민들이 타기에는 비좁았다. 만주아저씨는 줄로 엮어 등에 메고 있는 가방을 내려놓지 않았고, 동대문아줌마는 딸이 돌아다니 못하게 품에 안고 있었다. 형은 경찰이 준 돈을 돌돌 말아서 끈으로 묶

어 바지고랑 속에 가무려넣고 있었다. 누나는 젖가슴에 묻어
두고 있는 돈을 머릿속으로 헤아려보았다. 서고지에서 담치
를 사는 데 삼십 원을 썼다. 남은 돈이면 어디를 가도 당장은
살 수 있었다. 혹시 죽게 되더라도 알아서 죽는 게 나을 것 같
았다.

군함은 빨랐다. 바람은 시원하고 배 안으로 튕겨 들어오는
바닷물은 더위를 식혀주기에 충분했다. 남해군 떼섬 사이를
몇 번 빠져나가는 동안 나슨해진 피난민들은 졸음을 참지 못
하고 한두 명씩 졸기 시작하더니 집단최면에 걸리기라도 한
것처럼 죄다 잠에 빠져들고 있었다. 갑판에서 피난민들을 통
제하던 해군병사도 포신을 잡고 무덤덤하게 서 있었다. 누나
가 해군병사에게 물었다.

"이 배 어디 가는 거야요?"

"거제도라요."

"거제도가 끝이야요?"

"피난민들 내려주고 부산기지로 가는데 와 그라요?"

"우리도 부산까지 가면 안 되는거야요?"

해군병사는 아무 대답도 하지 않고 누나만 쳐다보고 있었
다. 잠시 후 해군병사는 졸고 있는 피난민들 사이를 헤집고
군함 뒤로 가버렸다. 누나 곁에서 졸고 있던 동대문아줌마가
눈을 떠서 누나에게 "부산?"이라고 물었다. 누나는 고개를

끄덕였다.

섬이라고 해서 전선으로부터 안전한 곳도 아니었다. 섬에 설치된 피난민수용소는 흰 염소들만 가둬 놓은 곳과 다름없었다. 혹시 뱃길이 끊어져 나라에서 주는 배급을 받지 못하면 풀을 뜯어먹든 굶어죽든 알아서 살아야 하는 곳이 섬이었다. 또 군함이라곤 딱 한 척밖에 없는 인민군이 바다에서 섬을 공격할 일 없어도 바다에 선을 그으면 그게 전선이었다. 전선 위쪽에 있으면 적이 되는 것이니 어느 섬에 있어야 전선 아래쪽인지 피난민들은 알 수 없었다. 오로지 선을 긋는 미군이나 군경만 알 수 있는 선이었다. 그럴 바에야 배급을 못 받아도 육지가 나았다. 전쟁은 이내 끝날 것이고 서울 집으로 돌아가려면 기차가 있는 부산이 훨씬 수월하다고 누나는 판단했다. 그러나 형제는 피난민들과 따로 떨어지는 것이 불안하여 누나를 쳐다보고 있는데 해군병사가 다시 돌아왔다.

"처자요, 거제에서 내리지 말고 그냥 있으소."

"부산에 내려주는 거야요?"

"내 허락받고 왔는데 처자 서울서 피난 왔능교?"

"네."

"서울서 피난 온 사람들 봉래에 모여 있소."

"봉래가 어디야요?"

병사는 또 대답하지 않았다. 전선에서 비켜있는 사람들은 밀려드는 피난민들에게 실뚱머룩해지고 있는 중이었다. 더구나 부산은 피난민들로 미어터질 지경이라 사람들이 시뜻해져 있었다.

"처자는 동생들하고만 피난 왔능교?"

"부모님이 비행기 총에 맞아 죽었드랬어요."

"어데서요?"

"그 앞섬에서요."

"처자도 안됐소. 운명이다 생각하소."

이번에는 누나가 아무 말도 하지 않았다. 병사 말대로 인간이 저지르는 전쟁에 부모형제가 죽은 것이 운명이라면, 운명을 결정한 그 사람을 알고 싶었다. 그러나 도망간 선장한테 물어 볼 수도 없고 하늘에서 일어난 일을 경찰이나 병사에게 물어볼 수도 없었다. 군함이 물살을 가르는 소리 외에는 어떤 것도 들을 수 없었다.

어느덧 군함은 푸르른 빛이 돈 섬에 도착했다. 수십 척의 배들이 몰려 있고 너른 들판이 보여 육지 같았다. 피난민들은 또다시 갇혀 있어야 할 섬을 바라보았다. 섬 주민보다 더 많은 피난민과 포로들을 받아들여야 하는 거제도 장승포였다. 군함에서 내리던 만주아저씨가 누나에게 물었다.

"와 안 내리네?"

"우린 부산으로 갈꺼야요."

"부산?"

만주아저씨는 생급스런 표정을 지었다. 부모도 없고 일가도 없는 부산으로 간다는 누나 말에 고개까지 도리질했다. 만주아저씨는 다음 말을 남기지도 못하고 피난민 대열에 떠밀려 배에서 내려야만 했다. 이번에는 병사가 동대문아줌마에게 물었다.

"아지메는 와 안 내리능교?"

"나는 부산에 외삼촌이 살고 있어 거기로 갈까 해서."

"그럼 그냥 부산에 있지 고생시럽구러 뭐할라 왔다갔다 하능교. 알아서 하소."

병사는 시큰둥하게 말했다.

피난민들을 내려준 군함은 장승포에서 멀어지고 있었다. 군함에서 내린 피난민들이 개미처럼 열을 지어 걸어가는 모습이 아스라이 보이고 있었다. 피난민이라고 불리고 자기 땅에서 유배된 사람들이었다.

장승포를 떠난 군함은 어느덧 부산항으로 접어들고 있었다. 연안여객선이 출발하는 부산세관 뒤편 연안부두였다. 군함이 옆구리를 댄 곳은 부산항만 여수뱃머리였다. 부산에서는 연안부두를 여수뱃머리라고 불렀다. 부산 성남초등학교

운동장 서울피난민수용소에서 이동명령을 받고 부산을 떠났던 바로 그 자리였다. 피난민들을 실어 나르던 여객선은 보이지 않았다. 삼남매와 동대문아줌마 모녀는 여수뱃머리에 옆구리를 댄 군함에서 내렸다. 여수뱃머리 옆으로 늘어진 부산항 부두에서는 미군수송선이 쉼 없이 군수물자를 부두에 내려놓고 있었다.

"처자요, 힘든 일 있으면 일로 찾아오소."

병사는 애운한 듯 배에서 내리는 누나에게 자기 주소를 적어 건네주었다. 자신은 포항으로 올라갔다 올 것이며 훈련받고 육전대 장교가 될 것이라고 자랑까지 했다. 누나는 해군 병사가 시답잖아 주소가 적힌 종이를 버리려는 것을 형이 받아 호주머니에 넣었다.

삼남매와 동대문아줌마 모녀가 부산에 내리긴 했으나 두 식구 모두 부산에 아는 사람은 아무도 없었다. 전쟁은 끝나지 않고 부산에서 갈 곳도 잘 곳도 없었다. 부산항 여수뱃머리에는 삼남매와 동대문아줌마 모녀만 덩그렇게 서 있었다. 부산도 뜨거웠다.

3장 부활

1

부산으로 오긴 했으나 갈 곳이 없었다. 누나는 동대문아줌
마에게 서울사람들이 모여 있다는 영도다리 건너 봉래에 갔
다 와보자고 말했다. 혹시라도 아는 사람이 있을 줄 모를 일
이었다. 누나와 동대문아줌마는 영도다리를 건너기 위해 여
수뱃머리 뒤 조차장 철길을 따라 걸어갔다. 형제와 아줌마
딸은 부산항을 바라보며 마냥 기다려야만 했다. 형제가 여수
뱃머리에 쭈그려 앉아 부산항에 쏟아져 들어오는 미군 전쟁
물자를 하역하는 광경을 쳐다보고 있는데 아줌마 딸이 형 홍
춘송에게 물었다.

"오빠, 우리 엄마 언제 와?"

"좀 있으며 올거야."

이번에는 홍춘송이 아줌마 딸에게 물었다.

"니네 식구 몇 명이었냐?"

"다섯 명."

"그럼 세 명 죽었냐?"

"응."

"누구 죽었냐?"

"아버지하고 오빠 둘."

아줌마 딸이 대답하자 동생 홍춘복이 훌쩍거렸다. 안도나 소리도에서는 형 앞에서 눈물을 보이지 않았는데, 부산 여수 뱃머리에 돌아와서 처음으로 눈물을 보이고 있었다.

부산항 제1부두 창고 앞에서는 전선으로 떠날 미군들이 떠들어 대면서 장난까지 치고 있었다. 전쟁을 하러 온 군인들 같지 않게 희희낙락거리고 있었다. 어느 나라에 온 것인지도 모르는 것 같았다. 웃고 떠드는 백인병사들 피부는 소련군 피부색과 다를 바 없었다. 소련군한테 미군 똥바가지 철모를 얹어 놓으면 소련군인지 미군인지 구별할 수 없을 정도였다.

제2부두에서는 미군화물선이 나무상자를 그물로 싸서 부두로 내려놓고 있었다. 독수리가 발톱으로 별을 움켜쥐고 있

는 문양이 찍혀 있는 나무상자들이었다. 나무상자들이 부두에 닿자마자 흰옷을 입은 한국인 노무자들이 재빠르게 달라붙어 옮겨 쌓았다. 무더위가 꺾이지 않는 광복절이라서 웃통도 벗고 맨발로 일을 하고 있는 한국인 노무자 등이 비늘처럼 번들거렸다. 나무상자가 위태롭게 산더미로 쌓여도 감독하는 미군이 달리 지시를 하지 않는 것으로 봐서 위험한 물건들은 아니었다.

"형, 저 안에 뭐가 들어 있을까?"

"식량."

"우리나라 사람들한테 배급해 줄까?"

"줘도 꽁짜로 주겠냐."

형 홍춘송은 단언했다. 이북에서 해방을 맞았을 때도 소련이 식량을 지원해 주면서 정작 이북에 들어온 소련군인들은 소, 돼지는 물론이고 여자까지 잡아갔다.

정작 위험한 군수물자들은 제3부두에서 하역되고 있었다. 그것도 탱크였다. 탱크에는 쌕쌕이처럼 별이 흰 색으로 그려져 있었다. 북한 인민군이 소련제 탱크를 밀고 내려왔다던데 미국도 탱크를 보내고 있었다. 전쟁은 더 커지고 있었다. 그런데 동생 홍춘복이 엉뚱한 질문을 했다.

"형, 저 탱크 얼마나 비쌀까?"

"그런 거 왜 물어?"

"저 탱크 만든 공장 주인이 부자일 것 같아서."

동생이 뜬금없는 말을 했지만 홍춘송이 생각하기에도 탱크를 만들 정도로 큰 회사라면 공장도 엄청 크고 인부도 많이 부리는 큰 부자이어야 될 것 같았다. 부자가 아니더라도 탱크를 많이 만들어 팔면 큰 부자가 되고, 큰 부자가 되려면 전쟁이 아주 크게 일어나야 했다.

고향 평안북도 용천군 양화면 용암포에서 살 때에도 제련소 일본인 주인은 큰 부자가 되었다. 일본이 만주로 쳐들어가서 만주국을 세우자 제련소 주인은 만주로 오가는 일본군들이 타는 말에 붙일 발굽 편자나 안장 따위를 만들어 팔았다. 수완이 좋은 일본인 주인은 대포 수레와 쇠바퀴도 만들어 일본군에 팔게 되자 제련소 공장까지 차리게 되었다. 태평양전쟁까지 일어나서 제련소는 밤새도록 기계를 돌려 댔다. 덕분에 일거리가 없던 마을사람들도 제련소에 가서 일을 했다.

전쟁이 한참 달아오를 때에는 집에서 빈둥거리는 마을남자는 한 명도 없을 정도였다. 일을 해봤자 조선인 노임은 쥐꼬리보다 더 적게 줘서 불만이 많았지만, 조기잡이 철이나 소금 경작하는 여름이나 되어야 뜸하게 뱃일과 염전을 할 수 있는 것보다는 나았다. 일본이 어느 나라에 쳐들어가서 전쟁을 하는지 몰라도 전쟁이 커지는 만큼 마을술집은 흥청거렸다. 일본이 패해서 일본인 주인도 일본으로 돌아갔지만 큰돈을 벌어서 갔다는 소문이 무성했다.

한참 후 누나와 동대문아줌마가 기름드럼통과 철로 만든 상자들이 산을 이루어 차곡차곡 쌓여 있는 조차장 쪽으로 걸어오고 있었다. 총을 옆구리에 올려놓고 있는 미군이 지키고 있는 것으로 봐서 아마 총알이나 무기 같은 것들이 들어 있는 것 같았다.

그런데 철길 따라 걸어오는 누나와 동대문아줌마를 미군이 손짓으로 불러 세웠다. 여전히 옆구리에 올려놓은 총 손잡이를 한 손으로 잡고 무어라 말을 했다. 누나와 아줌마가 미군 말을 알아듣지 못하자 미군은 누나와 아줌마 뺨을 한 손으로 문질러보면서도 한 손으로는 총을 계속 움켜쥐고 있었다. 이상한 행동이었다. 전쟁 전에도 가족이 이남으로 월남해 넘어오다 삼팔선을 지키고 있던 미군이 엄마와 누나 몸을 더듬으며 무기소지 여부를 수색했었다. 그때는 뺨을 만져보지는 않았다. 미군 앞에서 어쩔 줄 모르던 누나와 아줌마는 우물쭈물 게걸음으로 비켜났다. 다행히 미군은 총부리를 겨누거나 붙잡지 않아 그대로 비척거리며 올 수 있었다.

삼남매와 동대문아줌마 모녀 두 식구는 영도다리를 건너갔다. 영도 봉래동에는 서울피난민들이 진을 치고 있었다. 뒤늦게 부산으로 들어온 사람들이었다. 부산은 이미 군사기지가 되어 있었고, 피난민들을 따로 수용할 만한 공간도 없어 알아서 누워 잘 공간을 마련해야 했다. 봉래동 서울피난민들은 나무를 주워다 엮어 세우고 거적을 뒤집어 잠자리를 마련했다. 그나마 부산시에서 두 사람당 한 장씩 가마니를 줘서 그거라도 깔고 잘 수 있었다. 삼남매와 동대문아줌마도 각자 빈자리를 헤집고 들어가 나무와 거적으로 움막을 지었다.

먹고 자는 것이야 헛간 짐승이나 다를 바 없었지만, 그래도 하늘에서 불벼락이 떨어지거나 인민군이 들어오지 못해 안심이었다. 부산은 많은 무기를 가지고 온 미군들이 연신 들어오고 있어 인민군이 공격해 와도 끄떡없었다. 정부도 부산으로 옮겨와 있고 이승만 대통령도 부산에 있어 적어도 부산은 안전했다. 유엔군이 한국을 도우러 몰려온다고 하니 전쟁은 끝날 것이고, 그러면 서울로 올라갈 수 있었다. 서울에는 외삼촌도 있고 집도 있었다.

서울 집으로 돌아가는 날은 그리 오래 걸리지 않았다. 인천상륙작전이 성공해서 맥아더 장군이 서울로 들어갔다는 말이 봉래 서울피난민촌에 돌아다녔다. 유엔에서 인민군을 압록강 너머로까지 몰아내는 것을 결의했다는 소문까지 났다. 아닌 게 아니라 유엔군은 삼팔선을 넘어 북진했고, 이승만 대통령이 평양에서 연설까지 했다. 그때서야 삼남매는 안심하고 서울로 올라갈 것을 결심했다. 이미 봉래 서울피난민들은 많이 돌아간 상태였다.

누나는 동대문아줌마에게 물었다.

"서울 집에 안 가는 거야요?"

동대문아줌마는 서울로 돌아갈 생각을 하지 않고 있었다. 딸을 누나에게 맡겨 놓고 하루 종일 어디론가 갔다가 저녁에 돌아오곤 했는데, 용하게도 미군 모포나 깡통을 들고 왔다. 덕분에 삼남매도 가마니 대신 미군 모포를 깔고 자고 미군깡통도 먹어 볼 수 있었다.

"서방도 없고 친정이 서울도 아니고 가 봤자 아무도 없다. 차라리 부산이 낫다."

아줌마는 부산에 눌러 있겠다고 했다. 이북에서 월남하여 남의 집 방 한 칸 얻어 살았던 터에 서울 올라가 봤자 들어가서 살 집도 없다는 것이었다.

"그럼 계속 여기 봉래에서 살거야요?"

"방 하나 얻으려고 해."

"어디에다요?"

"서면."

전쟁 중에 돈 벌기가 서울보다 수월하다는 동대문아줌마는 결국 부산에 남았다. 삼남매는 동대문아줌마와 헤어져 서

울 집으로 향했다. 차라리 배급을 주지 않더라도 피난민 이
동명령만 내리지 않았다면 두 식구는 온전하게 살아서 서울
로 돌아갈 수 있었을 것이다. 충북 영동 노근리나 안도나 피
난민 이동명령을 따르다 떼죽음을 당했다.

2

삼남매가 서울 집으로 올라가는 길은 피난 내려올 때보다
몇 배나 고단하고 오래 걸렸다. 서울이 수복되었다지만 올라
갈 열차가 마련되지 않아 하룻밤을 부산역 광장에서 쭈그려
자고서야 다음 날 겨우 열차에 올라탈 수 있었다. 열차가 부
산에서 출발했어도 이삼십 분 바퀴를 굴리다 멈추고 몇 시간
이나 서 있다 출발하기를 반복했다. 온종일 걸려 도착한 동
대구역 조차장에서는 기관차가 열차를 떼어놓고 가버렸다.
기관차가 부족하다 보니 어디에 서 있는 열차를 끌어다 주고
다시 온다는 것이었다. 그럴 때마다 사람들은 열차에서 내려
나무를 주워와 불을 때고 솥을 얹어 밥을 지어 먹었다. 기관
차가 언제 다시 돌아와 열차를 끌고 갈 줄 모르기 때문에 선
로 곁에서 밥을 먹었다.
　기다림 끝에 기차는 겨우 동대구를 출발할 수 있었으나 왜

관 앞에서 또다시 움직일 줄 몰랐다. 기차가 멈춰 서는 곳은 대부분 폭격을 맞아 선로가 끊어진 곳이었다. 미군이 낙동강 방어선을 치면서 미군폭격기들은 왜관 김천 대전 이리 등 기차역이라곤 죄다 폭탄을 쏟아부어 성한 철로가 없었다. 엉망이 되어버린 기찻길은 철로 토막을 저기서 떼서 이쪽으로 붙이고 이쪽에서 떼다 저쪽으로 갖다 붙여 그때그때 필요한 철로를 연결해서 움직였다.

이번에는 기차가 역도 없는 작은 마을에서 또다시 멈추고 전혀 움직이지 않았다. 갑갑함을 못이긴 형제가 기차에서 내려 먹을 것을 구하러 마을로 들어가 보니 마을이 텅 비어 있었다. 집이란 집은 폭격을 맞아 지붕이고 벽이고 무너져버려 사람이 살 수 없었다. 사과나무에 설익은 사과들만 붙어 있었다. 형제는 사과 몇 개를 따 호주머니에 넣었다. 형제가 사과를 씹어 먹으면서 다시 기차로 돌아오려는데 어떤 할아버지가 삽을 어깨에 걸친 채 둔덕 밭에 앉아 형제를 지켜보고 있었다. 할아버지 곁에는 아직 떼도 입히지 않는 봉분 세 개가 있었다. 또 묻어야 할 시신이 어디에 있는지 구덩이를 파고 있었다. 퀭한 눈으로 바라보고 있던 할아버지는 형제가 사과를 따는 것을 나무라지 않았다. 그럴 힘도 없어 보였다.

영등포에는 오 일 걸려 도착할 수 있었다. 한강 인도교가 부서져 있어도 부교가 설치되어 있어 염리동 집까지 걸어서 올 수 있었다. 염리동 집은 절반이 무너져 있었다. 인민공화국 치하로 있었던 서울은 미군기 폭격을 맞아 아현동이 잿더미가 되었어도 염리동에는 폭탄이 직접 떨어지지 않아 절반이라도 집 형태가 남아 있었다. 세간도 온전히 남아 있었다. 아버지가 소중히 했던 축음기까지도 그대로 있었다. 누가 축음기를 틀었는지 축음기 회전판에는 가수 남인수의 〈감격시대〉 판이 얹혀 있었다. 옆집 노부부 말로는 인천상륙작전으로 퇴각하는 인민군들이 비어 있는 삼남매 집에 며칠 머물러 있다가 북으로 도망쳤다는 것이었다.

집에 놔두고 갔던 물건 중에 사라진 것은 없고 오히려 더해진 것이 있었다. 방 안에 인공기가 걸려 있었다. 누나는 얼른 인공기를 떼어내 불을 붙여 태워버렸다. 그리고 옆집에서 가져온 태극기와 성조기를 문 앞에 꽂아 놓았다. 그러자 동생 홍춘복은 성조기는 그대로 두고 태극기를 뽑아 버렸다. 피난화물선에 태극기가 걸려 있어도 불벼락을 맞았으니 성조기만 걸려 있으면 불벼락을 맞지 않겠다는 생각 때문이었다. 형은 방 벽에 인민군들이 쓴 글자를 지우려 애를 쓰고 있었다. 방안 구석구석에 '이완용의 정신적 후예 만고역적 이승만 괴뢰집단 전면적 궤멸'이니 '조선민주주의인민공화국 만세'라고 쓴 글을 손바닥에 침을 묻혀가며 지웠다. 집에 머문 인민군들이 무엇으로 글씨를 썼는지 '세계 민주진영의 성

벽 소련 만세’ 글자는 침 묻은 손바닥으로는 지워지지 않아 칼로 긁어내야 했다.

피난을 떠나지 않고 집에 남아 있었던 옆집 노부부는 누나에게 일곱 식구 중에 삼남매만 살아서 돌아온 사연을 듣고서는 그곳이 어딘지 물었다.

“안도가 어디여?”

“여수에서 가까운 섬이라고만 들었드랬어요.”

“인민군 비행기가 거기까지 가서 총을 쏘았나?”

“인민군 비행기가 아니래요. 인민군 비행기는 여의도 비행장 부술 때 봤드랬잖아요.”

“그럼 미국비행기?”

“호주기라고도 하고 미군비행기라고도 하드래요.”

“미군비행기가 섬에 총을 쏘는 거랑 인민군한테 이기는 거 하고 뭔 상관이여?”

할머니는 누나 말을 듣고 고개를 꺄우뚱거렸지만 죽음에 대해서는 별 말이 없었다. 인천상륙작전을 위해 미군폭격기가 인공치하 서울을 쑥대밭으로 만들자 염리동 뒷산 방공호 속에 있다가 밤에 나오기를 반복만 했다는 것이다. 할머니는 비만 오면 다음 날 여지없이 한강 마포나루에 누런 군복을 입은 인민군과 섞여 흰옷 입은 사람 시체가 동동 떠내려 와서 죽음에 대해서는 별다른 감흥이 없었다.

반공단체에서 활동하던 동네청년들이 인민공화국치하에서는 붉은 천 조각을 팔에 두르고 동네사람들 노력동원을 시킨 게 포격 맞아 죽은 시체 치우는 일이었단다. 동네청년들 한 몸에 남쪽 북쪽이 다 들어있었다. 흰옷을 입었다고 해서 붉은 편에 서지 않는다는 증표도 아니었다. 북한에 있는 사람들도 흰옷을 입고 있기는 마찬가지지만 붉은 편이 좋아 있는 것도 아니었다. 이승만 대통령이 평양에서 연설을 할 때 인공기와 소련기를 버리고 태극기와 성조기를 흔든 평양사람들이었다. 그렇다고 평양사람들이 폭격을 피할 수 있었던 것도 아니었다. 어디에서 어느 편 백성질을 하든 간에 폭격은 사람을 가리지 않았다. 미군폭격기들은 자신들의 임무만 충실히 수행했을 뿐이었다.

옆집 할아버지는 인공치하 서울에 있으면서 배가 많이 고팠던지 누나에게 먹는 것만 물어봤다. 서울에 남았던 사람이나 피난 떠났던 사람이나 서로에게 물어 볼 것은 많았다.

"부산에서 배 안 곯았나?"

"부산에서 있을 때는 배급도 나오고 해서 그렇게 힘들지 않았드랬어요."

서울에 남아 인민공화국 백성이 되어야 했던 사람들에게 소련 구호품은 배급되지 않았다. 오히려 인민군 배를 서울사람들이 채워줘야 했으니 소련은 미국보다 훨씬 형편없는 나

라였다. 그런 나라가 좋다고 방 안에 소련 만세라고 쓴 인민
군이 한심했다.

"차라리 피난가지 말고 서울에 있었으면 굶기는 했어도
죽지는 않았겠나."

할아버지는 혀를 찼다. 죽는 것보다는 굶는 게 나았다고
할아버지가 누나에게 말했지만, 그건 안도 서고지산에 갇혀
며칠 동안 굶어 보지 않아서 하는 말이었다. 할아버지 말대
로 서울에 남아 있었으면 혹시 목숨은 부지할 수도 있었겠으
나 그것도 월남한 사람이 무사했을 것이라는 보장은 없었다.
인공치하에서 빨간 완장을 차고 돌아다녔다던 동네청년들이
삼남매 가족이 월남인이라는 것을 뻔히 아는데, 인민위원회
에 일러바치지 않았을 리도 없었다.

설혹 인공치하에서 노력동원을 뼈 빠지게 해서 살아남아
서울 수복을 맞았다고 해도 살 수 있다는 보장도 없었다. 이
승만 정부는 부역자처벌 특조령을 만들어 인공치하에서 백
성질 했던 사람들을 잡아 죽이고 있었다. 전선을 피해 피난
갔다 온 사람은 공산주의에 맞서 항거한 애국자이고, 피난
떠나지 않았던 사람은 공산주의를 환영한 빨갱이가 되어 있
었다.

삼남매는 외삼촌을 찾아 남대문 가게로 걸어갔다. 서울 사
대문 안은 폭격을 맞아 성한 건물이 없었다. 남대문에는 구

멍이 송송 뚫려 있고 무너진 잔해에는 김일성과 스탈린 초상화가 너덜거리고 있었다. 집집마다 인공기 대신에 태극기를 내다 걸고 대문에는 유엔군 환영이라는 포스터를 만들어 붙여 놓고 있었다.

남대문시장 가게에 외삼촌은 없었다. 가게도 부서져 있고 생사여부를 아는 사람도 없었다. 피난 갔다 아직 돌아오지 않았다고 하기도 하고, 인공치하에서 의용대에 들어갔다가 북으로 넘어갔다는 말도 있고, 폭격 맞아 죽었다는 말도 있었으나 정확한 것은 알 길이 없었다. 삼남매가 서울 집으로 돌아와도 친인척 한 명 없었다. 아는 사람들이라곤 오로지 동네사람밖에 없었다.

서울 염리동 집에서 머무는 것도 오래가지 못했다. 압록강까지 밀려난 인민군을 도우려 중공군이 밀고 내려오고 있었다. 라디오 방송에서는 서울시민 피난대피령이 내려졌다. 일차 피난 때는 이승만 대통령이 라디오 방송을 통해 국군이 인민군을 무찌르고 있으니 안심하라고 연설하더니, 이차 피난 때는 신성모 국방장관이 중공군이 서울로 들어오고 있으니 보따리를 싸라고 방송을 하고 있었다. 이번에는 서울 토박이인 옆집 노부부도 피난 보따리를 싸야 했다. 같은 민족 인민군이 아닌 중공군이 밀고 내려온다는데, 서울에 남아 있다가는 폭격 맞아 중공군과 같이 죽어나갈 수밖에 없었다.

삼남매는 부모 없이 피난보따리를 싸서 또 영등포역으로 가야만 했다. 그해 눈이 펑펑 오는 크리스마스이브 날이었다.

한강이 꽁꽁 얼도록 모질게 추웠다. 한번 떠나봤던 피난길이지만 추운 날씨는 몸서리치게 만들었다. 영등포로 가기 위해 마포나루로 걸어가 보니 이번에는 군인들이 트럭으로 피난민들을 실어 나르고 있었다. 한강물은 트럭이 굴러다녀도 끄떡없을 정도로 꽝꽝 얼어 있었다.

영등포역에는 피난민들로 인산인해를 이루고 있었다. 서울시민 피난대피령이 내리기 전에 이북에서 피난 내려온 사람들까지 합쳐져 화물차 안에도 깻잎 한 장 끼워넣을 공간이 없었다. 할 수 없이 화물칸 지붕 위로 올라가는 수밖에 없었다. 삼남매가 부모 없이 매서운 바람을 온몸으로 받으며 떠나야 하는 두 번째 피난길이었다. 삼십만 중공군이 물밀듯이 내려오고 있고 그만큼 유엔군 비행기는 폭탄을 많이 달고 머리 위로 날아갔다.

3

대구에는 피난민수용소가 마련되어 있지 않았다. 당연히 배급도 없으니 삼남매는 잠자리와 먹을 것을 알아서 해결해야 했다. 수중에 있는 돈으로 월셋방을 얻어 당장은 지낼 수 있었다. 그러는 동안 서울은 중공군과 인민군에게 점령당했으나 전선은 크게 밀리지 않고 있었다. 그렇다고 언제 다시 서울로 돌아갈 수 있을지도 모를 막연한 날들이 지나고 있었다. 누나는 돈이 줄어들자 동대문아줌마를 만나러 혼자 부산으로 내려갔다가 만주아저씨까지 만나고 왔다.

거제도 피난민수용소에 있었던 만주아저씨는 부산으로 와 있었다. 거제도에서는 베트남 등 동남아시아에서 가져온 쌀로 배급을 받긴 했으나, 인민군포로수용소까지 만들어지고 일사후퇴로 이북에서 많은 피난민들까지 거제도로 들어오는 바람에 배급이 끊어져 버렸다. 동냥을 해서라도 살 수 있다면 피난민들한테는 부산이 나았다. 만주아저씨는 부두에서 미군 군수물자 하역 일을 하면서 날품팔이 품삯으로 초량동 언덕배기에 하꼬방을 얻어 살고 있었다. 돈을 지니고 왔거나 부두 일을 하는 사람은 그래도 하꼬방이라는 판잣집 방한 칸은 얻을 수 있었다.

"부산으로 내려가자."

"누나, 부산 가서 또 어디서 자?"

동생 홍춘복이 누나에게 물었다. 누나는 움막을 치고 자더라도 월세 내면서 살 수 없다며 보따리를 쌌다.

삼남매는 부산으로 세 번째 오게 되었다. 만주아저씨가 움막을 치라고 한 초량동 조차장 창고 옆 매축지에는 피난민 움막 촌락이 형성돼 있었다. 매축지 피난민들 중에는 신의주나 고향 용천군 사람들도 더러 있어 의지도 할 수 있었다. 삼남매도 나뭇가지로 움막 골격을 만들고 거적으로 지붕을 만들었다. 만주아저씨가 도와줘서 더 크게 만들고 출입문도 달았다. 보기에 형편없어서 그렇지 달세를 내지 않아도 되는 움막은 들어가 있기에는 괜찮았다. 만주아저씨는 서울에 올라갔다 온 삼남매에게 물었다.

"서울은 어떠드나?"

"폭격 맞아서 다 무너지고 사람도 많이 죽었드랬어요."

"공산주의자들을 막고 데모크라시를 지키려다 보니 너무 많은 희생이 따르는구나."

누나가 대답하자 만주아저씨는 알아먹게 설명해 주었다. 많이 배운 만주아저씨는 확실히 달랐다. 사람들은 전쟁 통에 애꿎은 사람이 죽어나가는 것을 보고 원통해하거나 침묵으로 통곡을 집어삼키는데, 만주아저씨는 차분하게 왜 희생이 따르는지 이유를 말해 주었다. 삼남매가 무슨 말인지 정확히 이해할 수 없어도 목숨보다 더 소중하게 지켜야 하는 것이 데모크라시라는 것이었다.

홍춘송이 만주아저씨 말을 들어보니 월남하기 전 이북에서 매일 집회에 동원하여 외치게 했던 것이 민족을 짓밟는 미제국주의자들과 민족반역자 이승만을 타도하자는 구호였다. 그러니 북한에서 목숨처럼 지키려는 민족과 남한에서 희생이 따르더라도 지켜야 할 데모크라시가 서로 전쟁을 벌이고 있는 것이었다. 민족이나 데모크라시나 둘 중 하나는 멸망해야 전쟁이 끝날 일이니 만주아저씨 말은 알듯 모를 듯 하였다. 그것도 그렇거니와 데모크라시를 지키려 애꿎은 사람들이 죽어나가야 한다면 데모크라시 나라 미국에서는 얼마나 죽었는지 그게 궁금했다.

하여튼 미군은 데모크라시 군인들이므로 민간약탈이나 해대는 소련군과는 달랐다. 미군이 소련군과 확실히 다른 것은 미군 도시락 시레이션이었다. 미군깡통은 동대문아줌마가 가져와서 먹어 봤지만, 도시락 시레이션은 조차장 창고에 살고 있던 진홍섭이 자랑삼아 맛만 보여줬다. 소련군들이 먹던 시커먼 빵하고는 비교가 되지 않았다. 역시 미국과 소련은 달랐다.

진홍섭은 일본징용 귀환동포 2세였다. 매축지 기차 조차장 창고에는 해방 후 일본에서 부산으로 돌아온 귀환동포들이 칸을 나누어 살고 있었다. 거기에도 이북 출신들이 많이 있었다. 삼팔선 때문에 이북으로 올라가지 못하거나 별달리 돌아갈 곳이 없는 사람들이 눌러앉아 부두 품팔이로 살아가고 있었다. 거기에 살고 있던 떠꺼머리총각 진홍섭이 홍춘송에게 물었다.

"너 몇 살이냐?"

"열여섯, 아니 열일곱."

홍춘송이 대답했다. 부산에 세 번 오는 동안 해를 넘겨 한 살이 보태졌다.

"나는 호적에 열여섯으로 되었는데 실제는 열여덟이다."

진홍섭은 출생신고를 해야 하는 아버지가 일본에 징용갔다 오는 바람에 호적나이가 늦었다고 주장했다. 그리고 시레이션에서 껌 한 톨을 꺼내 씹어 보라는 호의까지 베풀었다. 홍춘송이 세상에 태어나 처음 씹어 본 껌은 설탕처럼 달콤하기 그지없고 오랫동안 질겅질겅 씹을 수 있었다. 도대체 어디서 시레이션을 얻었는지 모르지만 피난생활 중에 처음으로 맛본 달콤함이었다. 개성 월남인수용소에 있을 때에도 미국에서 보내 준 강냉이가루는 먹었으나 껌이라는 것이 세상에 있는지도 몰랐다.

진홍섭은 시레이션을 보여주면서 자랑해 댔지만 얼마 못가 홍춘송도 시레이션을 먹어볼 수 있게 되었다. 서면에 있다는 동대문아줌마를 만나러 간 누나는 미군 껌뿐만 아니라 비스킷도 가져왔다.

동대문아줌마는 서면 미군부대 앞에서 미군 빨래를 해주며 살고 있었다. 미군 빨래를 해주는 대가로 미군이 쓰다 버리는 모포나 깡통 등을 받아 도떼기 국제시장에 가서 내다팔았다. 빨래 품삯으로 달러도 받았으나, 달러보다 미군깡통이나 미군모포가 품삯보다 돈이 더 되었다. 부산에는 전쟁에도 끄떡없고 전쟁 때문에 더 돈을 많이 버는 부자들이 많아서 미군물품을 찾는 사람들이 꽤 있었다. 동대문아줌마는 걷어온 빨래를 누나에게 맡기고 미군물품을 시장에 내다팔기 시작했다. 미군 빨래를 시작한 누나는 쌀도 사가지고 움막으로 돌아왔다.

"보래이, 쌀 없으면 죽는 거니 잘 때도 꼭 안고 자야 한다. 알았네?"

"누나, 또 자고 와?"

"추어서 여까지 걸어오려면 힘들다."

누나는 쌀 포대를 동생들에게 주면서 신신당부를 했다. 초량에서 서면까지 걸어갔다 오려면 먼 길이었다. 누나는 쌀이나 먹을 것을 가져올 때에나 움막에 들르기 시작했다. 형제는 누나 없이 움막에서 지내야 했다.

"형, 자고 있는 동안 누가 쌀을 훔쳐 가면 어떠케 하지?"

그것은 홍춘송도 고민이었다. 정부에서는 피난민 배급을 준다고 소문만 내놓고는 실제로 배급을 주지 않았다. 일사후퇴로 이북에 있던 사람들까지 워낙 많이 피난 내려와서 정부로서도 어쩔 수 없었다. 피난민들은 자급자족하는 수밖에 없었다.

"형, 보따리를 발에 묶고 자자."

"그래. 그거 좋은 생각이다."

동생 홍춘복의 생각은 뛰어났고 실제로 효과를 보았다. 누나가 갖다 준 미군모포도 누가 훔쳐 가버려 다시 가마니를 깔고 덮고 자고 있던 중이었다. 움막에 문이 있어 봤자 부두에 가서 놀다오다 보면 냄비고 옷이고 하나둘씩 시나브로 없어지고 있었다. 초량동에 그 많은 피난민 움막과 하꼬방을 뒤져 찾아낼 수도 없었다. 다른 것은 몰라도 쌀만큼은 도둑맞아서는 안 될 일이었다.

형제는 쌀 보따리와 옷 보따리를 각자 하나씩 발목에 묶어 놓고 자기로 했다. 기온이 떨어지는 밤에는 일찍 잠자리에 들어도 추위에 쉽게 잠이 들지 않았다. 그러다 지쳐 잠에 떨어지게 되면 좀처럼 인기척을 알아차릴 수 없었다. 서울만 추운 것이 아니라 부산도 춥기는 마냥 같았다. 바닷바람이 몰아치는 날이면 살이 찢어질 정도로 추웠다. 형제가 추위에 떨다 잠이 들었는데 누군가 움막 안으로 더듬거리며 들어왔다.

"누구요!"

형이 발목을 잡아당기는 느낌에 벌떡 일어나 소리쳤다. 어둠 속에서 누군가 움막에서 엉덩이를 빼고 있었다. 형이 발을 끌어보니 다행히 쌀 보따리는 다시 딸려왔다. 동생의 묘수로 쌀을 지켜냈다. 그러나 동생의 묘수에 의해 지켜 낸 쌀 보따리는 결국 없어지고야 말았다. 뜬 거지 난 거지가 따로 없고 나도 살자는 사람이 많아 어쩔 수 없는 일이기도 했다.

쌀 보따리를 지켜낸 며칠 지난 후였다. 아저씨 두 명이 움막으로 찾아왔다. 행색으로 보아 피난민이었다.

"여기 니네들 자네? 우리 부두에 일 하러 왔는데 당장 잘 곳이 없어. 그러니 며칠만 우리 여기서 자게 해 주면 안 되겠네? 그 대신 쌀도 사주마."

"여기 아무데나 움막 지어도 누가 뭐라 안 하는데요?"

"며칠 있다 쩌 위 하꼬방으로 들어가기로 해서 그렇다."

형제는 그러자고 흔쾌히 받아들였다. 형제가 달리 물리칠 만한 나이도 아니고, 이북에서 내려온 피난민 같아 함께 있으면 든든할 것 같았다. 아저씨들은 이틀 동안 누나가 갖다 준 쌀로 밥을 해 먹으며 같이 지냈다. 삼일 째 되는 아침에 형이 피난민 아저씨에게 말했다.

"아저씨, 쌀 보따리가 없어졌어요."

"뭐래? 쌀이 없어졌다고 했네?"

"예, 밥 하려 보니 쌀이 없어졌어요."

"저런, 기다려 보래이. 내 쌀 사 갖구 오마."

형이 일어나 보니 아저씨 한 명은 안 보이고 자고 있던 아저씨는 쌀을 사러 나갔다. 그리곤 돌아오지 않았다. 형제가 한 달은 족히 먹고 살 수 있는 쌀이었다. 형제는 그날 굶었고 그 다음 날도 굶어야 했다. 배고픔은 육신이고 정신이고 사그리 무너지게 만들었다.

"우리 죽자. 이래 살아서 뭐 하겠나."

형은 배고픔에 쓰러졌다. 동생은 형 말에 한마디도 대답할 기운이 남아 있지 않았다. 아저씨들을 기다렸던 결과는 차라리 죽는 것이 더 편하겠다는 희미한 생각만 가져오고 있었다.

"니네 밥 안 하고 뭐하냐?"

형제가 이틀 동안 움막에 들어가 기척이 없자 옆 움막에서 지내는 영월할머니가 움막 안을 들여다보며 물었다. 강원도 영월에서 살다 피난 내려오는 길에 단양 영춘면에서 네이팜탄 폭격으로 피난민들이 불에 타 죽는 것을 봤다는 할머니는 형제의 사연을 알고 마음을 많이 쓰고 있었다.

"곡식이 없어요, 할머니."

"니네 누나가 쌀 사다 주지 않았었니?"

"아저씨들이 훔쳐 갔어요."

"그래? 아이고 폭탄이 사람 잡고 사람이 또 사람을 잡는구나."

영월할머니는 빈대떡을 가져와 형제에게 주었다. 차라리

죽는 것이 사는 것보다 낫다는 생각에 빠져있던 형제는 영월할머니 때문에 살아날 수 있었다. 시장에서 빈대떡을 만들어 파는 영월할머니에게도 어린 손자들이 있어 식량이 부족할 텐데 형제에게 곡식까지 덜어주었다. 영월할머니 아니었으면 형제는 누나가 움막에 오기 전에 굶어 죽거나 아니면 배고픔에 미쳐 바닷물에 뛰어들었을지도 모를 일이었다.

"니네 누나 어디 갔드나?"

"서면에 있다고 했어요."

"거기서 뭐 한데?"

"미군 빨래 해 준다고 했어요."

"아이그 이놈의 전쟁이 여자한테 못 할 짓 많이 시킨다."

영월할머니는 홍춘송의 대답을 듣고 고개를 잘래 흔들었다. 영월할머니가 준 곡식으로 밥을 지어 겨우 기운을 차린 형은 부둣가로 나갔다. 더 이상 누나만 기다릴 수 없어 부두 일이라도 해 볼 작정이었다. 반장이라고 하는 사람을 찾아가 일을 할 수 있는지 물었으나 돌아오는 대답은 키가 작고 체구가 작아 쓸 수 없다는 것이었다. 전쟁 중 부산에서 어른들도 일자리가 없어 거리를 헤매는데 열일곱 홍춘송이 할 수 있는 일자리는 없었다. 누나를 찾아가는 수밖에 없었다.

4

누나가 미군 빨래를 하고 있다는 서면까지는 십리가 넘었
다. 길을 몰라 무작정 걷다 보니 작은 미군부대가 나타났다.
부대 주변에는 미군깡통을 들고 있는 아이들이 부대를 둘러
싸고 있었다. 일차 피난 내려왔을 때에는 미군이 융단폭격을
퍼붓기 전이고 피난민수용소에서 배급도 받을 수 있어서 그
런지 동냥하는 아이들을 본 적이 없었다. 그런데 1.4후퇴로
이차 피난을 와서 보니 미군깡통을 들고 동냥을 얻으러 다니
는 아이들이 많았다. 대부분 피난 내려오다 부모를 잃은 전
쟁고아들이었다. 부산은 미군 병참부대가 곳곳에 산재해 있
어 미군에게 손을 내밀면 무언가는 얻을 수 있었다. 전선에
서 전투를 하지 않는 병참부대 미군들은 마음도 넉넉했다.
　구두닦이 아이들도 많아졌다. 홍춘송은 미군부대 정문 앞
에서 군화를 닦고 있는 소년에게 서면 본부가 맞는지 물었
다. 부산에 흩어져 있는 미군부대는 어른들보다 동냥을 하거
나 구두를 닦는 아이들이 더 잘 알았다. 구두닦이 소년은 본
부는 맞는데 공군본부라고 답해주고 곁에 있는 목발을 들어
서 북쪽을 가리켰다. 경마장으로 가야 한다는 것이었다. 구
두닦이 소년은 한쪽 다리 무릎 아래가 없었다. 무릎을 붕대
로 둘둘 말아놓은 것을 봐서 다리를 잃은 지 얼마 되지 않아

보였다.

형제는 또 물어물어 경마장 부대를 찾아갔다. 한참을 걷다 보니 너른 구릉에 규모가 무척이나 큰 미군부대가 나타났다. 일제강점기 때 경마장 자리를 해방 후 미군정이 부대로 사용하고 있는 부대였다. 그래서 그런지 미군부대 주변에는 일제 적산 가옥들도 많았다. 대문 옆 기둥에는 일본어로 료칸りょかん이라고 쓰여 있는 목조 이층집들도 있었다. 료칸은 일본어로 여관이라는 말로, 이북 용평에 살 때에도 술집 옆에 료칸이 있어 일본군 장교들이 자고 가곤 했다.

료칸 나무대문에 등을 기대고 있던 어떤 여자가 두리번거리는 형제에게 물었다.

"니네들, 여기서 뭘 찾니?"

"누나 찾아요."

"니네 누나가 여기 있다니?"

"예."

"이름이 뭐니?"

"선숙이요."

"성은 뭐니?"

"홍 씨요."

여자는 잠깐 생각하더니 고개를 흔들었다. 그러다 건물 안에 대고 큰 소리를 쳤다. 목소리가 얼마나 쨍쨍거리는지 낡은 이층 목조 료칸이 찢어질 것 같았다.

"언니!! 여기 홍 씨 있나!!"

"누구?"

"홍 씨! 홍선숙!"

"없어."

누군가 료칸 안에서 얼굴도 내밀지 않고 대답했다. 형제는 불안해지기 시작했다. 형제가 다리를 옮기지 못하고 서 있자 여자가 다시 물었다.

"니네 누나가 여기서 뭐 한다던?"

"미군 빨래한다고 했어요."

동생 홍춘복이 대답했다. 그때서야 여자는 고개를 끄덕이더니 손가락으로 개천이 흘러가는 방향을 가리켰다.

"빨래하는 아줌마들은 저 쪽 게트 삼 앞에 있다."

"게트가 뭐라요?"

"세 번째 문. 저 뒤로 쭉 돌아가면 개천 다리 앞에 있다."

형제는 여자가 가리킨 개천을 향해 터덜터덜 걸어갔다. 부대를 둘러싼 철조망은 끝없이 이어져 있고 문은 나타나지 않았다. 조무래기 아이들이 철조망을 붙잡고 부대 안을 들여다보고 있었다. 아이들은 미군이 나타나면 철조망 사이로 손바닥을 집어넣었다. 아이들은 대부분 신발조차 신지 않아 한눈에 봐도 부모가 없는 고아들이었다. 신발을 신지 못하면 거친 땅을 딛어야 하는 고통을 온 몸으로 받아들이는 수밖에 없었다. 서울에 올라갔을 때 잿더미 속을 뒤지는 아이들도 신발 없이 돌아다녔다. 폭탄에 불타버린 집 잿더미 불씨가 채 사그라지기 전에도 뒤졌을 것이라 발바닥이 온전할 리 없었다.

게이트 삼은 철조망 따라 한참을 걸어도 나타나지 않았다. 해방 전에 말들이 달리기 시합을 하던 경마장이라서 그런지 부대 둘레가 엄청 길었다. 역시 데모크라시 부대는 컸다. 큰 나라 큰 부대가 부산에 버티고 있으니 인민군이든 중공군이든 부산은 넘보지 못할 것 같아 그것만큼은 안심이었다.

"형, 우리도 구두 닦을까?"

"안 돼."

"왜?"

"그냥 안 돼."

"그럼 우리 굶어 죽는데."

동생 홍춘복은 형이 왜 안 된다고 하는지 알 수 없었다. 이미 거리에는 수많은 전쟁고아들이 돌아다니고 구두닦이도 많아 창피할 것도 없었다.

한참동안 철조망을 따라 걷다보니 개천이 보였다. 개천에는 빨랫줄이 복잡하게 늘어져 있고 빨랫줄에 널려진 미군 군복들이 바람에 펄럭거렸다. 아줌마들이 개천에서 미군 군복 빨래를 하고 있었다. 개천 다리를 건너니 하꼬방들이 늘어서 게이트 삼 정문까지 이어져 있었다. 어떤 아줌마는 부대로 들어가는 미군들에게 빨래하는 시늉을 내면서 "와시 와시 오케이?"라고 소리치며 하꼬방 벽에 붙여 놓은 영어 론드리(laundry)를 가리켰다. 일종의 세탁소였다.

어떤 여자는 미군 빨래를 지키기 위함인지 하꼬방 벽에 등을 기대고 쭈그려 앉아 있었다. 빨랫줄에서 펄럭이는 누런 군복 사이로 깜빡깜빡 보이는 흰옷 입은 여자는 멀리서 봐도 형제의 누나였다. 누나는 형제가 다가오는 것도 모른 채 무릎에 손을 얹어 턱을 받치고 있었다. 전쟁이 끝나지 않았는데도 무료한 모습이었다.

"누나."

"오모나!"

누나가 벌떡 일어나 형제를 더럭 감싸 안았다. 누나는 동생들이 쌀을 도둑맞은 것도 모르는데도 눈물을 흘렸다. 형제도 눈물이 났다. 삼남매가 부산에서 한꺼번에 우는 것은 처음이었다. 부대로 걸어들어 가는 미군들이 삼남매를 흘깃 보기는 했으나 바람에 흔들거리는 미군 빨래들이 삼남매 모습을 가리었다.

누나는 동생들을 하꼬방 안으로 데리고 들어갔다. 방 안에 동대문아줌마는 없고 쌀이 절반 정도 차 있는 쌀 포대가 놓

여 있었다. 누나는 미군 빨래 한 무더기를 해주는 대가로 백
원을 받아 쌀을 사서 모으고 있었다. 백 원이면 쌀 한 되는 살
수 있었다. 쌀 한 말을 사려면 미군 빨래 열 번을 해야 하고,
빨래가 마를 때까지 지키고 있기를 열 번 반복해야 했다.

"누나, 아줌마는?"

"시장가면 자고 와."

동대문아줌마는 미군이 찾아가지 않은 빨래를 모아 시장
에 내다팔러 갔다는 것이다. 군복이나 모포 빨래를 맡긴 미
군 중에는 빨래를 찾아가지 않고 전선 등지로 떠나는 경우
도 있었다. 후방 부대라서 그런지 미군들은 헤지거나 빨래를
해도 얼룩이 남을 정도로 더럽혀진 군복이나 모포는 쓰레기
와 함께 부대 밖으로 내보냈다. 그런 물품을 뒤져 물감을 들
여 내다팔면 돈이 되었다. 시장에는 미군 군복에 검정물감을
들이는 사람들이 따로 있었다. 미군정시대 서울 남대문시장
에도 미군물품들이 많이 돌아다녔다. 미군 모포는 질기고 따
뜻하여 포대기를 만들면 아기를 따뜻하게 등에 업을 수 있고
잘 흘러내리지도 않아 인기가 많았다. 다만 미군 모포는 물
을 많이 먹어 빨래하기 힘들었다.

"아줌마 딸은?"

"어디에 맡겼다고 하드라."

"어디?"

"몰라."

"그럼 오늘 우리 여기서 자고 가도 돼?"

"그래."

삼남매는 모처럼 한데 모여 잠을 잘 수 있었다. 하꼬방이라고 해서 움막보다 따뜻하지는 않았다. 나무판자로 지은 집이라 바람을 막는 것은 차라리 움막 거적이 나았다. 게다가 하꼬방 한 채에 피난민 세 가구나 살고 있었다. 방을 판자로 막아 나눠 쓰고 있었는데, 미군부대에 붙어먹고 사는 양키장사 아줌마와 미제 도굴꾼아저씨 가족도 살고 있어 하꼬방이 쓰러질 것 같았다. 그래도 누나가 해 준 냄비 밥을 먹고 삼남매가 붙어 잘 수 있어 아늑하게까지 느껴질 정도였다. 누나와 함께 있으니 안심이고 배가 부르니 잠이 쉽게 찾아왔다.

잠결에 누군가 하꼬방 문을 열고 "허니, 허니"라면서 질러대는 소리가 들려왔다. 홍춘송이 눈을 뜨고 몸을 일으켰다. 누나가 미군담요를 뒤집어 쓴 채 웅크리고 있었다. 홍춘송이 문 사이로 고개를 빠끔히 내밀어 보니 거대한 덩치의 미군 두 명이 군화를 신은 채 하꼬방 안으로 들어오려는 것을 양키장사 아줌마가 양손을 가위모양으로 가로질러 "노, 노." 맞소리를 내며 막고 있었다. 그래도 미군들은 막무가내로 "다링, 다링."거리며 들어서려 했다. 미군들 염치는 정말 미제였다. 몰염치한 미군들이 이번에는 "사비시이, 사비시이."

라는 소리를 하는데 그 말은 홍춘송이도 금방 알아들을 수 있었다. 이북 용천에서 살 때 일본군 장교들이 술집에서 '오레와 사비시인다(俺は淋しいんだ)'라는 노래를 자주 불렀다. 나는 외롭다는 일본 노래였다. 아마 미군은 부산을 일본 땅으로 착각하고 있었던 것이다. 일본군이 조선 땅에서 외로운 것이나 미군이 한국 땅에서 외로운 것이나 마찬가지였다.

"야! 이런 호로 쌍놈 새끼들아! 여기 색시 없다니까!"

영어와 일본어가 오가는 실랑이는 옆방 나무판자 방문이 덜컥 열리면서 터져 나온 욕지거리 때문에 끝날 수 있었다. 미제 도굴꾼아저씨가 방문 밖으로 상반신을 내밀고 버럭 소리를 내지른 것이었다. 미제 도굴꾼은 미군들이 버린 쓰레기를 뒤지는 사람을 일컬었다. 미군들은 쓰레기로 처리된 물품을 부대 밖에 묻는데, 그곳을 파보면 미군이 입다 버린 군복이나 군화, 비누조각, 심지어 라디오까지 나오곤 하여 보물을 캐는 거나 다름없었다. 비누는 한국에서 만들지 못해 조각이라도 귀했고, 라디오는 국제시장에 가져가면 얼마든지 고쳐 들을 수 있었다.

미군들은 도굴꾼아저씨를 보고서 키득거리며 나가버렸다. 정말로 외로운 미군들은 이북에 들어왔던 소련군처럼 아무 집이나 들어가 여자를 내놓으라고 행패를 부리곤 했는데, 그냥 가버리는 것을 보니 정말 외로운 것이 아니었다. 어쩌면 도굴꾼아저씨를 아줌마 남편으로 알았던 모양이었다. 역시 붉은 소련군인들보다 데모크라시 미군들이 나았다.

누나는 미군들이 완전히 가버리는 것을 확인한 후 모포를 뒤집어 쓴 채 그대로 누워버렸다. 동생 홍춘복이 언제 일어났는지 퉁방울을 굴리다가 누나에게 물었다.

"누나, 저 미군들 뭐야?"

"몰라, 빨리 잠이나 자."

"형, 미군들이 왜 그래?"

"나도 몰라. 잠이나 자."

형도 동생의 물음에 대답하지 못했다. 아닌 밤중에 홍두깨였으나 별 일 없었으므로 동생은 이내 잠이 들었고, 형은 한동안 잠을 이루지 못하고 눈만 껌벅거리고 있어야 했다.

5

매축지 움막으로 돌아온 형제는 바닥에 깐 거적을 걷어내고 땅을 팠다. 누나가 준 쌀 포대가 들어갈 정도로만 땅을 파서 나무를 주워다 덮고 다시 거적을 덮었다. 그저 무엇을 숨겨 놓을 때에는 땅 속에 묻는 것이 최고였다. 사흘 굶어 도둑되지 않는 사람 없다고 했으니 누가 또 쌀을 훔쳐 갈 줄 모를 일이었다. 누우면 등이 배기지만 그만큼 안심이 되었다. 그러나 서면 하꼬방에 혼자 있는 누나 때문에 불안감은 가시지 않고 있었다.

"춘복아, 여기 찾아 가 보자."

"어디?"

"우리 부산에 데려다 준 해군 집."

"왜?"

"그냥."

형은 동생에게 종이쪽지를 보여줬다. 부산항에 내릴 때 병사가 누나에게 건네주었던 주소 적힌 종이였다. 누나가 버린 종이를 호주머니에 넣고 서울에 올라갔다가 다시 피난 내려오면서 보따리에 넣어 놓았다. 동생도 쪽지를 보고 고개를 끄덕였다. 일단 종이에 적힌 동대신동이 어디쯤인지 촌장할아버지에게 물어보기로 했다.

"니들 이틀 동안 굶었드랬나?"

"네."

"또 굶을 것이나?"

"누나가 쌀을 줬어요."

"그 쌀 떨어지면 또 굶을거나?"

촌장할아버지는 길은 안 가르쳐주고 형제가 굶었던 것을 나무라듯이 물었다. 매축지 움막촌 촌장할아버지는 고향이 이북 용천으로 형제와 동향이었다. 키도 크고 움막 사람들을 잘 살펴 피난민들은 촌장이라고 불렀다. 촌장할아버지는 형제가 쌀을 도둑맞아 이틀 동안 굶으면서 울었다는 소문을 들었던 것이다.

"여긴 뭐드래 가네?"

"어떤 군인이 찾아오라고 해서요."

"왜?"

촌장할아버지는 고개를 갸우뚱거리면서 누구인지 꼬치꼬치 물었다. 형이 소리도에서 부산으로 데려다 준 해군이라고 대답하고서야 여러 사람에게 물어 동대신동이 대충 어디쯤인지 방향을 가리켜 주었다.

형제는 동대신동을 향해 걸었다. 불안한 가슴이 뛰는 속도를 발이 따라주지 못했다. 동대신동은 서면과 달리 도심을 통과해야 하는 길이라 사람들 사이를 요리조리 빠져 나가야 했다. 이북과 이남 사람들 가리지 않고 전선을 피해 부산으로 몰려 들어왔으니 거리조차 시장바닥이나 다름없었다.

광복동을 지나가니 총을 쏠 줄도 모를 것 같은 멀건 미군들이 커다란 카메라를 들고 돌아다녔다. 관광 온 미군 같았다. 보수동 골목을 지나 서대신동을 지나 동대신동으로 걸어갔다. 천막으로 지은 피난학교가 보였다. 이어서 피난민 움막이나 하꼬방조차 없는 동네가 나타났다. 바다가 보이지 않

는 동대신동은 전쟁이나 폭격 같은 흔적이라곤 조금도 묻어
있지 않았다. 일제강점기 교도소가 있어서 그런지 집집마다
벽돌 담장에 창살이 꽂혀 있고 대문마저 꼭꼭 닫혀 있어 안
을 들여다보기도 힘들었다. 대신 대문마다 집주인 이름이 한
문으로 박힌 문패를 걸어놓고 있었다. 형제는 동네 골목을
샅샅이 뒤져가면서 곽 씨 성의 문패를 겨우 찾았다. 하지만
문이 굳게 닫혀 있어 들어가 물어볼 수 없었다. 형제는 벽에
기대어 사람이 나오기만을 기다렸다. 한참을 기다리고 있으
니 마당에 중년여자가 나오더니 집안을 기웃거리는 형제를
보고 대문 안에서 말했다.

"니네 동냥 왔나?"

"저… 곽동호 군인 만나려고요."

"내 아들은 와?"

형제는 대답하지 못했다. 급한 마음으로 찾아오긴 했으나
막상 대답하려니 무슨 말을 해야 될지 몰라 머릿속이 하얗게
변해 버렸다.

"니네 어거찌기가?"

"……예."

형제는 그렇다고 대답했다. 부산에서는 피난민을 가리켜
어거찌기라고 부르기도 했다. 억지라는 말 같기도 하고 억척
스럽다는 의미 같기도 했다. 중년여자는 대문 사이로 눈을

빠끔히 내다보면서 형제에게 또 물었다.

"어데서 피난 왔노?"

"서울이요."

"니네들 어데서 자노?"

"부두 기차창고 있는데서요."

"매축지 말이가?"

"예."

"거기서 여까지 왔나? 별일 이데이."

대문 밖을 내다보던 중년여자 눈이 사라졌다. 한참을 기다려도 중년여자도 병사도 나오지 않았다. 아무리 기다려도 아무도 나오지 않자 형제는 하는 수 없이 매축지를 향해 다시 걸음을 옮겼다. 차라리 동냥 왔다고 대답했으면 밥이라도 얻을 수 있을지 몰랐다. 교회나 성당 같은 곳에 가면 강냉이 가루를 탈 수도 있었으나, 밥을 얻기 위해서는 지루한 설교말씀을 들어야 했다. 차라리 깡통을 드는 게 더 빨리 배를 채울 수 있었다. 그러나 형 홍춘송이 깡통을 들고 나가기에는 나이가 많고 동생 홍춘복 정도면 그나마 밥을 얻을 수 있었다.

매축지 움막에 돌아온 홍춘송은 발라당 누워 버렸다. 등에 딱딱한 나무판자가 느껴져 안심은 되지만 불안감은 더 커지고 있었다. 가마니 지푸라기를 뜯어 만지작거리고 있는데 동생이 움막 거적문을 열고 형을 불렀다.

"형, 촌장할아버지가 오래."

"왜?"

"몰라, 뭐 준대."

촌장할아버지는 구두통을 만들고 있었다. 미군 군수물자를 담은 나무박스를 주워다 속이 빈 마름모꼴 사각 통을 만들고 구두굽이 닿을 부분에 나무를 덧대어 못을 박고 있었다.

"춘송아, 이제 스스로 살아야 하는기라."

촌장할아버지는 언제 사오셨는지 구두약까지 구두통 안에 넣어서 건네주었다. 도무지 전쟁은 끝날 기미가 안 보이고 서울로 돌아갈 날은 기약 없어도 어떻게 해서든 살아가야 했다. 누나 때문이라도 구두통을 메어야 했다. 촌장할아버지는 구두통을 메고 있는 홍춘송 등을 두들기며 한마디 더 보태주었다.

"참고 견디고 살면 이북 고향에도 가보지 않캇네."

홍춘송은 구두통을 받아들긴 했으나 촌장할아버지 말이 선뜻 받아들여지지 않았다. 항상 어른들 말은 참고 견디면 좋은 날이 온다는 것인데, 정작 무엇을 참아야 하는지는 말해 주지 않았다. 어른들 말대로 유엔군 총사령관 맥아더 장군이 북한이나 만주에 핵폭탄이나 떨어뜨려 이승만 대통령

소원대로 북진통일이 이루어진다 한들 부모형제가 죽어야 하는 통일이 무슨 소용이 있겠나 싶었다.

홍춘송은 구두통을 받아들고서야 부모를 잃어버려 서러웠던 감정이 억울한 감정으로 바뀌고 있었다. 원통한 죽음들이 있어야 통일이 된다면 그렇게 옳지 못한 통일은 애초부터 꿈도 꾸지 말아야 했다. 아무리 정의로운 통일전쟁이라도 부당한 삼팔선보다 나을 것이 없었다. 삼팔선을 미군과 소련군이 지키고 있어도 사람들이 몰래 오가는 데 지장이 없었다. 월경이 불법인 것은 미군과 소련이지 남북한 사람들은 나라를 일본에 통째로 **빼앗겼던** 시대에도 오갔다.

전쟁이 길어지자 옳지 못한 남침 전쟁이 정당한 북진통일 전쟁으로 바뀌어 가고 있었다. 미국 강냉이를 얻으러 교회에 가면 목사님은 북한의 남침을 하나님한테 천벌 받을 짓이라고 해 놓고, 국군이나 유엔군이 북진을 위해 피를 흘리는 것은 성전이며 하나님의 역사라고 했다. 목사님 말에는 폭격을 맞거나 불벼락을 맞아 죽은 부모형제의 피도 포함되어 있는 것인지 알 수 없었다. 강냉이가루는 목사님 설교를 다 들은 아이들에 한해서 받을 수 있었다.

6

홍춘송이 구두통을 메고 처음으로 간 곳은 중앙동 부산역
이었다. 부산역 광장에는 많은 사람들이 배회하고 있었다.
누군가는 영원히 오지 않을 식구를 기다리며 서성거렸고, 누
군가는 폭격 맞아 부서진 집으로 돌아가는 기차를 기다리며
서성거리고 있었다. 기차가 언제 오는지 다시 떠나는지 아는
사람은 없었다. 알 수 없다는 것은 사람들을 불안하게 만들
고, 불안은 사람들을 광장에서 배회하게 만들었다.

광장을 배회하는 불안한 눈빛들은 그래도 몸뚱이에 사지
가 멀쩡히 붙어 있는 사람들 눈들이고, 사지 어느 한쪽이 절
단된 사람들 눈은 동공이 뻥 뚫려 있었다. 불쏘시개로나 쓰
면 좋을 것 같은 나무지팡이를 두 손으로 부여잡고 있는 남
자 눈이 그랬다. 한쪽 다리로만은 기차에 올라타기는 어렵
게 보이는 남자는 한쪽 다리가 없어도 서 있을 수 있다는 것
을 보여주려고 광장에 서 있는 것 같았다. 두 다리가 성하지
만 한쪽 팔이 없는 여자도 있었다. 어디서 팔을 잃어버렸는
지 모르나 역시 기차를 타면 목숨마저 잃어버릴 것이니 타면
안 되었다.

홍춘송은 피난 내려 올 때 팔이 잘려나가는 여자를 본 적
이 있었다. 피난 기차가 수원역에서 막 출발하여 바퀴를 굴

리고 있던 순간이었다. 기차가 기적소리도 내지 않고 굴러가는 것을 보고 어떤 여자가 헐레벌떡 달려왔다. 볼 일 보러 기차에서 잠깐 내렸던 여자였다. 여자는 기관차가 증기를 씩씩 뿜어내고서 끌고 가는 열차 난간을 잡으려다 선로에 떨어졌다. 기차바퀴가 여자 팔을 동강 내어 비명 소리가 들렸다. 기차는 그때서야 기적소리를 내질러 비명소리를 묻어버렸다.

또 어떤 넋 나간 애기엄마는 등에 베개를 업고 축문이라도 외우는지 무언가 중얼거리며 광장을 돌아다니는 것을 남편이 붙잡고 있었다. 남편 말로는 김천 집에서 피난 내려오면서 왜관에 도착해 보니 다리가 폭파되어 있었단다. 피난민들과 강물을 건너려는데 하늘에서 폭탄이 떨어지자 강둑에 납작 엎드렸단다. 폭격이 지나가서 남편이 고개를 들어보니 애기엄마도 살며시 고개를 들어 자기를 쳐다보며 설피 웃음을 지어보였다는 것이다. 그런데 애기엄마 등이 시뻘겋게 물들고 있어 살펴보니 등에 업은 애기가 죽어 있었다는 것이다. 날아온 폭탄파편을 애기가 대신 막아주어 애기엄마는 살아날 수 있었던 것이다. 그래서 애기엄마는 애기 대신 베개라도 업고 있다는 것이었다. 그런데 베개가 애기만큼 폭탄 파편을 막아줄지 의문이었다.

피난열차 지붕에서 애기를 떨어뜨린 엄마도 있었다. 열차 지붕에 간신히 올라타서 몸에 줄을 묶고 애기를 안고 있었으나 깜빡 졸았고, 마침 그때 기차가 덜컹거려서 애기를 떨어뜨렸다. 애기엄마는 애기를 찾겠다고 몸에 감은 줄을 풀었다. 그래서 애기엄마도 달리는 열차에서 떨어져 죽었다. 그러니 베개 업은 애기엄마는 기차를 타면 안 되었다. 또 베개라도 떨어뜨리면 애기엄마도 떨어져 죽을 수 있기 때문이었다.

광장에는 도무지 표정을 읽을 수 없는 여자도 있었다. 눈구멍 두 개 콧구멍 두 개 입 하나는 뚫려 있는 것 같은데, 불에 달군 솥뚜껑으로 얼굴을 문질렀는지 온통 일그러진 피부 때문에 얼굴 식별이 안 되었다. 네이팜탄이 떨어지면 땅을 파고 숨어 있는 두더지도 등껍질이 홀라당 벗겨진다고 하니 차라리 그냥 폭탄 파편만 맞고 팔다리 하나쯤 잃어버리는 것이 나을 뻔했다.

폭탄 안에 알루미늄, 나프텐을 섞어 넣은 네이팜탄을 떨어뜨리면 온 천지가 불바다가 되어 땅을 파고 숨어들어도 화염에 질식해 살아남을 수 없었다. 단양 영춘면에서는 폭격을 피해 피난 내려오던 사람들이 마을주민들이 숨어 있던 곡계굴 안으로 들어가자 미군기가 네이팜탄을 떨어뜨렸다. 지옥 불이라고 불리는 네이팜탄 화염은 굴속을 후비고 들어갔다. 굴속으로 숨어봤자 소용없었다. 사람들이 불에 그슬린 두더지가 되어 기어 나오자 굴 밖에서 기다린 것은 기총 불벼락이었다. 운 좋게 목숨이 붙은 몇 명도 살껍질이 벗겨져서 흉측한 몸뚱이를 붕대로 둘둘 말아 미라가 되어버렸다. 공산주의자들을 막고 데모크라시를 지키려는 전쟁은 갈수록 흉측해지고 있었다. 덕분에 전선은 더 이상 밀리지 않고 있었다.

당시 제2차 인천상륙작전으로 유엔군이 서울을 다시 수복하기 위해 진격하고 있었는데, 그게 다 부산역 광장에서 서성거리는 기이한 모습을 하고 있는 사람들 희생 덕분이었다. 불안한 눈빛을 한 사람들이든, 아니면 동공 뚫린 눈을 달고 있는 사람들이든, 죄다 공산주의자로부터 데모크라시를 지키기 위해 바쳐진 고귀한 희생양들이었다. 그래서 그런지 홍춘송에게는 부산역이 거대한 신당처럼 느껴졌다.

그러나 신당에 제물을 갖다바치며 기원하는 것과 결과는 상관없는 일이었다. 고향 용천 뱃사람들은 용왕님이 노하지 않게 살아 있는 짐승을 제당에 갖다바쳤으나 파도하고는 아무 상관없었다. 고기에 굶주린 사람들이 일부러 당제거리를 만들 뿐이었다.

그러나 산 짐승을 신당에 갖다바칠 때에는 마을에 골치 아픈 분란이 묘하게 사라지곤 했다. 고향 용천에서는 해방이 되고 일본인들이 물러가자 일본인 소유 염전을 두고 천 씨와 마 씨가 소유권 때문에 치고받고 싸웠다. 천 씨는 자기가 염전에서 일했으므로 염전이 자기 소유라고 주장하고, 마 씨는 인민위원회에서 염전을 무상 몰수해서 무상으로 분배해 주었으니 자기 소유라고 주장했다. 천 씨는 염전을 몰수해서 분배한 인민위원회에 대들지는 못하고 마 씨한테 낫까지 들고 설쳐댔다. 그렇게 살기등등했던 천 씨는 시키지도 않았는데도 마을 당제를 지내려고 신당 앞에 묶어 둔 돼지 목을 낫으로 그었다. 그러고선 목에서 피를 뿜는 돼지 대가리를 낫으로 연신 찍어댔다. 돼지를 그렇게까지 해서 죽일 필요는 없었으나 마을사람들은 천 씨가 하는 대로 놔두었다. 사람 목에 낫을 갖다대는 것보다는 나았다. 그리고 삶은 돼지고기는 천 씨나 마 씨나 신당 마당 앞에서 같이 앉아 뜯어 먹었다.

그래도 엄마는 마을 신당에 음식이나 짐승을 갖다바치며 비는 것을 미신으로 여겨 당제에 가지 않고 하나님에게 열심히 기도만 했다. 그래서 그랬는지 엄마는 하늘에서 쏟아지는 불벼락은 피할 수 있었으나 막내를 업고 물에 빠져 죽었다. 만약에 하나님 말고 용왕님에게 빌었으면 물속에서 살아날 수 있었을지 모르지만, 그 전에 하늘에서 떨어지는 불벼락에 맞아 죽었을 것이다. 이래저래 엄마가 살 수 있었던 방법이라곤 막내를 업은 미군모포 포대기를 풀어버리는 것이었다. 하지만, 몸뚱이에 칭칭 동여맨 포대기를 물속에서 풀기도 어려웠을 것이다.

부산역 광장에 구두통을 놓고 앉아 사람들을 구경하는 홍춘송은 정말 공산주의를 막아내는 것이 광장을 배회하는 기이한 사람들과 이야포에서 피난화물선에 던져져 훨훨 타버린 피난민들 희생으로 이루어진 것인지 알 수 없었다. 희생양이 있어야 서울이 수복되고 통일이 되는지도 알 수 없었다. 다만 분명하게 홍춘송이 눈으로 봤고 광장에서 보이는 것은 짐승이 아니라 이 땅에서 흰옷 입고 살고 있는 사람들이었다.

부산역 광장에 돌아다니는 사람들 중에 구두를 닦을 만한 사람이라곤 군화를 신은 미군들밖에 없었다. 부산의 미군들은 코끝이 반짝거리는 군화를 신고 있기 때문에 미군 손님을 기다려야 했다. 그러나 의외로 첫 손님은 마카오신사였다. 전쟁 중이라고 해도 부산에는 양복바지에 구두를 신은 신사들도 많았다. 사람들은 홍콩 마카오신사라고 불렀다. 신사는 검은 구두에 보기 드문 흰 양말까지 신고 있었다.

홍춘송은 연습한 대로 구두통에서 솔을 꺼내 마카오신사 구두에 묻은 흙을 털어내고 천을 검지와 중지에 단단히 감아 구두약을 묻혀 발랐다. 천을 양손에 잡아 구두코 광을 내기 시작할 때 갑자기 마카오신사가 홍춘송의 가슴팍을 향해 구두 발길질을 했다. 홍춘송이 실수로 마카오신사 하얀 양말 목에 검정 칠을 묻혀버린 것이었다. 마카오신사는 벌렁 나자빠진 홍춘송을 향해 욕을 내뱉고서는 돈도 주지 않고 가버렸다. 홍춘송은 고개를 가랑이 사이에 파묻고 울었다. 마카오 신사에게 돈을 받지 못한 때문이 아니었다.

"너 왜 우나?"

누군가 홍춘송의 등을 두들기면서 물었다. 지나가던 아저씨가 울고 있는 홍춘송 앞에 앉아 있었다.

"부모를 잃어버려서요."

"어디서?"

"안도에서요."

"안도가 어디냐?"

"섬인데, 어디에 있는지 모르겠어요."

"그 섬에 가면 부모가 있겠네?"

"비행기가 총을 쏴서 죽었어요."

홍춘송은 마카오신사에게 발길질 당한 것은 말하지 않고 엉뚱한 대답을 하고 있었다. 아저씨는 홍춘송의 말을 듣고서는 구두 닦는 데 얼마인지 묻고선 구두도 닦지 않고 오십 원이나 홍춘송 손에 쥐어주고 가버렸다. 그 돈이면 광복동 극장에서 영화 두 편이나 볼 수 있었다.

손에 오십 원을 쥔 홍춘송이 간 곳은 영도다리 둑이었다. 헤어진 가족을 만나려는 사람들이 서성거리는 영도다리 둑에는 점쟁이들이 자리를 깔고 늘어서 있었다. 피난 와중에 잃어버린 식구들을 행여 찾을 수 있을까 싶어 지게꾼도 쭈그려 앉아 점을 보고 있었다. 홍춘송은 그중 용할 것 같은 할머니점쟁이 앞에서 기웃거렸다.

"니 엄마 찾나? 니 이리 앉아봐라."

할머니점쟁이는 홍춘송을 보더니 엄마만 정확히 짚어내었다. 정말 용한 할머니점쟁이라 홍춘송은 날름 앉았다.

"니, 점 볼 돈 있나?"

점쟁이할머니가 묻자 홍춘송은 손바닥을 펴서 손에 쥐고 있는 돈 오십 원을 보여줬다. 그때서야 점쟁이할머니는 공기그릇에 담긴 쌀을 좌판에 흩뿌리고서는 한 톨씩 긁어모으면서 중얼거렸다.

"이런…이런…어두워서 잘 안 보이네. 이게 동굴 속이고 뭐꼬."

홍춘송은 눈이 번쩍 뜨였다. 살아 있다는 말은 아니어도 적어도 물속이나 불속에 있는 것은 아니었다. 어쩌면 흙으로 덮은 무덤 속에 있는 것이라고 생각했다. 전쟁이 끝나면 이북 고향에 가보기 전에 먼저 가봐야 할 곳이 생긴 것이다. 그러기 위해서는 촌장할아버지 말대로 우선 참고 견디어야 했다.

홍춘송은 구두통을 메고 광복동으로 걸어갔다. 지나가면서 흘끗 봤던 광복동 피난학교를 찾아갔다. 전쟁 중이라도 피난학교는 열리고 있는 것을 봤던 것이다. 부산에 있는 학

교 대부분은 미군들이 병참기지나 다른 시설로 사용하고 있
어 학생들이 학교에서 수업을 받을 수 없어도 피난학교에서
는 수업이 이루어지고 있었다. 학교라고 해 봐야 천막으로
지붕을 덮고 가마니를 깔고 앉아 낡은 칠판 한 개로 수업을
받는 것이었다. 그래도 엄연히 태극기가 걸려 있고, 교과서
도 있으며, 교장선생님도 있는 학교였다. 홍춘송은 교장선생
님을 만나서 동생 입학을 부탁했다.

"너도 오너라."

"선생님, 저는 돈을 벌어야 해서 학교에 다닐 수 없어요."

"그래도 배워야 하는 거다. 폭탄이 떨어져도 공부는 해야
하는 거다."

교장선생님은 홍춘송이 왜 돈을 벌어야 하는지 묻지 않고
동생을 데리고 오라며 교과서와 공책을 주었다. 국어 교과서
에는 바둑이와 철수 그림이 그려져 있고, 전시생활이라는 교
과서에는 성조기를 둘러싼 유엔기들이 그려져 있었다. 받아
든 교과서 뒷면마다 '우리도 싸운다, 피난 학생에게 거저 줌'
이라는 도장이 찍혀 있었다. 전시부록본이라는 교과서 표지
에는 '싸우는 우리나라' 글자가 크게 새겨져 있었다. 책을 펼
쳐보니 전시 상황을 그림으로 설명해 놓고 있었다. 미군 탱
크가 삼팔선을 넘고 있고, 미군별이 그려진 전폭기가 공중에
서 기관포를 쏘고, 인민군이 무기를 버리고 도망가는 그림도

그려져 있었다. 누런 공책에는 '미국 적십자소년단 기증'이
라고 쓰여 있었다.

교장선생님 덕분에 동생 홍춘복은 학교에 다닐 수 있었다.
그러나 형 홍춘송의 구두닦이 벌이는 시원찮았다. 미군부대
앞에서 미군 군화를 닦는 것이 벌이가 되지만, 이미 붙박이
구두닦이들이 터를 잡고 있었다. 구두통을 들고 접근만 해도
어디서 나타났는지 청년들이 나타나 때리는 바람에 미군부
대 앞은 아예 엄두를 내지도 못했다. 누가 신문을 팔면 돈이
된다고 했지만, 신문팔이를 하면 비가 오기 일쑤였다. 받아
온 신문을 다 팔지 못하고 신문업소로 되가져가면 팔지 못한
신문 값을 물어야 했다. 그래야 또 신문을 받을 수 있었다. 또
누가 양담배를 팔면 돈이 된다고 하여 도떼기 국제시장에 가
서 양담배를 사서 좌판을 목에 걸고 낱담배로 팔았더니 그건
조금 돈이 되었다. 냄새가 독한 양담배는 지게꾼도 사서 필
정도로 인기가 있었다.

그날은 양담배 다섯 갑을 사서 다 팔고 기분 좋게 움막으
로 돌아오는 날이었다. 군인 한 명이 매축지 움막을 돌아다
니고 있었다. 움막에 군인이 올 일이 없어 자세히 보니 해군
병사였다. 만날 사람은 영도다리에 가지 않아도 만나게 되어
있었다.

"일단 점빵에 가서 밥이나 먹자."

"동생은요?"

"동생도 데려 와."

병사는 정말로 소위 계급장을 단 육전대 장교가 되어 있었다. 봉급도 많이 받는다며 돼지국밥을 사준다고 시장으로 형제를 데려갔다. 형제는 피난 와서 처음으로 돼지국밥집에 들어가 보았다. 군인장교와 같이 밥집에 앉아 있으니 든든하기 짝이 없었다.

"니네 부모 다 돌아가셨다고 했나?"

"예."

"근데 니네 누나는 어딨노?"

"서면에 있는 미군부대 앞에서 빨래하고 있어요."

"하야리아 부대 말이가?"

누나가 빨래하는 미군부대가 하야리아 부대라는 것을 육전대 장교를 통해 처음 알게 되었다. 아는 것도 많은 장교는 고개를 설레설레 흔들면서 누나가 있는 하꼬방 위치를 물었다. 홍춘송은 손가락으로 철조망을 그려가면서 자세하게 하꼬빵 위치를 설명했다. 장교가 잊어버릴까봐 반복해서 설명했다.

"추운데 고생이 많것구만. 내 니네 누나한테 한번 가 보꾸마."

홍춘송은 육전대 장교가 누나에게 찾아가본다는 말을 들

고 눈물을 국밥에 떨어뜨릴 뻔했다. 피난 와서 처음으로 먹어보는 돼지국밥에 눈물을 떨어뜨리면 안 되어 얼른 손등으로 눈두덩을 문질렀다.

7

전선은 오르락내리락하는데 휴전협정을 해야 한다는 소리가 들려왔다. 미국이 동원한 유엔군이나, 순망치한(脣亡齒寒)이니 항미원조(抗米援朝)니 하면서 북한을 지원하는 중공군이나, 빨리 휴전을 하여 고국으로 돌아가고 싶은 것은 마찬가지였다. 그래도 이승만 대통령은 휴전을 반대하고 대한청년단들은 삼팔선 정전은 용공정책이라며 결사반대 시위를 해댔다. 피난학교 다니는 홍춘복도 북진통일 아니면 죽음을 달라는 학생동원 시위에 매일 나가야 했다. 그건 이북에 살 때 미제국주의자를 한반도에서 몰아내고 이승만 괴뢰도당을 쳐부수자는 시위에 연일 학생들을 동원했던 것이나 다른 게 없었다.

이래저래 전쟁은 끝나지 않고 있었다. 전쟁을 끝낼 방법을 알고 있는 사람은 기차 조차장 창고에 살고 있는 진홍섭이었다.

"핵폭탄 한방이면 끝나버려. 미군들이 부대에 핵폭탄 숨겨놓고 있어."

"너가 그걸 어떻게 아냐?"

"나가 미군부대에서 일하는데 그걸 모르것냐."

진홍섭은 가끔 미군 시레이션을 가져와서 자랑했다. 미군부대에서 일하고 있다는 말은 거짓이 아니었다. 홍춘송은 진홍섭이 부러웠다.

"홍섭아, 나도 미군부대에 취직 좀 시켜 줘."

"내 맘대로 취직시켜 주는 것이 아니여."

"그럼 너는 어떻게 취직했냐."

"돈 내야 취직이 되는거여."

"얼마?"

"이천 원."

그 돈이면 광복동 극장에서 영화 백 편이나 볼 수 있었다. 그런데 진홍섭의 말로는 미군부대에 영화관까지 있다는 것이었다. 그건 거짓말이겠지만 정말로 미군부대에 영화관까지 있다면 천국이나 다름없는 곳이었다. 홍춘송은 미군부대에 취직하고 싶어 안달이 났으나 이천 원은커녕 이백 원도 없었다.

군인장교가 움막을 다녀간 후 며칠 지나 누나가 움막으로 왔다. 이번에는 쌀 대신에 돈 오백 원을 가지고 왔다.

"누나, 이 돈 어디서 났어?"

"누가 니네들 주라고 줬어."

"누가?"

누나는 대답 대신 장교가 왔다갔냐고 홍춘송에게 물었다. 홍춘송은 해군병사 집에 찾아가 본 적 있고 장교가 된 병사가 움막으로 찾아와 돼지국밥까지 사주었다고 대답했다. 그리고 하나를 더 설명했다.

"누나, 그 장교 집 엄청 잘 살아."

누나는 아무 대꾸도 안 하고 동생들이 먹을 양식이 있는지, 솥은 제대로 있는지 살펴봤다. 누나는 침울해 있다가 다시 빨래를 하러 서면으로 갔다.

누나가 가고 나서 며칠 지나 장교가 다시 움막으로 찾아왔다. 이번에는 동대신동에 있는 자기 집으로 가서 밥을 먹자는 것이었다. 형제는 갑자기 부산에 잘사는 친척 집이 생긴 것 같아 얼른 따라 나섰다. 매축지 피난민들이 장교를 따라가는 형제를 쳐다보고 있었다. 매축지 움막 피난민들 중에 군인장교를 아는 사람은 형제밖에 없었다. 다들 부산에 친인척이 없는 사람들이라 육전대 장교는 빛나는 사람이었다. 다만 장교를 하찮은 눈으로 바라보는 사람이 딱 한 명 있었다. 미군부대에서 일한다고 뻐기는 진홍섭이었다.

동대신동 장교 집은 돌덩이를 쌓아 지은 요새 같은 집이었다. 열리지 않았던 대문 안으로 장교를 따라 들어가 보니 집 안에 우물과 방공호도 있었다. 일제강점기에 일본 관료가 살았을 성 싶은 집은 폭격을 맞아도 끄떡없을 것 같았다. 서울은 폭격을 맞아 사대문 안 집들이라곤 죄다 불타 주저앉아 버렸는데 장교 집은 폭탄 냄새도 맡지 않았다. 안방에는 일본 장판격인 다다미가 깔려 있고 번쩍이는 자개농이 버티고 있었다. 세간이 어느 하나 고급스럽지 않은 것이 없고 가구에 흠 하나 없었다. 서울에서 피난 내려온 고관대작 중에는 트럭에 피아노까지 싣고 대구까지 내려온 사람도 있었다. 그렇게 가져와봤자 피아노 소리가 제대로 나지 않을 정도로 망가졌는데, 장교 집안에 있는 세간들은 먼지조차 눈에 띄지 않았다.

형제가 방에 앉아 있으니 식모가 자개가 박힌 상에 반찬그릇을 가득 얹어 가져왔다. 밥상을 받은 형제는 꿈인지 생시인지 분간이 가지 않았다.

"많이 묵우라."

장교의 말이 떨어지자마자 형제는 허겁지겁 반찬그릇을 비워내기 시작했다. 흰쌀밥만 있어도 꿀처럼 목구멍에 넘어가는데 고기까지 넘어가고 있었다.

"니들 움막에서 사니라 고생 많제. 내 니네 살 집 사 주꾸마."

"네?"

장교는 밥을 먹다 꿈같은 소리를 했다. 형제가 놀라서 쳐다보자 장교는 다음 말을 잇지 않고 그냥 밥만 먹었다. 형제가 든 수저는 흰쌀밥을 가득 얹은 채 입 앞에서 멈춰 있었다.

"니네 누나 인자 시집가야 되는 나이인줄 알제?"

"네."

"니 누나 나한테 시집오면 니네들 살 집도 있어야 하지 않것나."

"누나가 시집온다고 했어요?"

동생 홍춘복이 날름 물었다. 그러나 장교가 자기 혼자서 생각하는 말인지 누나와 결혼을 약속했다는 것인지는 답해주지 않았다.

"하여간에 니네 누나 나한테 시집오면 니네 살 집은 마련해 주꾸마."

장교 말은 누나가 시집을 오겠다고 했다는 것인지 모르나, 다만 누나는 시집을 가야 할 나이이고 장교와 결혼을 하게 되면 형제도 움막 대신 판잣집에서라도 잘 수 있을 것 같았다.

형제는 장교 집을 나와 바로 서면으로 향했다. 기름진 음식을 배 터지도록 먹어서 며칠 굶어도 끄떡없을 정도였다. 남한에서는 부모도 없고 천지간에 일가친척도 없는데, 매형이 생기면 그야말로 천군만마를 얻는 일이라 하야리아 부대로 한달음에 달려갔다.

누가 봐도 예쁘게 생긴 누나는 개천에서 미군 속옷을 방망이로 때려가면서 빨고 있었다.

"쓸데없는 소리 마라. 왜 그 장교는 나를 자꾸 귀찮게 한다네."

"왜? 그 장교 집 엄청 잘 살아. 우리 밥 먹고 왔어."

"내 시집가면 니네들 누가 봐주나."

"우리가 살 집도 사준다고 했어."

동생 말에도 누나는 이렇다 별 말 없이 방망이질만 하고 있었다. 어차피 전쟁이 끝나 서울에 가도 아무도 없었다. 전쟁으로 통일이 될지 안 될지 모를 일이라 이북 고향에 갈 수 있다는 보장도 없었다. 그럴 바에는 차라리 누나가 결혼해서 부산에서 사는 것이 나을 것 같아 형이 거들었다.

"누나, 나 미군부대에 취직하기로 했어."

"누가 니를 미군부대에 취직 시켜 준다고 하더나."

"하여간 취직할 수 있다니까."

그때서야 누나는 방망이질을 멈추고 홍춘송을 쳐다보았다. 그리곤 개울가에 엉덩이를 붙이고 앉았다. 형제가 움막으로 돌아갈 때까지 빨래 방망이질을 하지 않고 개울만 바라보고 있었다. 개울을 덮고 있던 옅은 얼음 밑으로 개여울 소리가 들려오고 있고 개울둑에는 벌써 버들강아지가 고개를 내밀고 있었다.

홍춘송은 매축지 움막으로 돌아오면서 안달이 더 나기 시작했다. 어떻게 해서든 이천 원만 있으면 미군부대에 취직할 수 있고, 그러면 누나도 부잣집에 시집을 갈 수 있었다. 움막으로 돌아가기 위해 용두산을 향해 걸어가는데 동생 홍춘복이 형 팔을 붙잡았다.

"형, 이 여자애 아줌마 딸 아냐?"

"어떤 아줌마?"

"동대문아줌마."

홍춘복이 대청동 미문화원 벽에 붙은 사진을 손가락으로 가리켰다. 예배당 고아원 사진을 전시해 놓고 있었는데, 원생들이 선물꾸러미를 가슴팍에 안고 있고, 뒤로는 미8군 민간원조사령부 군인들이 활짝 웃는 얼굴로 서 있었다. 고아원 나무 탁자에 앉아 미군깡통을 맛있게 먹고 있는 사진 속 여자아이는 분명 동대문아줌마 딸이었다. 여수뱃머리에서 엄마를 기다리며 배고프다고 하던 여자아이는 미군 통조림 깡통을 먹고 있었다.

미문화원 벽에는 고아 사진만 전시된 것은 아니었다. 자갈치 시장에서 생선 파는 장사치기도 아는 유명한 여자시인 모윤숙 사진도 있었다. 인민공화국 치하 서울에서 살아남은 이야기를 사진 여러 장으로 엮어 전시한 '나는 정말로 살아있는가'라는 제목의 적화삼삭(赤禍三朔)이었다. 시인이 기독교인 농가에 숨어들어 애기를 업고 위장하다가 자신의 정체가 발각되어 농가가 위험에 처해지자 산속 동굴로 숨어들었고, 자유의 전쟁을 수행하는 유엔 비행기를 찾기 위해 하늘을 살피고 있다가, 서울이 수복되자 태극기가 휘날리는 언덕에 올라가 미군을 맞는 내용으로 이어져 있었다. 미문화원 벽에 전시되고 있는 사진들을 보니 커다란 카메라를 들고 다니던 많은 미군들이 관광하러 온 것이 아니었다.

움막으로 돌아온 홍춘송은 촌장할아버지를 찾아갔다. 홍춘송이 촌장할아버지에게 먼저 찾아가고 부탁까지 한 것은 처음이었다.

"니 이천 원이나 어디에 필요하나?"

"미군부대에 취직하려면 그 돈이 있어야 한데요."

"누가 그리 말하더나?"

"진홍섭이가요."

"홍섭이 데려 와 봐라."

홍춘송이 어떻게 이천 원이라는 큰돈을 촌장할아버지에게 빌려달라는 말을 할 용기가 났는지 모를 일이었다. 미군부대에 취직만 하면 그 돈은 금방 갚을 수 있을 것 같아 당장 진홍섭을 촌장할아버지에게 데려갔다. 촌장할아버지는 홍춘송을 물리치고 진홍섭에게 한참 동안이나 꼬치꼬치 물어보았다.

　길지도 않은 날이 지나자 많은 일들이 형제에게 일어나고 있었다. 먼저 누나가 하야리아 부대 앞 하꼬방에서 사라졌다. 동대문아줌마 방에는 누나 대신 처음 보는 아저씨가 벌러덩 누워 있었다. 동대문아줌마는 어떤 군인이 찾아와서 누나 옷 보따리를 들고 갔다는 대답만 했다. 홍춘송은 더 이상 누나에 대해 묻지 않았고, 미문화원 벽에 전시된 사진에서 동대문아줌마 딸을 발견했다는 말도 하지 않았다. 누나가 말도 않고 사라졌지만 적어도 미군빨래 따위나 하지 않을 것이기 때문에 그건 문제가 안 되었다. 누나가 보고 싶으면 동대신동으로 가든지 아니면 누나가 움막으로 찾아올 것이었다.
　다리가 가뿐해진 홍춘송은 하꼬방을 나와 하야리아 부대 철조망을 따라 정문으로 걸어갔다. 길고 긴 철조망을 끼고 많은 한국 사람들이 숨통을 대고 살아가고 있었다. 홍춘송은 호주머니에 헝겊으로 싼 돈 이천 원을 꼭 쥐고 걸었다. 미국의 어느 아름다운 초원이라는 명칭인 하야리아 부대 정문에서 기다리고 있으니 진홍섭이 정말로 부대 안에서 걸어 나오고 있었다. 신비한 모습이었다. 그때서야 홍춘송은 돈을 꼭 쥐고 있던 손아귀 힘이 풀렸다.
　"니 돈 이천 원 가져왔냐?"

"그래"

"그럼 줘."

"나는?"

"너는 패스가 없으니 여기서 기다려."

진홍섭은 돈을 가지고 부대 안으로 들어가 버렸다. 명찰을 달고 있어야 부대 안으로 들어갈 수 있는데, 명찰도 없는 진홍섭이 나왔다 들어가도 경비를 서고 있는 미군은 상관하지 않았다. 초조한 시간이 흘러가고 있었다. 근 한 시간을 기다려도 진홍섭은 나타나지 않았다. 기다리는 동안 추워서 손발이 얼 것 같았다. 부산이 남쪽 끝에 있다고 해도 서울만큼이나 추웠다.

"미스타 홍, 이리 와."

하야리아 부대 정문 경비실 앞에서 홍춘송을 부른 사람은 진홍섭이 아니라 반장 명찰을 달고 있는 아저씨였다. 홍춘송은 부리나케 부대 안으로 뛰어들어 갔다. 뛰어가다 보니 정문 경비실을 통과하고 있었다. 그래도 경비를 서고 있는 미군은 가만있었다. 반장을 따라 미군 막사 퀸셋 여러 동을 지나가는 동안 홍춘송은 몇 번이고 미스터 홍이라는 호칭을 되뇌었다.

부대 안으로 깊숙이 들어가니 차량정비 창고 앞에 흙투성이 미군 트럭 한 대가 서 있고, 한국인 인력 서너 명이 드럼통

장작불을 쬐고 있었다. 반장은 홍춘송에게 트럭을 깨끗하게 세차하라고 지시하고 별다른 말도 없이 사라졌다. 말이 세차이지 집보다 더 큰 트럭 몸통과 여섯 개 바퀴를 찬물에 걸레를 빨아 세차하는 일은 손이 찢어질 정도로 힘들었다. 차라리 구두 백 켤레 닦는 것이 수월할 것 같았다. 그래도 미군부대에서 처음 맡은 일이라 마음 한편에서는 자랑스럽기도 했다. 해가 지도록 겨우 트럭 세차를 끝내자 그때서야 반장이 나타났다.

"미스타 홍, 오늘은 그만 집에 가고 내일 일찍 와."

반장이 돈 한 푼도 안 주고 집에 가라고 하자 추운 날씨에 어떻게 서면에서 초량 매축지 움막까지 걸어가나 싶어 정신이 아득해졌다. 알고 보니 하야리아 부대 안에는 명찰을 달고 다니지 않는 하우스보이 한국 아이들이 있었다. 퀀셋 한 동마다 배치된 하우스보이들은 미군 빨래를 수거하고 쓰레기 치우는 일을 맡아 하고 있었다. 하우스보이는 철조망 밖에서 숨통을 대고 있는 사람들에게 공기를 불어주는 역할도 하고 있었다. 홍춘송은 일당은 받지 못했지만 미군변소 청소나 음식물 처리를 담당하는 진홍섭보다 낫고 내일 다시 부대로 가서 일할 수 있다는 생각으로 이십 리 길을 걸어 움막으로 돌아왔다.

다음 날 홍춘송이 반장에게 지시받은 일은 막사 페인트칠이었다. 반장은 캡틴 사무실로 쓸 곳이므로 칠을 잘해야 한다며 지시를 단단히 내렸다. 홍춘송은 막사에 페인트칠을 막상 하려고 보니 난감해졌다. 페인트칠이라곤 처음 해보는 것인데, 중대장 캡틴 사무실이라 잘못 칠하면 부대에서 쫓겨날 것 같았다. 홍춘송은 등에서 식은땀이 흘러내리도록 신중과 정성을 다해서 조금씩 칠을 해나갔다. 미군들이 사무실로 쓰는 막사 대부분 회색 아니면 백색인데, 천장은 백색으로 칠해라는 것이었다. 일본 욱일기가 그려져 있는 천장을 사다리를 타고 하얀색 페인트를 붓에 발라 조금씩 칠해 보니 얼굴에 흰색 페인트가 떨어지는 것 빼고는 할 만 했다.

아침부터 한나절 칠을 하자 허기가 져서 도무지 사다리에 올라설 수 없을 지경이었다. 도시락을 싸서 올 형편도 안 되었고 어디서 밥을 먹어야 될지도 몰랐다. 그때 마침 미군 사병 한 명이 햄버거를 손에 들고 막사로 들어와 페인트칠 상태를 살폈다. 사병은 천장을 쳐다보다 마음에 들었는지 굿이라고 말했다. 미군에게 굿이라는 말을 들은 홍춘송은 한없이 기뻤다. 점심을 먹지 못해도 기뻤다. 더구나 미군은 자신이 손에 들고 있던 햄버거까지 홍춘송에게 주고 갔다. 미군은 소련 군인들과는 달라도 너무나 달랐다. 햄버거를 받아들고 서야 홍춘송은 만주아저씨가 말한 데모크라시가 뭔지 손바닥에서 확연히 느끼게 되었다. 전선과 갈등을 빚지 않은 부산에서의 미군은 산타크로스나 다름없었다.

매축지 움막에서는 경북 영천 치일동과 부흥동 일대에서 미군들이 마을사람들을 학살한 사건이 있었다는 소문이 돈 적이 있었다. 흥남에서 철수해온 미군들이 부녀자를 강간하고 여자를 내주지 않는다고 마을사람들을 총으로 쏘아 죽인 사건이었다. 그건 미군을 직접 겪어보지 못한 사람들 헛소문에 불과했다. 홍춘송 일가도 월남하면서 고양군 원당읍을 지날 때 마을사람들과 함께 산 속에서 며칠간 은신해 있기도 했었다. 원당 서삼릉에 주둔하던 미군이 시도때도 없이 마을에 들이닥쳐 부녀자들을 잡아가서 욕보이고 풀어주어 엄마와 누나가 미군 눈에 띄면 위험했기 때문이었다. 그렇지만 그건 미군이 남한을 다스리는 미군정기 때였고, 한국정부가 세워지지 않았을 때였다.

홍춘송은 미군사병에게 받은 햄버거가 식지 않게 가슴에 품고 집으로 돌아올 때 일부러 대청동 미문화원 길을 택했다. 미문화원 벽에는 한국전쟁 관련 사진이 실린 LIFE 잡지 표지가 차례대로 붙어 있었다. 표지 중에 키는 크고 몸은 바싹 말라 성마를 것 같은 미 5공군 사령관 패트리지 소장과 키가 작은 땅딸보 워커 중장이 별이 커다랗게 그려진 수송기에서 내려오는 장면도 있었다. 홍춘송은 꺽다리와 땅딸보 사진을 보고 웃음이 나왔다. 희극배우들 같았다.

움막으로 돌아온 홍춘송은 가슴에 넣고 온 햄버거를 홍춘복에게 내밀었다. 동생은 눈을 휘둥그레 뜨고서 형에게 물었다.

"형, 이거 미군부대에서 배급 받아 온거야?"

"응."

"매일 줘?"

"싸 올 수 없는 것도 많아."

"수프 그런 거?"

"응."

형제는 부모가 돌아가시고 난 후 처음으로 행복감을 맛보고 있었다. 그런데 누나가 정말 부산에서 사라졌다. 누나가 보고 싶은 동생이 동대신동 매형 집으로 찾아갔더니 매형 부대가 김해로 가서 누나도 따라갔다는 말만 들었다. 누나가 사라지자 매형이 약속했던 집도 사라지게 되고 움막 생활을 이어갈 수밖에 없었다. 그나마 홍춘송이 미군부대에서 일하게 되어 천만다행이었다.

캡틴이 사무실로 쓸 막사 페인트칠은 이틀에 걸쳐서 끝낼 수 있었다. 그러자 캡틴이 한국여자와 함께 들어와서 막사를 살폈다. 캡틴은 한국여자에게 영어로 중얼거렸다. 한국여자는 캡틴 말을 전부 알아듣는 양 고개를 끄떡이며 홍춘송에게 이름이 뭐냐고 물었다. 여자가 캡틴에게 영어로 답을 하는 말 중에 '미스터 홍' 소리가 분명히 들렸다. 홍춘송보다 대여섯 살 정도 많은 미스 정이라는 여자는 캡틴과 전부 영어로만 말을 주고받았다. 미스 정은 하야리아 부대에서 타이프를 치는 캡틴 비서였다.

캡틴과 미스 정이 나가자 이번에는 집기를 들여놓으려는 미군사병들이 들어와 식빵 덩어리를 홍춘송에게 주면서 커피까지 마셔라는 친절도 베풀었다. 미군 커피는 식수통 같은 큰 깡통에 담겨 있었는데 맛이 없었다.

그날도 동생 홍춘복은 식빵이라는 것을 처음 먹어보면서 행복감을 맛보았다. 이제 홍춘송도 매축지 움막에서 진홍섭처럼 뻐길 수 있게 되었다. 하지만 촌장할아버지에게 빌린 이천 원은 여전히 갚지 못하고 있었다. 하야리아 부대에 정식으로 취직이 된 것이 아니라서 명찰도 없고 봉급이라는 것도 없었다. 틈 날 때마다 미군 군화를 닦아 주고 심부름도 하면서 받는 팁이 전부였다. 그래도 구두닦이나 신문팔이보다 훨씬 수입이 나았다. 다만 전쟁이 소강상태에 접어들고 정전협정이 시작되자 걱정이었다. 정말 정전협정이 체결되어 미군이 자기들 집으로 가버리면 또다시 먹고 살 길이 막막해질 것이 뻔했다. 그런 걱정은 하야리아 부대 주변에서 붙어먹고 사는 하꼬방 사람들 걱정이기도 했다. 전선과 거리가 먼 부산 속사정은 달랐다.

나라가 해방되어 일본이 물러가자 급격하게 침체된 부산에 생명을 불러일으킨 것은 밀려들어 오는 미군과 유엔군들 덕분이었다. 홍춘송은 가만 생각해 보았다. 일차 피난 내려올 때에는 전쟁이 금방 끝날 것으로 여겼고, 이차로 피난 올 때에도 마찬가지로 전쟁이 하루속히 끝나길 기원했다. 그런데 전정협정이 이루어질까봐 염려하는 자신이 우습기도 했다. 우습기는 미국에 사는 사람들도 마찬가지일 것 같았다. 한국전장에서 전투를 치르는 미군들이야 하루 빨리 미국으로 돌아가고 싶겠지만, 식빵이나 미군 도시락 만드는 공장들은 한국전쟁 정전협정이 달갑지 않을 것 같았다. 더구나 탱크나 비행기 만드는 공장은 아예 문을 닫을지도 모를 일이었다. 그들도 하야리아 부대 하꼬방 사람들처럼 정전협정이 이루어질까봐 염려하고 있을 것 같았다.

실제로 부산에서 굴러가는 버스는 부산에 주둔하고 있는 미군부대 때문에 바퀴를 굴릴 수 있었다. 그런 사실을 홍춘송이 알게 된 것은 자재창고에서 일하고 난 후였다. 매일 같이 먼 길을 꼬박꼬박 출근하면서 시키는 일을 성실하게 잘 해내는 홍춘송을 반장이 차량 자재창고로 불렀다.

"니 오늘부터 여기에서 일해라."

"영어 모른데요."

"그건 신경쓸 거 없고 요 도장 찍힌 전표에 써진 숫자보고 무조건 그것만 빼서 주면 되는 기다."

홍춘송은 숫자가 한문이나 일본어로 쓰여 있다고 해도 알아먹을 수 있었다. 전표 번호에 맞는 자재만 꺼내주면 되는 일이었다. 자재창고에는 자동차 나사부터 엔진까지 하야리아 부대에서 굴러다니는 차량 부품들이 차곡차곡 정리되어 있었다. 그날그날 들어오는 물품과 나간 물품을 숫자로 정리해서 자재담당 미군에게 갖다주면 되었다. 하야리아 부대에서 일한 지 두 달 만에 고정된 일을 할 수 있게 된 것이다.

자재창고에서 일을 하고 있으니 이번에는 미스 정이 영어로만 쓰인 명찰을 갖다주었다. 반장처럼 하야리아 부대 정식 한국인 직원이 된 것이었다. 비로소 홍춘송은 팁이 아닌 월급이라는 것을 받게 되었다. 잔심부름이나 하면서 팁을 받는 하우스보이들과는 비교가 되지 않았고, 명찰 없이 일하는 진홍섭 하고는 달라도 너무 달랐다.

하야리아 부대 명찰은 만사형통이었다. 부대 정문을 통과할 때 경비병 눈치를 살피지 않아도 되는 것은 물론이고, 밥집에 들어가 외상을 트는 것도 아무 문제없었다. 하루는 동생을 데리고 국밥집에 들어가 밥을 시켜먹고 일부러 외상을 하자고 하자, 밥집 주인이 홍춘송 가슴에 달려 있는 명찰을 보고서는 순순히 고개를 끄덕였다. 또 어느 날 퇴근길에 심문하는 경찰에게 명찰을 내밀었더니 경례까지 붙이며 통과 시켜 주었다. 명찰에 써진 영어를 모르긴 홍춘송이나 경찰이나 마찬가지였다. 만주아저씨 말이 맞은 것이다. 참고 견디면 좋은 날도 온다더니 정말이었다.

자재창고에 일한 지 얼마 지나지 않아 이번에는 홍춘송에게 용돈이 손에 쥐어졌다. 토요일에 반장이 부르더니 천원이나 되는 돈을 주는 것이었다.

"니 친구들하고 영화나 한편 보고 용돈 써라."

반장이 왜 용돈을 주는지 알 수 없었으나 하야리아 부대에서 일하지 않았으면 받아볼 수 없는 돈이었다. 월급이 삼천원이라 천원이면 큰돈이었다. 홍춘송은 토요일 오전 근무를 마치자마자 동생을 데리고 광복동 극장으로 갔다. 광복동 미문화원을 지나쳐 오면서 극장 광고판에 걸려 있는 영국 영화 〈천국으로 가는 계단〉을 보고 싶어 영화관 앞에 서 있곤 했었다.

영화 〈천국으로 가는 계단〉은 하야리아 부대 미군신문에 광고까지 실려 있었다. 영어로 A Matter of Life and Death 라고 쓰여 있었다. 그동안 영어철자는 읽을 수 있게 되었는데 뜻은 모르겠고, 극장 광고판에 천국으로 가는 계단이라는 한글 제목은 충분히 알아볼 수 있었다. 영화의 줄거리는 폭격 임무를 맡은 영국조종사가 격추당하자 전폭기에서 뛰어내려 살아났고 폭격임무를 무전으로 주고받은 여자군인과 사랑에 빠진다는 내용이었다. 그런데 사실은 폭격기 조종사는 이미 죽었음에도 천국에서 실수로 데려가지 못한 상태라서 지상에서 사랑을 하고 있다는 것이었다. 조종사는 결국 천국으로 가서 천사 앞에서 재판을 받는데, 자신이 지상의 여자와 사랑에 빠지게 된 것은 천국이 자신을 데려가지 않은 실수 때문이었다고 따진다는 내용이었다. 폭격기 조종사는 천국에 가서도 지상에서 사랑을 이어가겠다고 천사에게 따질 수 있었다. 참 요상한 내용이었다. 조종사가 지상과 천국을 오가는 것도 웃겼다. 그러면 지옥도 갔다와야 더 재미있을 뻔 했다. 만약에 그래야 한다면 폭격임무를 맡은 조종사가 갔다와야 하는지 아니면 폭격임무를 내린 여자가 가야 하는지 그것까지는 생각이 미치지 못했다.

또 주인공 조종사가 콧수염을 기른 것은 확실히 감독의 실수였다. 형제는 이야포 피난화물선을 내려다보던 쌕쌕이 조종사 얼굴을 올려다봤을 때 콧수염은 없었다. 쌕쌕이를 타기 전에 비누거품을 얼굴에 발라 면도를 하고 화장품까지 발랐을 것 같은 깨끗하고 잘생긴 얼굴이었다. 좌우당간 영화광고에 속아 넘어가면 안 되는 것이었다. 그래도 영화를 본다는 것만으로 즐거웠다. 초봄이 열리고 있는 어느 토요일 밤이었다.

형제가 영화를 볼 수 있는 날은 토요일이고, 반장이 가져온 전표 번호에 따라 미군트럭 타이어를 꺼내주면 되는 날이며, 그날은 반장이 용돈 천원을 주는 날이었다. 형제는 반장이 주는 용돈으로 초량동 매축지 움막에서 전포동 하꼬방으로 옮겨갈 수 있게 되었다. 순전히 미군트럭 타이어 덕분이었다. 미군트럭 타이어는 부산에서 굴러다니는 버스 앞바퀴 타이어와 크기가 같고 엄청 튼튼했다. 버스 새 타이어 한 개 값만 해도 하꼬방 방 한 칸 얻을 수 있는 돈이었다. 그러니 훨씬 싼 가격으로 미군 타이어로 갈아 끼우려는 버스들이 반장이 몰고나오는 미군트럭을 기다리고 있었다.

8

전쟁은 봄이 지나자 서부전선에서는 개성을 인민군에게 빼앗기고 동부전선에서는 국군이 화천호를 빼앗아 밀리고 밀고 올라가는 게릴라식 지상 전투가 지루하게 지속되고 있었다. 전선이동 상황은 부산에서는 신문기사에 불과하고 관심은 휴전협정 반대였다. 소련 말리크 유엔대표가 휴전회담을 제의하고 이승만 대통령이 거부하자 부산에서는 연일 학생들을 동원한 휴전결사반대 시위가 열렸다. 심지어 하야리아 부대 정문에까지 교복 입은 여학생들이 몰려와 북진통일 아니면 죽음을 달라는 시위를 했다. 하얀 교복을 입은 여학생들이라면 적어도 피난민 자식들은 아니었다.

이번에는 트루먼 미국 대통령마저 초를 쳤다. 맥아더 장군이 만주도 폭격해서 아예 공산주의자들을 박살내자고 하자, 트루먼 미국 대통령은 맥아더 장군을 쫓아내고 대신 리지웨이 장군한테 정전교섭을 시켰다. 트루먼 대통령은 일본에 원자폭탄까지 떨어뜨려 박살 내놓고는 한국전쟁이 길어지자 꼬리를 내리는 것이라고 여겨 부산에서 시위는 더 격렬해지고 있었다. 홍춘송은 하야리아 부대로 출근하면서 정전결사반대 시위에 동원되어 거리로 나서는 하얀 교복 여학생들이 사리분별 없어 보였다. 폭탄 떨어지는 전선을 피하려 피난길에 나서다 부모형제 목숨을 잃어본 적 없는 철부지들에 불과했다.

부대에 출근하니 한국인 인력들이 정비창고 앞에 모여 수군거리고 있었다. 행여 휴전협정이 체결되어 하야리아 부대 일자리를 잃어버릴 것을 염려하고 있었다. 하야리아 부대에만 한국인 인력이 사백 오십 명이나 되었다. 홍춘송은 트루먼 대통령이 임기를 끝내고 곧 자기 집으로 돌아간다는 말을 듣고 걱정이 되었다. 그래도 공중에서는 미군폭격기들이 더 많이 날아다니면서 폭탄을 퍼붓고 있어 그나마 다행이었다 그런데 반장이 하야리아 부대에서 해고되는 날이 오고야 말았다. 그건 홍춘송에게도 큰 타격이었다. 어느 날 부대에 출근하여 보니 정비창고 앞에서 어깨 늘어진 반장을 둘러싸고 한국인 인력들이 모여 있었다. 창고 벽에는 해고자 명단이 붙어 있었다. 어젯밤에 반장이 허가서를 받지도 않은 채 트럭을 몰고 부대 밖으로 나가다 야간근무하러 부대에 들어오는 소대장 딱부리에게 딱 걸려버린 것이다. 코가 매부리처럼 생겨 딱부리라는 별명을 가진 소대장이 부대 밖으로 트럭을 몰고 나오는 반장을 세운 것이다. 반장이 미군트럭을 몰고 나갔다 오면 헌 타이어로 갈아 끼워 오고 연료통도 텅 비워서 오는 것까지도 그만 들통나고 말았다. 다른 소대장들은 반장이 문현동에 있는 한국은행에 가서 바꿔온 달러를 기다리는데, 뭘 모른 신참 딱부리 소대장은 영외 허가서나 요구했으니 어리석기 짝이 없는 미군장교였다.

　　미군은 한국 인력이 출근하면 배차를 받기 전에 해고 명단을 벽에다 붙였다. 그렇지 않고 배차를 받아 차를 끌고 부대 밖에 나가 있는 상태에서 해고를 통보하면 차가 부대로 돌아오지 않을 수 있기 때문이었다. 그런 점에서 미군은 지혜로웠다. 결국 반장은 정문을 향해 등을 보이고 걸어 나가야 했다. 다행히 해고자 명단에 홍춘송 이름은 없어 반장의 쓸쓸한 뒷모습을 바라볼 수 있었다.

해가 또 바뀌었으나 전쟁은 끝나지 않고 있었다. 다행히 미군부대도 철수하지 않았다. 거제도 포로수용소에서는 미군장군이 인민군 포로들에게 도리어 포로로 잡히는 난리가 났어도 피난수도 부산은 제자리를 잡아 돌아갔다. 형제도 부산에 정착해 있었다.

다만 장교에게 시집 간 누나에게 문제가 생기기 시작했다. 부산 시댁으로 들어와서 시집살이를 하고 있던 누나는 아들을 낳긴 했으나, 아기가 몇 달 살지 못하고 죽고 말았다. 시어머니는 어거찌기 며느리가 아들이나마 낳더니 그마저도 죽게 만들었다고 구박이 심했다. 그래서 그랬는지 누나는 만날 때마다 머리가 아프다고 울었다. 몸이 고달프거나 마음이 아프면 몰라도 머리가 아프다고 하는 것은 어쩌면 밥은 얻어먹고 살 수 있기 때문이라고 형제는 생각했다.

"누나, 이제 와서 못 살겠다 하면 우짜노. 참고 살아야지."

"머리에 뭉게구름이 흘러내린다."

"밥 잘 먹고 와 헛것이 보이노."

또 임신한 채 시집살이 못하겠다고 우는 누나에게 형제가 달리 위로할 방법이 없었다. 하나님은 세상의 모든 딸과 함께할 수 없어 친정엄마를 대신 보냈다는데, 누나에게는 어린 남동생들밖에 없어 위로받을 수도 없었다. 신이 정해 준 운명으로 받아들이고 살아야 했다.

태양은 폭탄 대신 땅에 불덩어리를 쏟아붓고 있었다. 사람들은 그늘진 곳이면 어디든 숨어들어야 할 정도로 지쳐 있었다. 질리도록 지치게 만들었던 길고 긴 전쟁도 끝났다. 1953년 7월 27일 연합군 사령관 클라크 대장이 남쪽대표로 휴전조인식에 나갔고, 북한에서는 김일성과 중공의 팽덕회가 협정문서에 서명함으로써 더 이상 폭격도 없었다.

그래도 이승만 대통령은 혼자서 전쟁을 계속 하고 있는 것 같이 북진통일을 외쳐대고 있었다. 그래봤자 휴전선 허공에 총 한 방이라도 쏘라고 명령내릴 권한이 이승만 대통령에게는 없었다. 전쟁이 시작되자마자 국군을 명령할 작전권을 유엔군에 홀라당 넘겨버렸기 때문에 휴전협정조인 당사자조차 되지도 못하면서 어깃장을 놓고 있었다.

전쟁이 끝나자 정부는 피난민들에게 귀향을 독촉하고 있었으나 이북에서 피난 내려온 피난민들은 갈 곳이 없었다. 그래도 어디든 자리를 옮겨 몸을 뉘어야 했다. 고향 용천 땅 문서를 가슴에 품고 피난 내려왔던 촌장할아버지는 이북 가까운 파주로 올라갔다. 일본징용 귀환동포들도 기차조차장 창고가 철거되자 어디론가 떠나야 했다. 다행히 하야리아 부대는 철거되지 않았고 미군들도 계속 주둔했다. 다만 한국인 인력 상당수가 해고를 당해 부대를 떠나야 했다.

미군들은 한국인 인력을 한꺼번에 해고하지 않고 당장 필요 없는 인력부터 조금씩 해고해 나갔다. 한번 해고가 이루어져 잠잠해지면 또 갑자기 해고자 명단을 벽에 붙이면서 인력을 줄여나갔다. 한국인 인력들은 언제 자신의 명단이 벽에 붙을지 몰라 똥줄이 타들어 갔다. 홍춘송도 똥이 나오지 않을 정도로 불안한데, 미군들은 똥만 잘 싸서 변소 똥통이 넘치고 있었다. 미군도 똥통 위에 쭈그려 앉아 싸야 하고, 빵과 커피를 먹어도 똥은 한국인이 싸는 똥과 매양 같았다. 여태까지 한국인 인력 누군가가 미군 똥을 퍼냈을 것인데, 아마도 해고 당한 게 틀림없었다. 하야리아 부대는 한국인 필수인력을 해고하는 큰 실수를 한 것이었다.

홍춘송은 캡틴 막사가 있는 변소로 가서 똥바가지 자루를 잡고 캡틴이 나타날 때까지 기다렸다. 기다림 끝에 캡틴 유태나 스티븐이 오줌을 싸러 변소로 걸어오는 것을 보고 잽싸게 변소 안에 들어가 똥 푸는 시늉을 했다. 캡틴이 오줌을 갈기면서 차량 창고에 있어야 할 홍춘송을 흘깃 보고선 나갔다. 그래도 홍춘송은 똥을 퍼냈다. 나중에 캡틴이 똥을 싸도 티는 나야 했다.

며칠이 지나자 이번에는 하야리아 부대 미군들 일부가 짐을 싸서 미국으로 가버렸다. 남아 있던 한국인 인력들 낯이 흙빛이 되어 가고 있던 판에 또다시 해고자 명단이 나붙기 시작했다. 끝내 홍춘송 이름도 명단에 적혀 있었다. 딱히 부대에 필요한 기술을 갖고 있는 것도 아니라 언젠가 해고자 명단에 오를 것이라 예상은 하고 있었으나, 막상 명단에 이름이 있으니 똥통으로 떨어지는 거와 다를 바 없었다. 부대에서 해고되면 고등학교 과정을 다니고 있는 동생을 학교에 보낼 수 없었다. 누나는 늘 머리가 아프다고 하면서도 딸을 낳았고 또 아들을 낳기 위해 임신한 상태로 식모나 다름없는 시집살이를 하고 있어 형제에게 쌀 한 톨 도와 줄 상황이 아니었다.

홍춘송은 변소 똥바가지 자루를 밟아버렸다. 그래봤자 똥물만 튀길 뿐 캡틴 탓도 아니었다. 한국인 인력 해고는 부대 인사처에서 하는 것이라 어쩔 수 없었다. 그래도 궁하면 통한다고 홍춘송은 캡틴 스티븐 대위 사무실 막사 문을 열고 들어갔다. 미스 정은 안정적인 자세로 타이프를 치고 있고 캡틴은 덤덤하게 무슨 일로 왔냐고 물었다. 홍춘송은 떠듬떠듬 영어로 말했다.

"아임 퍼렌트 낫씽. 비코즈 범 다운 다이. 아임 헤브 온리 브라더."

홍춘송은 고개를 푹 숙인 채 그동안 미군부대에서 익힌 영어로 웅얼거렸다. 캡틴이 홍춘송의 말을 알아듣는 것인지 가만 듣더니 고개를 끄덕이며 나가 있으라고 지시했다. 해고에서 빼주겠다고 하는 것인지 단지 처지만 이해한다는 것인지는 모르고 사무실을 나가려 하는데 미스 정이 홍춘송을 불러 세웠다.

"미스터 홍, 운전 할 줄 알지?"

"예."

운전이야 그동안 부대 안에서 차를 이리 끌어다 놓고 저리 끌고가고 해서 할 줄 알았다. 홍춘송을 불러세운 미스 정은 캡틴에게 무어라 설명을 늘어놓더니 밖으로 나가자는 것이었다. 그리고선 막사 앞에 세워져 있는 지프차 뒤에 미스 정이 앉고 조수석에 캡틴이 앉아 홍춘송에게 운전을 해 보라고 했다. 홍춘송은 캡틴만 타지 않았으면 그런 대로 운전을 하겠는데, 긴장이 돼서 번번이 기어 변속기에서 마찰음이 들려왔다. 그때마다 심장이 기어 톱니바퀴 사이에 끼이는 것 같았다. 캡틴이 혼자 뭐라 중얼거리는데 홍춘송의 귀에는 자꾸 '노 굿'이라고만 들렸다. 부대를 한 바퀴 돌고선 다시 막사 앞에 도달하자 캡틴은 아무 말 없이 사무실 안으로 들어가 버렸다. 미스 정도 따라 들어가고 홍춘송 혼자 덩그렇게 서 있었다. 한여름인데도 한기를 느끼고 있었다.

"미스터 홍, 들어와."

미스 정이 홍춘송을 불렀다. 천사가 천국으로 부르는 소리와 다름없었다. 홍춘송이 캡틴 막사로 다시 들어가자 미스 정이 타이프를 치고 있고 캡틴은 홍춘송을 쳐다보지도 않았다. 잠시 후 미스 정이 타이프 친 종이를 타이프에서 끄집어내어 캡틴 얼굴 앞에 내밀었다. 캡틴은 미스 정이 내민 종이를 멀끔히 쳐다보더니 네모난 도장을 찍었다. 미스 정은 도장 받은 종이를 받아서 스탬프 기계에 넣고 귀퉁이를 찍었다. 미군차를 운전할 수 있는 운전면허증이었다. 홍춘송은 미스 정 때문에 살아남을 수 있었다.

홍춘송은 운전면허증을 넣은 가슴을 부여안고 캡틴 사무실을 나와 부대 정문을 바라보았다. 한 무리의 한국인 인력들이 고개가 떨어진 채 등을 보이고 걸어가고 있었다. 휴전이 되지 않았으면 부대를 떠나지 않아도 될 한국인들이었다.

홍춘송은 다른 나라에서라도 전쟁이 일어나 미군이 참전하게 되면, 해고된 한국인 인력들을 데려다 쓰면 좋겠다는 생각이 들고 있었다. 하지만 미국은 세계 이차 대전에서 승리하고 나서 몸집을 키웠고, 그리스 내전까지 쫓아가서 힘을 써 근육을 길렀으며, 또다시 한국전쟁까지 했으니 당분간은 숲에서 사냥을 하든가 해변에서 서핑이나 즐기면 되었다. 홍춘송은 삼만 오천여 명 미군이 한국 땅에서 사망하고 있는 동안 미국 땅에서는 매일같이 파티와 축제가 열리고 있다는 것을 미국신문을 통해서 알고 있었다. 그건 국군이 전선에서 죽어가는 동안 부산 국제시장에서는 동지 팥죽을 쑤어 먹는 거나 다름없었다.

수송부로 자리를 옮긴 홍춘송이 처음 맡은 배차는 미군 두 명을 태우고 부전동으로 가는 것이었다. 부대 안에서야 얼마든지 운전을 했는데 막상 시내로 차를 몰고 나와 서면 로터리까지 가는 내내 식은땀을 흘려야만 했다. 홍춘송의 서툰 운전을 보고 뒷좌석에 앉아 있던 미군들이 '저스트 노 굿'이라고 연신 나무라고 있었다.

　　다음 날은 독일 사람을 태우고 광복동 미군은행을 들러 서대신동에 있는 독일병원으로 가는 운행표를 받았다. 독일 사람은 운전 서툰 홍춘송에게 화를 내며 배가 고프니 빨리 가라고 재촉했다. 독일 사람 성미가 미군보다 훨씬 사나웠다. 간신히 서독병원이라고 불리는 독일적십자병원에 도착하니 독일 사람은 자기 혼자 점심을 먹으러 가버렸다. 홍춘송은 차를 세워놓고 독일병원을 기웃거리는데, 경비를 보고 있던 아저씨가 홍춘송을 불렀다. 전포동 하꼬방 동네친구 아버지였다.

　　"니 여기 우찌왔노?"

　　"짚차 타고 왔심더."

　　"뭐라? 니가 운전할 줄 아나?"

　　"진짜라요."

　　홍춘송은 별이 그려진 지프차 본네트를 탕탕 두들겼다. 아저씨는 혀를 쑥 내밀었다. 홍춘송은 내친 김에 미군부대 운전면허증까지 아저씨에게 보여줬다. 영어로 써진 운전면허증만 내밀면 부산에서 마구잡이로 운전해도 아무 상관이 없었다.

"아저씨에, 배 고픕니더."

"아 글나? 따라와라."

홍춘송이 당당하게 말하자 친구 아버지는 홍춘송을 데리고 병원 안으로 데려갔다. 옛 부산여고 자리에 세운 독일병원 안에는 부상당한 군인들과 폭격으로 팔다리가 잘려나간 피난민들이 가득 드러누워 있었다. 독일 수간호사가 한국 간호사들을 데리고 환자들 사이를 돌아다니면서 이것저것 가르치고 있었다. 어떤 엄마는 한쪽 다리가 동강 잘려 나갔는데도 출산한 아기를 안고 누워 있었다. 다행히 아기가 뱃속에 있어 엄마 다리가 잘려 나가도 세상에 태어날 수 있었다. 좀 늦게 태어난 것이 다행이었다. 그렇지 않았으면 피난열차 지붕에서 떨어졌거나 엄마 대신 폭탄파편을 맞고 엄마 등에서 죽었을 수도 있었다.

독일병원에서 공짜로 얻어먹은 점심은 맛있었다. 그렇잖아도 하야리아 부대에 새로 온 흑인 선임상사 때문에 홍춘송은 화가 나 있었다. 수송대 사병식당에서 밥을 먹고 있었는데, 아무것도 모르는 흑인 상사가 와서는 왜 여기서 밥을 먹고 있냐며 나가라는 것이었다. 엄연히 수송대에서 운전하는 직원인 줄 몰랐던 것이다. 그 흑인 상사는 홍춘송이 미군 PX 병을 태우고 한국은행에서 달러를 찾아오는 것을 알고서야 사병식당에서 쫓아내지 않았다. 나중에는 GMC 트럭을 몰고 범어5동 매축지 미군부식창고에 가서 부식을 싣고 온다는 것도 알고 나서는 식당에서 마주치면 손까지 흔들어 주었다.

매축지에 있던 움막과 창고들은 완전히 철거된 상태였다. 촌장할아버지는 파주로 올라갔으나 옆 움막에서 살던 영월할머니는 깡통시장에서 부침개를 부치며 살아가고 있었다. 만주아저씨는 강릉으로 가서 살고 있고, 하야리아 부대에서 나갔던 진흥섭은 용케도 부산 운수회사에 취직해서 살고 있었다.

그런데 누나가 죽었다. 매형이 전포동 하꼬방으로 찾아와서 누나가 봉래동에 있으니 가보라는 것이었다. 형제는 영도다리 건너 봉래동으로 달려갔다. 봉래동에는 배에서 일하다 물에 빠져 죽은 사람들을 모아 놓는 시체안치소가 있었다.

봉래동 시체안치소에 들어온 시신들은 뱃일하다 물에 빠져 죽은 사람들만 들어오는 것이 아니었다. 영도다리에서 몸을 던져 죽은 사람들이 시도때도 없이 들어오는 곳이었다. 피난길에 헤어진 가족을 만나려고 영도다리에 왔다가 절망에 빠져 몸을 던지거나, 팔다리가 잘려 일을 해서 먹고 살 수 없는 사람들이 짐승같이 사느니 차라리 천국으로 가는 길을 택하거나, 이런저런 판단조차 할 수 없는 사람들이 영도다리 난간에 기대어 알 수 없는 헛소리를 허공에 대고 중얼거리다 그만 물에 빠져 죽기도 했다.

태종대 자살바위에는 '한 번 더 생각해 봅시다' 팻말이라도 붙어 있지만 영도다리에는 그조차도 없었다. 팔다리가 없어 태종대 자살바위까지 올라갈 수 없는 사람이 영도다리에서 몸을 던지곤 한다지만, 사지가 붙어 있어도 정신이 오락가락하여 허공에 대고 혼잣말을 중얼거리는 사람은 굳이 태종대까지 가지 않았다. 휴전이 되었어도 사람들에게 전쟁은 끝나지 않고 있었다. 백년이 흘러 삼대가 이어진다고 해서 한 번 일어난 전쟁은 끝나지 않을 것 같았다.

누나 시신은 염도 못하고 당감동 화장장으로 가야만 했다. 누나 유골을 받아든 사람은 매형이 아니라 형제였다. 매형은 누나가 어린 자식을 두고 왜 죽었는지 말해주지 않았다. 형제도 묻지 않았다. 그동안도 누나는 뭉게구름이 머리에 흘러 아프다는 말을 계속 해왔었다. 뭉게구름 때문에 머리가 아픈 것인지 머리가 아파서 뭉게구름이 흘러내리는 것인지는 알 수 없었다.

시댁사람들은 어거찌기 며느리를 잘못 들였다는 소문이 날까봐서 아무도 나타나지 않았다. 형제는 누나 유골을 사리

물때를 택해 부산 연안부두 여수뱃머리에서 뿌렸다. 일곱 식구가 부산을 출발하여 여수 안도까지 갔던 뱃길 따라 엄마 아버지에게 가길 바라면서 유골을 뿌렸다. 식구가 전장을 피해 피난 왔던 부산에 오롯이 형제만 남게 되었다.

4장 드엉

1

이야포 바다는 사십 년 세월 동안 형제가 찾아올 때까지 기다리고 있었다. 아니, 억겁의 세월을 기다려 왔다. 억겁의 세월은 한 사람이 태어날 때를 위해 기다려온 것이라, 한 사람이 죽는다는 것은 억겁의 세월도 잃어버리는 것이고, 한 사람의 목숨을 **빼앗는**다는 것은 그 사람에게 억겁의 세월도 **빼앗는** 것이었다. 그래서 원통하게 죽은 사람 혼은 억겁의 세상을 떠나지 못하고 구천에서 헤매는 것이었다. 구천에서 떠도는 혼을 달래는 것이 위령이고, 구천지하에서 편하게 쉬게 하는 것이 장례이며 묘소였다. 그래서 원통하고 부당하게 죽임을 당한 이의 장례는 더 엄숙해야 하고 묘소는 햇볕이 바른 곳이어야 했다. 그러나 원통한 죽음은 꽃수레를 타지도 못하고 구천지하에서 자리 잡지도 못하고 있었다.

나라를 위한 고귀한 희생이었다고 기릴 만한 죽음이 모셔지는 곳이 현충원인 것처럼, 성스러운 조상묘지에 한 사람의 죽음이 모셔지는 것도 마찬가지였다. 무엇 때문에 무엇을 기리는 것인지는 후대가 정하는 것이고 그 표시로 비석이나 조형물을 세우는 것이지만, 적에게 포로가 되어 부당하게 죽은 이가 현충원에 묻히지 못하듯 원통한 죽음도 조상묘지에 묻히지 못하고 있었다. 흐른 세월이 강산을 변하게 하니 죽음의 선별도 변해야 했다. 그러나 사십 년 세월이 흘러오는 동안 원통하고 부당한 희생은 드러내는 것조차 죄가 되었다. 마을사람들이 이야포 바다에 떠오른 피난민들 시신을 서고지산에 묻은 것도 동티날 짓이었다.

형제와 유상태는 서고지산 공동묘지를 향해 이야포 몽돌밭을 걸었다. 은빛 비늘을 튕겨내고 있는 이야포 수면에 떠 있는 흰 부표는 부풀어 떠오른 흰 옷 입은 시신들처럼 보였다. 몽돌밭을 뱀 혓바닥처럼 날름날름 기어오르다 귀신소리를 내며 몽돌들 사이로 빠져나가는 잔파도 소리도 그때와 다를 바 없었다. 몽돌밭에서 멸치를 쪄삶던 가마솥 자리에 텐트를 친 피서객들만 한여름 이야포를 즐기고 있었다.

몽돌밭을 왜틀비틀 걸어가던 홍춘복은 가쁜 숨을 진정시키려고 걸음을 멈추었다. 숨을 크게 들이마시고 머리 위를 올려다봤다. 하늘은 푸르고 맑았다. 홍춘복은 조지 오웰이 쓴 에세이 '영국, 당신의 영국'에서 빨간 밑줄을 그었던 글을 하늘에 대고 그대로 베껴 써 보았다.

인간들이 내 머리 위를 날아다니며 나를 죽이려 하고 있다. 그들이나 나나 상대방에게 개인적 적대감은 없다. 그들은 흔히 말하듯이 단지 '자기 본분을 다하고 있을' 뿐이다. 그들은 대부분 상냥하고 법을 준수하는 사람들로 사생활에서는 감히 사람을 죽인다는 것은 꿈도 꾸지 못할 것이라는 데 의문의 여지가 없다. 하지만 그들 가운데 어떤 이가 정확히 겨눈 폭탄으로 나를 산산조각 내는 데 성공하더라도 그것 때문에 잠을 설치지는 않을 것이다. 그는 조국에 봉사하고 있을 뿐이며, 그러한 봉사의 권능은 그의 악행을 사면한다.

몽돌밭을 앞서 걷는 유상태가 뒤돌아 홍춘복을 바라보았다. 모자 창이 긴 군모를 쓰고 있어도 땡볕 때문에 모자 창에 손까지 얹은 유상태는 눈을 찡그리며 소리쳤다.

"춘복아, 뭐드고 서 있냐. 좀 있으면 더 뜨거워진당께."

유상태는 어젯밤에 아무 일도 없었다는 듯 홍춘복을 불렀다. 수류탄 던지듯 술병을 던지고 깨진 술병 조각 위를 포복으로 기어가더니 총알이 나가지 않는다는 헛소리까지 했던 사람이었다. 그래놓고 툇마루에서 쪼그려 앉아 모친과 형제가 나누던 긴 이야기를 들으면서도 꿈쩍없이 앉아 있었다. 사람을 혼뜨게 만든 것을 잊어버린 것 같았다. 형 홍춘송도 간밤 일을 망각해버렸는지 유상태에게 농담을 던졌다.

"와 군대 모자를 아직도 씁니꺼? 차라리 새마을모자가 어울리겠구만."

"그믄 행님, 이 모자보다 새마을모자가 낫단 말이오? 이 모자가 더 비싼거요."

형과 유상태는 하룻밤 같은 방에서 잠을 잤다고 웃음 섞인 표정으로 농담을 주고받았다. 둘은 서고지산을 향해 나란히 몽돌밭을 앞서 걸어갔다. 동생 홍춘복도 뒤따라 걸었다. 까르르 웃음소리가 들려왔다. 아이들이 튜브를 몸에 끼우고 물장구를 치고 있었다. 맑고 경쾌한 아이들 웃음소리는 파도소리와 함께 이야포 수면으로 번져 나가고 있었다. 형과 유상태도 서로 등을 치며 웃음소리를 내고 있었다. 웃음소리는 서고지산을 향하고 있었다.

홍춘복 걸음은 더 더디어지고 있었다. 마을사람들이 바다에 떠오르는 시신들을 수습해서 산에 묻었다고 하지만, 그중에 아버지와 여동생이 있다는 보장은 없었다. 엄마와 막내 시신도 땅에 묻히지 못하고 피난화물선에 던져져 불길과 함께 하늘로 훨훨 날아갔다. 형이 부산 영도다리 밑 할머니점쟁이에게 봤다는 점도 엉터리였다. 이제 죽어간 사람들 흔적을 찾아서 무얼 위로하고 위안받아야 하는 것인지 회의가 들고 있었다. 그래서 만주아저씨는 굳이 아픈 지난날을 들추지 말고 잊고 사는 것이 상수라고 했다.

만주아저씨를 미국 워싱턴에서 만났었다. 미국 대통령이 조지 부시 때였고 이라크가 쿠웨이트를 침략하자 이를 저지하려 미국이 동맹국을 동원하여 이라크 침공을 한 후였다. 미국에서 식료품 가게를 크게 차리고 자리 잡은 만주아저씨는 홍춘복이 백악관에 탄원서를 넣고 미국 국립기록보관소 나라(NARA)를 찾아가는 데 길 안내를 해 주었다.

만주아저씨는 이제 와서 피난화물선에 기관포를 퍼부었던 전폭기 F-80 슈팅스타가 일본 오키나와 기지에서 발진했던 것을 밝혀낸들 죽은 사람이 살아 돌아오지 않을 것이며, 조종사를 처벌해달라는 탄원서를 백악관에 낸다한들 조종사 잘못도 아니라며, 잊고 사는 것이 상수 중의 상수라고 말했다. 들추고 떠들어서 남들에게 잠시 충격과 부끄러움을 주고, 그래서 떨어지는 낙엽 한 장만도 못한 연민을 동냥받을 수 있겠지만, 그래봤자 자신은 중독된 슬픔에 빠져 헤어나오지 못한다는 것이었다. 비극적 운명을 극복하고 생을 복되게 완성해 가는 것은 타인의 값싼 연민이 아니라 자신의 의지라며 홍춘복을 위로했다. 언제부터 만주아저씨가 운명론을 신조로 삼았는지 모를 일이었다.

만주아저씨는 또 사람들에게는 망각이라는 넓고 깊은 바다가 있는데, 거기에 조약돌을 던져 물수제비를 뜬들 결국 흔적 없이 가라앉아 버린다는 것이었다. 망각! 까뮈는 산 사람을 위해 망각이 존재한다고 했다. 그건 적어도 홍춘복에게는 틀린 말이었다. 목숨이 붙어 있는 동안 결코 잊어버릴 수 없는 것이 살아서 숨 쉬는 자신이었다. 살아있다는 것은 세상과 사람들 무리에 있을 때나 혼자 있을 때나 매 순간마다 느끼는 것이었다. 느낌은 시간에 따라 시시각각 온도 차이만 있을 뿐, 남에 의해 결정된 운명까지 자신의 의지로 극복해 낼 수 있는 것은 아니었다. 만주아저씨는 변질되는 오감으로만 홍춘복의 억울한 운명을 위로하고 있었다. 그건 마치 자라나는 수염을 면도기로 말끔히 깎아 본래 수염이 없는 것처럼 착각하라는 것에 지나지 않았다.

홍춘복은 세상을 살아오면서 단 한 번도 자기를 착각할 수 없었다. 그건 자신을 온전히 잊어버리지 않는 이상 불가능한 일이었다. 세월이 흐른다고 자신이 망각되는 것이 아니라 각성만 되어 갔다. 살아 있는 한 망각될 수도 없고 망각되어서는 안 되는 것도 있었다. 그게 남에 의해 결정된 운명의 순간이었다.

순간은 평생과 영혼까지 지배했다. 전쟁고아가 시간이 흘러 학교 선생이 되고 결혼하여 처자식이 있는 가장이 되었다고 망각되거나 근본적으로 바뀌지도 않았다. 살아가는 모습이 달라진 것뿐이었다. 자신의 의지와 반대되는 전쟁고아 운명을 의지로서써 사랑하라는 만주아저씨의 아모르파티는 같은 장소에서 같은 사건을 겪었지만, 무엇이 바뀌었고 바뀌지 않았는가에 따라 생각 차이를 갈라놓고 있었다.

미국 백악관에서는 홍춘복이 넣은 탄원서에 대해 아무런 답장이 없었다. 형제는 미국으로 다시 날아갔다. 이번에는 포항지구폭격 민간인 희생자 유족과 함께 미국 워싱턴광장으로 갔다. 미국 워싱턴은 충북 영동 노근리 학살사건이 AP통신을 통해서 세상에 알려지자 곤혹스런 처지에 놓여 있던 중이었다. 게다가 이라크를 침공하면서 결혼식에 가려고 동네에 모여 있는 이라크 민간인들을 향해 아파치 헬기가 기관포를 발사하고, 숨진 아기를 차에 태우고 병원에 가려는 차량까지 기관포를 퍼붓는 장면이 위키리크스에 폭로되어 비난을 받고 있었다. 그래도 워싱턴은 조금도 흔들리지 않았다.

형제가 만주아저씨에게 연락을 하고 미국으로 갔으나 아

저씨는 워싱턴광장에 나타나지 않았다. 전화조차 받지 않았다. 백악관도 항의서조차 받지 않았다. 한인유학생들이 조직한 워싱턴광장 항의집회에서 꽹과리와 북을 쳐대어도 아무 반응도 보이지 않았다. 겨우 워싱턴 한국영사관에서 나왔다는 직원이 링컨기념관을 구경시켜 주는 것으로 끝나고 말았다.

링컨기념관에는 흑인 인권운동가 마틴 루터 킹 기념공원도 있고 베트남에서 전투 중 숨진 미군 오만 팔천여 명의 이름이 새겨져 있는 베트남참전용사기념비도 있었다. 그러나 베트남에 파병갔다 온 미군들 중 육만 명의 자살자 명단은 새겨져 있지 않았다.

반대편에는 한국전쟁참전용사 기념공원도 있었다. 한국전쟁참전용사 기념공원 대리석 바닥 글귀에는 '알지도 못하는 나라, 만난 적이 없는 사람들을 지키려는 요청에 응한 미국의 아들과 딸들을 위해'라는 글귀가 동판에 새겨져 있었다. 거기에도 '미국의 데모크라시와 번영을 위해 희생된 한국인을 위해'라는 글자는 없었다. 그리고 형제가 미국 항의집회에 다녀온 후 만주아저씨와는 연락이 완전히 끊어지고 말았다.

홍춘송과 나란히 몽돌밭을 걸어가던 유상태가 서고지산

초입에서 물었다.

"그믄 행님, 군대는 갔다 왔소?"

"못 갔지예."

남자들끼리 서로를 이을 수 있는 소재거리가 군대이야기
이긴 하지만, 형제가 한국군대에 대해서는 아는 것이 없었
다. 누구에게는 은연중 드러내고 싶은 자랑거리도 되겠지만
또 누구에게는 상처이기도 했다. 화랑무공훈장까지 받은 사
람과 전쟁고아라서 군대조차 갈 수 없었던 두 사람이 씨줄과
날줄로 교차되는 지점에서 홍춘송은 결국 하야리아 미군부
대에서 해고되고 말았다.

박정희 정권이 한국군 월남파병을 케네디 미국 대통령에
게 은연중에 제안하고 있던 시기였다. 그리곤 박정희 대통
령은 주한미군부대에 근무하는 한국인 인력 중에 군대 갔다
오지 않는 인력은 미군부대에서 내보내도록 주한미군사령
부에 요청을 했다. 결국 하야리아 부대에서 십 년 넘게 일하
고 있던 홍춘송은 어떠한 변명이나 항의도 못하고 나와야 했
다. 박정희 대통령이 미국에 한국인의 결기를 보여주기 위함
인지는 모르나 군 출신다운 정책이었고, 전쟁으로 폐허가 된
한국을 부흥시켜 줄 베트남전쟁이었다.

"그믄 결혼은 어떻게 했소?"

"같은 피난민하고 했지예."

뒤따라 몽돌밭을 걷는 홍춘복은 유상태가 말할 때 습관적
으로 쓰는 사투리 '그믄'이라는 말이 '그러면'이라는 접속사
인지 아니면 대화 소재를 전환할 때 쓰는 것인지 알 수 없었
다. 군대와 결혼이 왜 연결되는지 모르나 통상 한국에서 결
혼할 때 여자 집에서 남자에게 물어보는 첫 말이 군대는 갔
다왔냐는 것이니 이해는 되었다. 유상태는 형제에게 '그믄'
이라고 대화를 엮어가면서 서고지산에 있다는 공동묘지로
안내했다. 홍춘복은 유상태를 뒤따르면서 그믄 왜 마을사람
들이 피난민들 시신을 수습해서 묻었는지 묻고 싶었다.

서고지마을로 넘어가는 오솔길은 그대로 남아 있었다. 살
아남았던 피난민들을 소리도로 이동시킬 때 서고지 선착장
으로 넘어갔던 길이었다.

"춘복아, 요쪽으로 와야 혀."

오솔길 위에서 유상태 목소리가 들렸다. 형과 유상태는 오
솔길이 아닌 서고지산 위로 올라가고 있었다. 낮은 산에 키
작고 볼품 없었던 소나무들이 제법 우거지고 풀숲도 무성했
다. 홍춘복이 뒤따라 올라가다 보니 길섶에 돌무덤 두 봉이
있었다. 이장 안 된 돌무덤이면 유족이 없거나 있어도 찾아
오지 않는 무덤이었다. 그런데도 돌무덤은 훼손되지 않게 철
망으로 감싸 놨고 '옛 어른 무덤'이라고 써진 나무비석까지
꽂혀 있었다. 1950년 8월 당시에는 없었던 돌무덤이었다. 서

고지산에서 일주일 동안 먹을 것을 찾아 산 구석구석을 더듬었을 때 못 봤던 돌무덤이었다.

안도에는 풍장(風葬)이라는 매장 풍습이 있었다. 짚으로 시신을 덮고 돌로 무덤을 만들어 나중에 탈골된 유골을 조상묘지로 이장하는 방식이었다. 나무가 부족했던 탓도 있으나 살에 묻어 있는 세속적 불순함이 제거된 뼈를 조상묘역에 안치하는 이중 장례 풍습이었다. 후손들은 이장하면서 죽은 자를 생각하고 기리는 표식을 하는데 그게 비석이었다. 그렇다고 살이 탈골된 뼈 모두가 조상묘지로 이장되어 비석을 세우는 것은 아니었다. 마을에서 인정받지 못한 불온한 죽음은 탈골이 되어도 신성한 조상묘역으로 이장될 수 없었다. 불순한 뼈는 후손이 있다 하더라도 이장되지 못하고 비바람에 실려 흔적 없이 사라져야 했다. 그런데 이장되지 않은 돌무덤이 무너지지 않도록 철망을 덮어놓고 나무비석은 왜 꽂아 놓았는지 알 수 없었다.

"춘복아, 뭐드고 있냐!"

저만치 올라서 있는 유상태가 다시 불렀다. 홍춘복이 가쁜 숨을 몰아쉬면서 서고지산 중턱에 오르니 너른 터 앞에 형과 유상태가 서 있었다. 이장해간 파묘 자리였다. 개별매장을 했어도 족히 열 명은 넘게 묻을 수 있는 공간이었다. 마을사람들이 물에 떠오른 피난민 시신을 수습하여 서고지산에 파묻기 위해서는 한 사람 의지로만 될 일이 아니고 마을사람들 뜻이 모아져야 가능한 일이었다. 피난화물선이 이야포에 들어오기 이태 전, 진압군 김종원 대위에 의해 무더기로 죽은 마을사람들 돌무덤조차 조상묘지로 이장을 하지 못하고 있던 안도 사람들이었다.

홍춘복이 옛 기억을 더듬어 바닷가 쪽 숲을 살피니 아이 키 정도 높이의 돌비석이 세워져 있었다. 하얀 대리석을 사람이 서 있는 형세로 깎아 만든 비석이었다. 비석은 사람 손길이 닿지 않았는지 이끼가 붙어 누런색을 두르고 있었다. 홍춘복이 비석에 뭐라도 써져 있나 살펴보니 아무런 글자도 새겨지지 않는 백비였다.

"형, 여기 그 자리 아녀?"

"우리가 자던 자리?"

"아니, 거기는 저 밑이고 죽은 사람들 여기에다 묻었잖어."

형 홍춘송도 기억이 나는지 고개를 끄덕였다. 이야포 마을 사람들이 물에 떠오른 시신들을 수습해서 묻은 자리와, 피난민들이 서고지산에서 숨을 거둔 시신을 묻은 장소는 같은 능선에서 서로 마주보고 있었다. 그래도 서고지산에서 뼈라도 남기고 떠난 사람들이었다. 그러나 뼈마저도 남기지 못하고 피난화물선과 함께 재가 되어 바다에 가라앉은 백 오십여 명

죽음들도 있었다.

"거기는 외지사람들이 찾아와서 몰래 이장해 갔다드만."

"그럼 저 자리는?"

"저기는 누가 쥐도 새도 모르게 파 갔다고 하드만."

유상태가 들은 말이 그대로 사실이라면 하나는 알 수 있고 하나는 알 수 없었다. 서고지산에서 숨진 피난민 시신을 유족들이 묻은 유골은 누가 파 갔는지 알지 못하고 이야포 마을사람들이 수습해서 묻은 시신을 몰래 파묘해 간 사람들은 외지인이라는 것이었다.

마을사람들이 유골을 이장한 것은 아니니 누군가는 왔었다. 해마다 여름이면 낯선 외지인이 찾아와서 제사도 지내고 갔다고 하니 이장도 해 갔을 것이다. 형제는 유상태가 내려가자고 할 때까지 비석처럼 서 있었다. 부모형제를 누가 데려갔는지 물어볼 곳도 따질 곳도 없이 세월은 흘러왔고 또 흘러가고 있었다. 이야포에서 피냄새가 버물려진 바람이 서고지산으로 불어오고 있었다.

2

또 세월은 무참히 흘러왔다. 이야포에서 불어오는 바람과 파도를 막던 둔덕은 시멘트벽으로 바뀌었다. 솔밭은 인조잔디가 깔리고 평화공원 플라스틱 조형팻말이 크게 세워졌다. 단상과 넓은 무대도 추도식을 위해 설치되었다. 잔디밭에 놓인 의자에는 안도 각 마을사람들이 앉아 이야포 미군폭격기 학살사건 추도식을 기다리고 있었다. 동네강아지 몇 마리들도 추도식을 구경하러 왔으나 엉덩이를 붙이지 못하고 의자 사이를 돌아다니고 있었다. 안도대교 건너 금오도 주민들까지 추도식에 참석하여 여수시에서 준비한 의자가 부족했다. 텔레비전 방송국 기자는 인파라고 카메라 앞에서 말하고 있었다. 이야포 바다 위에는 어디서 몰려왔는지 멸치잡이 어선들이 뱃머리를 평화공원을 향해 정박하고 불빛을 환하게 켜놓고 있었다.

평화공원 돌탑 옆에는 피난화물선 기관이 전시되어 있었다. 해녀들이 물속에서 쇳덩어리를 봤다는 지점을 여수해양인명구조단이 이야포 바다 속을 수차례 뒤지고 뒤져 건져올린 것이다. 피난화물선에 기관이 얹혀 있던 나무조각도 함께 붙어 있었다. 기관은 새까맣게 불에 그슬려 있어 그날의 불길을 그대로 보여주고 있었다. 기관 옆으로는 독일 미술가 케테 콜비츠의 판화 두 점이 동판에 새겨져 있었다. 죽은 아이를 부둥켜안고 울부짖는 어머니와 겁에 질린 자식 셋을 어머니가 껴안고 있는 판화였다.

추도식에는 국무총리가 참석했고 군악대가 왔으며 국방부 장관과 경찰청 그리고 주한미군 장군까지 참석했다. 안도에서 마을이 생기고 나서 국무총리가 참석한 행사를 치르는 것은 처음이었다. 정부에서 공식적으로 행사를 주관하는 첫 추도식은 생존자 홍춘송 노인이 백발이 되고 나서야 이루어지게 되었다. 팔십 중순 홍춘송 노인은 단상 의자에 앉아 눈물을 흘리고 있었다. 칠십 년 세월이 지나고 나서야 나쁜 죽음이 원통한 죽음으로 바뀌고 있었다. 비로소 백 오십여 피난민 죽음은 양지를 찾아 안식을 취할 수 있게 되었다.

단상 의자에 함께 앉아 있는 생존자 명자할머니가 홍춘송 노인 손을 감싸 잡았다. 형제조차 없이 고아가 되어 안도에 남아야 했던 명자였다. 홍춘송 노인은 명자할머니에게 살아서 여기까지 오느라 고생 많았다고 나직이 말했다. 명자할머니는 손수건을 꺼내 홍춘송 노인 뺨에 흘러내리는 눈물을 닦아주고 나서 자신의 눈물도 닦았다.

해가 서고지산 너머로 넘어가고 이야포 평화공원에 땅거미가 내려앉기 시작하자 조명도 하나둘씩 켜지면서 추도식 무대를 밝혔다. 흰 천으로 덮어 놓았던 피아노 뚜껑이 열렸다. 피아노 앞에 앉은 소녀가 가느다란 손가락을 건반 위에 올려놓았다. 소녀의 손가락이 검은 건반과 흰 건반을 동시에 타기 시작했다. 얌전하게 움직이던 손가락이 건반 위를 달음

질치다가 다시 얌전히 움직이길 반복했다. 쇼팽의 녹턴 20번이었다. 영화 〈피아니스트〉에서 폭격으로 폐허가 된 건물 속에 숨어 있던 유태인이 독일군 장교가 지켜보는 가운데 쳤던 곡이었다. 소녀의 피아노 연주를 듣고 단상에 있는 사람들 중 누가 이야포 비릿한 냄새를 맡을 수 있고 몽돌들의 아우성을 들을 수 있는지 의문이었다.

이번에는 피아노 곁에서 첼로를 잡고 앉아 있던 남학생이 활을 긋기 시작했다. 생존자 홍춘송 노인은 그때서야 고개를 들어 첼로를 켜는 남학생을 바라보았다. 피난화물선을 타고 안도 이야포에 들어왔을 때 자신의 나이가 남학생 나이 때였다.

첼로 연주까지 끝나고 추도식에 참석한 사람들이 다 같이 일어나 고개 숙여 묵념을 했다. 군악대가 조곡을 연주하기 시작했다. 군악대 조곡이 연주되는 가운데 충북 영동 노근리 민간인 학살 유족회와 단양 곡계굴 학살 유족회, 포항지구 미 공군폭격 희생자유족 대표들과 학생들 그리고 두룩여 조기잡이 배에서 살아남은 금오도 노인이 평화돌탑에 국화송이를 꽂는 헌화가 이어졌다.

그러나 돌탑을 쌓은 유상태는 추도식에 참석할 수 없었다. 평화공원이 된 자신의 놀이터에서 돌탑 쌓기를 몇 년간을 반복하여 안도 어촌계에서 노망난 노인이라고 따돌림까지 받앗었다. 돌탑을 쌓으면 바람이 무너뜨리고 때론 누군가에 의해 부서졌다. 홍춘송 노인은 유상태 노인이 돌탑을 쌓으면서 굴러 떨어지는 것도 봤던 터라 만류해도 소용없었다.

홍춘송 노인이 여름에 안도에 와서 자고 있을 때였다. 천둥소리에 유상태 노인이 벌떡 일어났다. 술병을 던지지는 않았고 총알이 나가지 않는다는 헛소리도 하지 않았으나, 방에서 엉금엉금 기어나가 슬리퍼를 신었다. 한밤중에 비가 쏟아지는데 돌탑 쌓겠다고 나가는 유상태 노인을 붙잡고 늘어져도 소용없었다.

"와 이라노, 니 이러니 마을에서 노망났다고 안 하나."

홍춘송 노인이 안도에 오자 선착장까지 나와 건강은 어떠냐고 묻던 유상태 노인이었다. 두멍안을 걸어가면서 마을사람들을 만나면 다감하게 인사도 주고받아 감사납던 성질은 완전히 사들사들해져 있었다. 혼자 지내다 보니 유일한 말벗인 홍춘송 노인이 안도에 올 때에는 미리 방 청소까지 해놓고 있을 정도였다. 그러던 유상태 노인이 비만 오면 병이 도지는 것이었다.

"행님, 그 날도 노랑비가 왔당께요."

"뭔 비가 노랗노."

베트남전쟁 당시 미군은 밀림 때문에 폭격을 제대로 할 수 없자 비행기로 고엽제를 비 뿌리듯 퍼부었다. 한국군은 스콜

처럼 시원하다고 일부러 웃통을 벗고 노란색 고엽제를 맞기
도 했다. 고엽제가 뿌려진 지역에 나무들이 고사하게 되면
미군기들이 폭격을 하고 그 다음에 한국군이 들어가서 정밀
수색을 했다.

"행님, 나가 식구들 안 쥑이당께요."

"누가 니 보고 그랬다고 하드나."

"나는 분명히 총알이 안 나가당께요. 근디 그 집 식구들이
총 맞아 죽어 있드란 말이오."

유상태 노인은 대문을 나서면서 횡설수설거렸다. 친구 홍
춘복이 죽고 나서 증상은 더 심해져 갔다. 정말 치매라도 걸
린 것이 아닌가 싶을 정도로 돌탑 쌓는 것에 집착했다. 비를
맞으며 자신의 놀이터로 걸어가는 노인 유상태를 혼자 내보
낼 수 없어 홍춘송 노인이 우산을 들고 따라가면서 달랬다.

"옛날 일이고 니 잘못도 아닌기야. 잊고 살아야 하지 않겄
나."

그래도 유상태 노인은 쏟아지는 비를 맞으며 이야포 몽돌
밭으로 내려가서는 몽돌을 가슴에 안고 기다시피 솔밭 돌탑
으로 올라오기를 반복했다. 돌탑은 양팔로 서너 번을 감아야
할 정도로 넓고 소나무 가지에 닿을 정도로 높아 있었다.

"베트콩이 농사 짓는디 나가 농사꾼인지 베트콩인지 어찌
아끄요."

"그래 안다. 니 때문에 그 집 식구가 죽은 거 아니니 그만해라."

홍춘송 노인이 달래도 소용없었다. 도무지 말릴 수 없이 집착에 광기마저 달라붙어 있었다. 유상태 노인은 사다리를 밟고 돌탑에 올라서서 소리쳤다.

"나는 분명히 수류탄만 던졌당께요!!"

베트남 식구가 비행기 기관포에 맞아 죽었든 총에 맞아 죽었든 수류탄을 던졌다면 그 시신들이 온전할 리 없고 베트남 가족시신을 확인한 유상태 역시 온전할 수 없었다. 그때 시신 확인을 하지 않았다면 수십 년 세월이 흐른 지금에 와서 돌탑도 쌓지 않았을 것이다.

유상태 노인은 베트남전쟁이 끝난 지 오십 년이 가까워지고 있는데도 베트남전선에 있었다. 베트남이 어디에 있는 나라인지도 모른 채 한국의 아들로서 참전했고, 베트콩과 유상태는 아무런 사적 감정이 없었다. 다만 자신의 조국 대한민국을 위해 자기 임무에 충실했을 뿐이었다. 한국전쟁이 끝난 지 칠십 년 세월이 지났어도 여전히 1950년 8월 3일 이야포에 머물러 있는 홍춘송 노인도 마찬가지라서 돌탑 위에 서 있는 유상태 노인에게 소리쳤다.

"그란데 와 돌을 쌓노!"

유상태 노인은 비를 맞으며 새처럼 날아가려는 듯이 허공에 팔을 흔들어대면서 대답했다.

"월남 가서 본께로 거기도 드엉에서 떠도는 혼들 보고 들어와 쉬라고 돌을 쌓씁디다."

유상태 노인은 초혼을 불러들이고 있었다. 베트남 식구 초혼을 불러들이는지 아니면 홍춘송 일가 혼을 불러들이지는 알 수 없었다. 비는 쏟아져 내리고 미끄러운 몽돌탑을 밟고서서 팔을 흔들어대는 유상태 노인은 위태롭기 그지없었다.

유상태 노인의 기행이 알려진 것은 농어촌개발사업 타당성 조사를 왔던 해양수산부 직원에 의해서였다. 직원은 관광지로 개발될 이야포 솔밭에 돌탑이 세워져 있는 것을 보고 지역 언론에서 봤던 기사를 찾았던 것이다. 기사 제목은 '이야포의 비극'이었으나 사람들은 가십거리로 스쳐 읽고 말았다. 그래도 유상태 노인은 돌탑 쌓기를 계속했다. 그렇게 광기를 부렸던 유상태 노인은 결국 사고가 나고 말았다.

홍춘송 노인이 여수 병원으로 달려 왔을 때 유상태 노인은 온몸에 붕대를 칭칭 감고 콧구멍에 호스가 끼여 있었다. 서고지산에서 비석을 메고 내려오다 굴러 떨어졌다는 것이다.

"뭔 비석 말이고?"

"서고지산 공동묘지에 있는 비석이요."

"그걸 와 가져 올라했나?"

"아버지가 돌탑 앞에 갖다 놓는다고 그랬답디다."

안도식당 유삼영은 담담하게 대답했다. 아버지 유상태 노인이 돌탑을 쌓고 나서는 서고지산에 올라가 백비에 숫자를 파기 시작했다는 것이다. 백비에 숫자를 새기려고 망치로 정을 때려 쩡쩡거리는 소리 때문에 마을에서는 유상태 노인 정신이 완전히 나가버린 것으로 알고 있었다. 마을 어촌계에서 딸 유삼영에게 아버지를 치매치료병원에 데려가라고 재촉했다. 그러나 유삼영이 아버지에게 가보면 덧셈 뺄셈도 두 자리 수까지 정확히 할 줄 알더라는 것이다. 더구나 비석에 숫자를 새긴 다음에는 한문으로 글자도 팠다는 것이다.

홍춘송 노인은 안도식당 유삼영 말을 듣고 미동도 못하는 유상태 노인 손을 잡았다. 자신의 손을 잡고 있는 사람이 홍춘송 노인이라는 것을 안 유상태 노인이 입을 딸싹거렸다.

"행님, 백비를 못 가져 왔당께라."

서고지산에서 유상태 노인과 함께 나뒹굴었던 백비는 딸 유삼영이 이야포 돌탑 앞에 세워놓았다. 백비에 '1950년 8월 3일 백조일손지묘(百祖一孫之墓)' 글자가 파여 있지 않았다면 한낱 동티나는 돌덩어리에 지나지 않았을 것이고, 누군가 마을을 지키기 위해 바닷물에 던져버렸을 것이었다.

추도식 헌화가 끝나자 평화돌탑 꼭대기에 솟대를 세우고 나무 밥주걱을 넣은 무쇠 솥을 얹는 상량식이 있었다. 원통한 죽음을 당한 원혼들을 위로하고 평화를 담는 의미였다. 평화돌탑 뒤 솔밭에는 베트남 피에타 조형이 추도식을 함께 하고 있었다. 엄마가 아기를 껴안고 뺨을 어루만지는 베트남 피에타 조형에는 한국 국기와 베트남 국기가 나란히 있고 조형 제목을 '엄마와 아기'라고 새겨 놓았다. 누가 베트남 피에타 조형을 제작하여 갖다 놓은 것인지 유상태 딸 유삼영도 모른다고 말했다.

평화돌탑 상량식과 평화공원 제막식이 끝나고 나서야 국무총리가 추도사를 할 수 있었다. 국무총리는 과거사를 위로하고 평화를 위해 나가자고 했고, 경찰청 사람은 전쟁 중에 빚어진 안타까운 사건이라고 했으며, 다른 기관장들도 지난날의 아픔을 딛고 앞으로 나가자고 말했다. 추도사를 하는 사람들은 과거와 너무 쉽게 헤어지려고만 하고 있었다. 주한미군에서 나온 장성은 과거 한국전쟁에서 대한민국 자유수호를 위하다 빚어진 불행한 사건에 대해 사과한다고 사회자가 통역을 했으나 홍춘송 노인은 통역이 틀렸음을 알아차릴 수 있었다. 미군장성은 사과(apology)로 말하지 않았다. 유감(regret)이라고 말했다. 충북 영동 노근리 학살이 세계에 알려져 미국이 부득불 사과를 표명해야 할 때에도 클린턴 대통령은 유감이라고 말했다.

학생대표는 학살진상을 밝혀 억울하고 불명예스럽게 죽

은 사람들을 추모하고 명예를 회복시키고자 하는 것은 살아남은 사람과 앞으로 살아갈 이 땅의 사람들의 존엄을 지키는 일이기도 하다며 추도사를 읽어 나갔다. 나쁜 죽음으로 세월을 보냈던 원통한 죽음은 추도식 의례를 통과하면서 부당한 죽음으로 바뀌고 있었다. 부당한 죽음은 학생의 추도사에 의해 비로소 비극적 드라마에서 벗어나고 있었다. 생존자 홍춘송 노인이 한평생을 기다리고 소망했던 것이 이루어지고 있었다.

생존자 홍춘송 노인은 꿈을 꾸고 있는 것 같았다. 교회 성가대가 부르는 마태 수난곡 중 '주여 우리를 불쌍히 여기소서'가 꿈결처럼 들려오고 있었다. 누가 무엇을 위해 신성한 제물을 바치려 비극적 드라마를 만든 것인지는 여전히 알 수 없었다.

소녀가 마지막 생존자 홍춘송 노인 어깨를 흔들었다.
"할아버지, 엄마가 정자에서 졸지 말고 집으로 오시래요."
홍춘송 노인은 칙칙한 눈을 뜨려고 끔뻑거렸다. 간신히 눈을 뜨고 소녀를 바라보며 설핏한 웃음을 지었다. 망자가 된 유상태 손녀였다.
"그래…할아버지가 꿈을 꾸고 있었나 보다."
홍춘송 노인은 고개를 돌려 이야포를 내려다봤다. 시멘트

벽이 가리고 있어 몽돌밭이 보이지 않았다. 초겨울 비바람 때문에 무너질 듯 위태로운 돌탑과 이끼 낀 비석밖에 보이지 않았다. 마지막 생존자 홍춘송 노인이 정자에서 일어나야 벽 넘어 무덤 없는 엄마 아버지 산소를 볼 수 있을 것인데, 다리에 힘이 없어 일어설 수 없었다. 늙고 늙어버린 몸뚱이는 꿈이나마 계속 꾸고 싶었다.

"니 그 노래 아나."

홍춘송 노인이 소녀에게 물었다. 소녀는 호기심어린 눈빛으로 대답했다.

"어떤 노래요?"

"할아버지가 한번 불러 보꾸마."

홍춘송 노인이 입을 달싹거렸다. 한평생 가슴 속으로 불렀고 이야포에서 꼭 불러보고 싶었던 노래를 이제야 소녀 앞에서 부르게 되었다.

"옴마야 누나야 강변 살자 뜰에는 반짝이는 금은 모래 삐잇…."

홍춘송 노인은 마른기침이 나와 더 이상 노래를 잇지 못했다. 소녀가 노래를 이어 불렀다.

"뒷문 밖에는 갈잎에 노래 엄마야 누나야 강변 살자."

홍춘석 노인의 눈에는 고향 용천 은모래 빛이 줄기를 이루어 뺨에서 흘러내리고 있었다.

"니…우에 그 노래를 아노."

"처음 피아노 배울 때 치는 노래에요."

"글쿠나… 그래."

홍춘송 노인은 소녀의 답을 듣고 고개를 연신 끄덕였다. 지금까지 인생을 살아오면서 항상 고개를 도리질만 했지 끄덕여 본 것은 처음이었다. 소녀는 노래를 계속 불렀고 가을 쪽빛 하늘처럼 푸른 소녀 목소리가 돌탑을 휘감아 돌더니 시멘트벽을 넘어 이야포 몽돌밭으로 퍼져 나갔다. 홍춘송 노인도 소녀의 노래를 따라서 같이 불렀다. 소녀와 노인의 이중창 노랫소리를 들으러 잔파도가 몽돌밭으로 기어오르다 어쩔 수 없이 빠져나가면서 몽돌들에게 박수를 치도록 만들었다. 몽돌들은 서로의 몸을 부딪쳐 쫘르르 박수를 쳤다. 파도는 노래를 태우고 이야포 바다로 나가 퍼뜨리고 있었다. 파도에 실려 온 노래를 수면에서 튕기는 은비늘이 하늘로 올려 보내고 있었다. 하늘은 푸르고 어디론가 날아가는 비행기가 길게 그려놓은 구름이 솜사탕 같았다. 솜사탕 같은 비행운을 돌돌 말아 한 입 베어 먹고 싶어질 정도였다.

"할아버지, 비 오니까 빨리 집에 오셔 식사하세요."

소녀는 콩콩 뛰어 이야포 끄트머리 유상태 집으로 달려갔다. 집 앞에는 하얀 소복에 머리에 핀을 꽂은 유족 유삼영이 서 있었다. 안도식당 주인 유삼영은 마지막 목격자 아버지를 서고지산에 묻고 왔다. 이야포에는 홀로 남은 마지막 생존자 홍춘송 노인만 있을 뿐이었다. 초겨울 비바람이 정자로 불어왔고 비에 젖은 마른 낙엽이 날려 와서 홍춘송 노인 뺨에 붙어 떨어질 줄 모르고 있었다. 바람이 한 번 더 세차게 불어와 낙엽을 거둬가니 홍춘송 노인 뺨을 타고 흘러내리는 빗물이 손등으로 떨어졌다. 마지막 생존자 홍춘송 노인의 고개도 낙엽처럼 떨어졌다.

추천의 글

멈춘 시간 1950

신기철

    한국전쟁이 본격화되면서 폭격의 대상이 군사적 목표물에서 점차 민간인과 민간 시설물로 확대되었다. 1950년 7월 26일 미8군은 〈피난민 이동통제에 관한 전문〉을 발표하여 어떤 형태로든 작전지역 내 피난민을 제거할 수 있게 만들었다. 미 8군단은 "그 어떤 시간대에도 피난민들은 전선을 통과할 수 없다. 전투지역이나 후방지역에서도 절대로 개별적으로나 집단으로 이동할 수 없다."라고 명령했다. 충북 영동 노근리 피난민 200여 명 학살사건도 미군이 피난민을 어떻게 바라보고 전투지침을 내렸는지 여실히 알 수 있다. 미군이 이 땅에서 전투를 치른 것은 적의 침입으로부터 민간인을 지켜내기 위함이 아닌 것이었다. 당시 미군은 민간인들이 인민군 보급품을 수송한다는 판단을 내렸다고 하니 이는 적과 민간인을 구분해야 할 수고로움을 덜어주는 것이었다. 특히 미 공군은 적과 민간인을 구분하지 않고 무차별 폭격을 퍼부었다.

폭격 피해는 전선이 이동하던 시기인 1950년 7~9월과 중국 지원군이 38선을 남하했던 1951년 1~2월에 집중되어 나타난다. 미 공군의 문서기록에 의하면 폭격기의 공격 양상은 1950년 7월 24일 이후 적극적으로 변화되었다. 8월 1일 미군은 전 전선을 낙동강으로 집중하라는 명령을 내렸고 이 지역에 폭격이 집중됨에 따라 민간인들의 피해 역시 급증했다. 이로 인해 미군기에 의한 민간인 인명피해 조사 목록을 열거하려면 지면 몇 쪽을 채워야 하므로, 1950년 8월 3일 전남 여수 남면 안도리 해상 이야포에서 발생한 피난선 학살에 대해서만 이야기하고자 한다.

이 지역 미군기에 의한 전쟁범죄는 1950년 8월 6일 순천 해룡면 신성포 앞바다, 8월 9일 두룩여 해상에서 조기잡이 어선 폭격, 8월 11일 순천 서면 선평리, 9월 24일 해룡면 율촌역과 호두리 염전으로 이어져 상당수 인명피해를 당했다. 적 수중에 떨어진 민간인을 잠재적인 적군으로 본 것이다.

적 진영 전체에 대한 증오의 산물이라고 할 수 있다. 더구나 미군기가 발사한 것은 폭탄이 아니라 기총소사였다. 이것은 명백히 전쟁범죄인 것이다.

진실·화해를위한과거사정리위원회(진실화해위원회) 조사에서는 이야포에 정박한 피난선에 승선해 있었던 350여 피란민 중 150여 명이 미군기 기총소사에 즉사하고 다수의 부상자가 발생한 것으로 파악됐다. 진실화해위원회 조사 당시 파악된 생존자는 두 명이었다. 그나마 한 분은 세상을 떠나셨고 한 분만 생존해 계신다. 서울에서 가족이 부산으로 피난 내려와 부산 성남초등학교 운동장에서 수용되어 있었던 이춘혁 어르신이다. 현재 마지막 생존자로 알고 있다.

피해자나 목격자들은 전선이 형성된 지역에서 발생한 극심한 집단 피해의 경우가 아니라면, 미군기에 의한 공중폭격으로 발생한 인명피해에 대해서는 대체로 피해를 증언하지 않으려는 경향이 있다. 목격자라면 더욱 그렇다. 그때는 다 그랬지 뭐, 어쩔 수 없는 것 아니었어? 이런 식으로 전쟁 와중에 우발적으로 발생할 수 있는 부수적 피해라는 가해자 논리에 굴복당한 것이다.

전쟁을 옹호하거나 합리화하려는 정치세력들은 전쟁 중 발생하는 민간인 피해를 부수적 죽음(collateral death)이라고 부른다. 특히 특정인을 구체적으로 주목하여 공격할 수 없는 공중폭격의 피해에 상습적으로 적용하는 용어이다. '악의 축을 공격하다 보니 피할 수 없이 발생한 죽음이었고 따라서 내 책임은 아니야'라는 논리. 이는 전쟁 중 또는 교전 중이라는 핑계로 의도적인 민간인 폭격을 합리화시켰다. 이러한 논리는 역사를 종횡으로 널뛰며 전쟁범죄를 합리화한다.

이야포 피난선 학살사건은 좀처럼 역사의 수면 위로 모습을 드러내지 못했다. 진실화해위원회 2009년 조사 결과 피해 사실은 인정됐지만 관련기록과 흔적을 찾는 데 부족한 점이 많았던 탓에 중대 관심 사안에서도 비껴나 있었다. 생존자 증언을 뒷받침할 목격자 증언 수집과 학살 흔적을 찾아내기 힘들었기 때문이었다. 그러나 2020년 8월에 여수인명구조대 대원들이 이야포 수중에서 피난선 보조엔진 거치대로 추정되는 잔해를 발견하는 데 성공했다. 이야포에 그렇게 큰 엔진을 단 배가 침몰한 적이 없다는 주민들 증언으로 봐서 피난선 잔해가 틀림없어 보인다. 이로써 충북 영동 노근리 학살사건과 같은 시기에 또 다른 대규모 학살사건이 이야포에서 발생했다는 것이 물증으로 증명된 것이다.

피난선 잔해가 발견되었으니 하루속히 인양하여 전문가 검증을 거쳐 인권회복을 위해 모습을 드러내야 하는데 아직까지 인양 소식이 없는 것은 안타깝다. 시간이 지나고 또 기억들마저 사라져 학살사건이 잊어지길 바라는 것일까. 절대 그럴 수는 없다. 인간이라는 이유만으로 누려야 할 평등하고 양도 불가능한 천부적 권리를 인권이라고 한다. 그중 가장 중요하고 근본적인 권리는 생명권이다. 생명을 앗아간 전쟁범죄는 반드시 책임을 물어야 한다.

르포 작가 양영제는 끈질기게 책임을 묻는다. 1948년 10월 19일 여순사건의 심층 구조를 치밀하게 드러낸 전작 《여수역》 집필을 위해 수년 동안 안도와 인근 섬들의 피해 내용을 조사하러 다니며 이야포 학살사건 목격자의 증언을 채록해 왔고, 낚시꾼으로 위장한 채 주민들과 친밀관계를 유지하면서 목격담을 이끌어 내기도 했다. 이 책 《두 소년》이 미군기에 의한 이야포 피난선 학살사건의 실체를 정교하게 드러내면서 한국전쟁을 재인식하게 만드는 이유이다.

전시 정부는 피난민 분산수용 정책으로 부산 성남초등학교 운동장에 수용되어 있던 서울 피난민들을 욕지도로 이동시켰고 운동장은 미군 병참부대 기지로 내주었다. 한국전쟁 당시 피난민 이동 통제는 한국 경찰이 맡았다. 정부의 명령대로 피난민들이 이동하다 미군기 폭격에 학살을 당했으니 국가와 미국은 학살의 책임을 져야 한다. 이 땅에 인권이 굳건하게 서고 왜 평화가 중요한 것인지 되새기게 되는 계기가 되기 위해서는 반드시 책임을 물어야 한다.

신기철

1964년 서울에서 태어나 서울대학교 심리학과에 다녔으며 2004년 '대통령소속 의문사진상규명위원회', 2006년부터 2010년까지 '진실·화해를위한과거사정리위원회'에서 일했다. 지금은 재단법인 금정굴 인권평화재단에서 인권평화연구소장으로 일하고 있다. 한국전쟁 민간인 희생사건의 진실규명과 희생자의 명예회복, 사건의 재발방지, 인권과 민주주의 확대, 평화사업을 추진 중이다. 저서로 《아무도 모르는 누구나 아는 죽음》《진실, 국가범죄를 말하다》《국민은 적이 아니다》《전쟁범죄》 등이 있다.

수면을 바라보는 눈이 어리어리할 정도로 몽환에 빠져들
게 만드는 여수바다에는 상징적 여러 민담이 전해 온다. 오
동도 너머 수평선에 봉긋 돋아나 있는 애기섬, 엄마섬에는
흰 토끼들이 살고 있다고 아이들은 어른들에게 들었다. 아
이들은 토끼들이 어떻게 헤엄을 쳐서 아무도 살지 않는 섬에
왜 갔냐고 어른들에게 물어보면 "호랑이와 용이 싸우자 어
부들이 흰 토끼들을 배에 태워 보냈단다."라고 대답해 줬다.
애기섬, 엄마섬은 아이들에게 신화소가 되었다. 그러나 어른
들이 전하는 정감적 민담에는 항상 두려움과 슬픔 따위 깊은
감정이 서려 있었다. 애기섬, 엄마섬은 이승만 정부가 나쁜
국민으로 낙인찍은 여수사람들을 배에 싣고 가서 학살하여
수장시킨 곳이다.

여수 부속섬 남면 안도에도 신화소의 이미지가 있다. 그것은 설화 원형으로 자주 등장하는 염소다. 염소는 본디 원형이 투사된 상(Image)으로 자주 등장하는데, 원형상이란 어느 민족이든 개인의 심상에 있는 이미지라 어느 특수한 지역에만 국한되어 있는 것은 아니다. 그런데 흰 염소가 민담에 등장한다면 특정 지역 자연환경이나 원주민하고는 변별된 상징으로 나타난다. 토착화된 신화나 민담에서 나온 것이 아닌 유입된 상징이라는 것이다. 유입된 이미지 상징이 언제 어떻게 섬 주민들의 집단무의식 속에 신화소로 자리 잡았는지 그게 궁금했다.

향토사학자들조차 안도의 신화소를 규명하지 못한 것은 이중으로 짓누르고 있는 안도 주민들의 트라우마 때문이었다. 안도는 1948년 10월 여순사건 당시 진압군에 의해 대살(代殺)이 벌어진 곳이다. 집단무의식 원형 염소가 파괴의 상징으로 드러난 것은 이해가 되었으나 여전히 흰 염소는 나에게 궁금증만 유발시켰다.

나의 궁금증을 폭발시킨 것은 지역 신문 박성태 기자가 2006년에 최초로 기사화시킨 내용이었다. 한국전쟁 초기인 1950년 8월 3일 안도 이야포 해상에 정박 중이던 피난선을 미 공군 전폭기가 기총을 쏟아 부어 피난민 백 오십 여명을 학살했다는 것이다. 그때부터 안도에는 흰 염소가 집단무의식 이질적 원형으로 자리 잡기 시작했던 것이다. 신문기사를 당시 영어교사로 재직 중이던 오문수 선생이 번역하여 로이터 통신 한국지사, 미 국무성 등에 보냈지만 아무 답장도 받지 못했다. 이는 1950년 7월 말 미군에 의한 충북 영동 노근리 피난민 학살사건을 AP통신 등이 심층 취재하여 전쟁범죄라는 사실을 밝혀낸 것과는 대조되었다.

나는 흰 염소로 상징되는 원통한 죽음들과 만나기 위해 수십 차례 안도를 돌아다니다 나쁜 죽음으로 만나게 되었다. 원통한 죽음은 한나 아렌트(Hannah Arendt)가 말한 정치적 행위가 없었음에도 맞게 된 죽음이고, 나쁜 죽음은 원통한 죽음이 사후에도 국가안보를 해치기 때문에 안식을 갖지 못하고 구천을 떠도는 영혼을 말한다. 이런 영혼이 떠도는 곳을 베트남에서는 '드엉'이라고 부른다. 안도 이야포는 십승지지(十勝之地)을 찾아 떠난 피난선 영혼들이 양지바른 안식처를 찾지 못하고 떠돌고 있는 드엉이었다.

피난민 350여 명을 태우고 욕지도에서 출발한 피난선이

안도 이야포에 정박하고 있다가 학살당한 사실을 증명해 줄
것은 주민들의 증언밖에는 없었다. 그 증언도 큰 용기가 필
요했다. 그 용기는 침묵을 통해서 유지되고 있는 평안을 깨
트릴 수 있는 것이기에 더욱 그러했다. 다행히 지역 신문사
가 주민들의 용기에 합세해 공개된 위령제를 지내기 시작하
면서 흰 염소를 만날 수 있었다. 흰 염소는 안도 신당(神堂)에
조차 바칠 수 없는 이물질이었다. 침묵으로 유지되고 있는
공동체 관계의 전통 규범과 새롭게 구축되어 온 지배질서 규
율 사이에서 떠돌고 있던 흰 염소를 해독하기 위해서는 마지
막 생존자를 만나야만 했다. 그때서야 내가 영상을 통해서
관념적으로 알고 있던 한국전쟁의 실체가 다르다는 것을 깨
우치게 되었다. 나는 한 가족의 비극적 몰락이 인위적 지배
질서 재편을 통해서 이루어졌다는 것도 분명히 인식하게 되
었다.

살아남은 사람에게 전쟁은 아직도 계속되고 있다. 이 전쟁
은 영혼의 권리를 찾을 때 끝난다. 뒤르켐은 산 자가 죽은 자
를 친근한 존재로 기억할 양도할 수 없는 권리가 영혼의 권
리라고 정의하였다. 전쟁범죄를 저지른 미국과 내부자가 사

죄하여 원통한 죽음과 나쁜 죽음이 드엉에서 양지바른 묘지로 이장되어 안식을 갖게 될 때, 그때서야 비로소 영혼의 권리도 회복되는 것이다.

비록 이 르포소설이 픽션의 형식을 빌려 가공했지만 비극이 전개된 과정은 발로 밟아가는 확인절차를 거쳐 복원된 실체 그대로 반영했다. 사건 이전부터 안도와 금오도, 연도에서 살아오신 어르신들의 증언을 채록하여 당시 상황을 추체험으로 재구성하였다.

1948년 10월 여순사건 당시 진압군에 의한 학살과 한국전쟁 초기 1950년 8월 3일 미군기에 의한 피난선 학살로 인해 아직도 이중 트라우마를 겪고 계시면서도 증언을 해 주신 안도와 연도 주민들과 마지막 생존자 이춘혁 어르신에게 이 르포소설이 조금이나 위로가 되었으면 하는 바람이다. 자료조사에 많은 도움을 주신 신기철 인권평화연구소 소장님과 토론을 통한 작품 형상화에 큰 영향을 주신 심리학 박사 박지영 선생께도 깊은 감사말씀 드린다.

KI신서 10134

두 소년

1판 1쇄 인쇄 2022년 3월 14일
1판 1쇄 발행 2022년 3월 21일

지은이 양영제
펴낸이 김영곤
펴낸곳 (주)북이십일 아르테

TF팀 이사 신승철
TF팀 이종배
출판마케팅영업본부장 민안기
마케팅1팀 배상현 한경화 김신우 이보라
출판영업팀 김수현 이광호 최명열
제작팀 이영민 권경민
진행·디자인 다함미디어 | 함성주 유승동 유예지

출판등록 2000년 5월 6일 제406-2003-061호
주소 (10881) 경기도 파주시 회동길 201(문발동)
대표전화 031-955-2100 **팩스** 031-955-2151 **이메일** book21@book21.co.kr

© 양영제, 2022
ISBN 978-89-509-9966-7 03810